COLLECTION FOLIO

Blaise Cendrars

Trop c'est trop

Édition présentée et annotée
par Claude Leroy

Denoël

Note de l'éditeur

Nous avons choisi de réimprimer fidèlement ce livre dans sa version d'origine, parue initialement en 1957, dont le vocabulaire daté peut heurter la sensibilité de certains lecteurs aujourd'hui. S'il est indéniablement un produit de son temps, le recueil dénote une ouverture au monde et à ses cultures multiples auxquelles l'auteur rend ici un bel hommage.

LA DERNIÈRE PARADE

« *Trop c'est trop* est une grande suite de petites expéditions, de coups de sonde jetés dans un océan de fables et de paysages[1] », où l'admiration de Claude Roy ne relève qu'une inexactitude : le titre, car avec Cendrars on ne trouve jamais que c'est trop : « Il dit la vérité comme un arracheur de songes, il fabule avec l'authenticité minutieuse d'un huissier du Pays des Merveilles. » On en redemande, comme les enfants à qui l'on raconte des histoires. Au début de 1957, toute la presse s'accorde avec lui pour saluer le retour du Cendrars de *L'Homme foudroyé* ou de *Bourlinguer,* tel qu'on l'attendait, fidèle à sa réputation d'aventurier, d'arpenteur du monde entier et de chercheur d'or. Au concert d'éloges se mêle, ici ou là, un peu de soulagement. On avait craint de le perdre.

L'année précédente, la parution d'*Emmène-moi au bout du monde !...* avait déconcerté. Les amours sulfureuses d'une vieille comédienne et de

1. Claude Roy, « Henry Miller et Blaise Cendrars », *Libération,* 27 février 1957.

Vérole le légionnaire avaient provoqué une controverse. Alors que certains louaient un parti pris d'outrance et une truculence qui plaçait Cendrars dans la lignée de Rabelais, d'autres, même parmi ses proches, n'avaient pas caché leur embarras devant des scènes jugées d'une obscénité provocatrice. La longue et difficile genèse d'un roman entrepris dès 1949 avait pourtant coûté à Cendrars dont la santé se dégradait. Après tant d'efforts, c'est peu dire qu'une presse aussi mitigée l'avait déçu. Pour un écrivain qui n'aime pas être prisonnier de ses succès et qui, entre tous les clichés, déteste surtout les siens, quelle amertume ! Après *Le Lotissement du ciel*, dernier volume en 1949 de la tétralogie de ses Mémoires, il avait quitté la chronique autobiographique – la « prochronie » – pour revenir au roman, qu'il avait délaissé depuis la fin des années 1920. Mais, prévenait-il Michel Manoll dans leurs entretiens à la radio, « on ne m'y retrouvera pas, j'écrirai un roman-roman et je n'y paraîtrai pas parce qu'on ne voit plus qu'un seul personnage dans mes livres : Cendrars ! C'est pas malin. *L'Or*, c'est Cendrars, *Moravagine*, c'est Cendrars, *Dan Yack*, c'est Cendrars. On m'embête avec ce Cendrars-là ! » *Emmène-moi au bout du monde !...*, qui mêle satire du monde du théâtre et intrigue policière, n'avait pourtant pas rencontré le succès. Changer de formule d'écriture, à quoi bon ? C'est le public qu'il faudrait renouveler.

D'un excès l'autre

Trop c'est trop ? Tout se passe comme si Cendrars s'était résolu à passer d'un excès à l'autre. À l'outrance du nouveau succède la surenchère du même. On regrettait le bourlingueur ? Le voici de retour, tel que l'a façonné une légende de poète-voyageur qu'il entretient avec soin depuis ses débuts. Que Cendrars fasse du Cendrars dans son nouveau recueil, c'est ce que laisse entendre le morceau de bravoure qu'il a composé lui-même pour la quatrième de couverture : « Jamais Blaise Cendrars n'est allé aussi loin dans tous les sens et n'a répondu d'une manière aussi éclatante à toutes les questions sur aujourd'hui, hier et demain. » Bondissant par-dessus les frontières de l'espace, du temps, de l'identité et de l'écriture, Cendrars compose un livre des merveilles à la façon de Marco Polo. De ses vagabondages dans le monde entier, voici les prodiges qu'il rapporte : « Si vous voulez savoir comment Paris reçut Blaise Cendrars et célébra ses noces d'or, cinquante ans de liberté et d'amour en une seule journée d'un jubilé fait de charité et de passion ; comment une femme alla chercher et rapporta de l'enfer de Verdun les éléments de la future gloire picturale de Fernand Léger : une musette remplie de croquis et de dessins ; comment Rio de Janeiro n'est qu'une capitale provisoire et comment la métropole future, qui n'a pas encore de nom mais sera prête vers l'an 2000 avec une première tranche de dix millions d'habitants, est dès aujourd'hui en chantier dans la tête des aventuriers, des pionniers et des techniciens modernes qui débouchent de tous les points cardinaux vers cette cité idéale, ses gratte-ciel, ses merveilles électroniques, ses satellites – annexes du cinéma, de la radio, du radar – sa banque atomique, ses hôtels de mille étages et, dominant la haute solitude de l'Araxá des Indiens, la tour *Ad Astram*, la première gare interplanétaire de l'Univers, lisez *Trop c'est trop*. » Encore Cendrars renonça-t-il à la chute que conserve le manuscrit : « Son langage est prodigieux et son expérience universelle. Il s'attaque à tout. Ne recule devant rien. Et plutôt que d'en dire trop, il se tait. Ce sont des histoires d'à-côté, inexprimables et dangereuses, rendues possibles grâce à un artifice de style : le *suspens*. »

La réception, cette fois, est au rendez-vous. « Quel style, bon Dieu ! » s'écrie Jérôme Canard qui, dans *Le Canard enchaîné*, se sent « entraîné dans un fleuve de poésie, puissant comme l'Amazone, à la découverte d'images inconnues et d'émotions fortes. » En vif contraste avec l'accueil mi-figue mi-raisin réservé à *Emmène-moi au bout du monde !...*, la critique célèbre un grand cru. Deux mois après sa parution, le recueil fait déjà l'objet d'un retirage. Dans *Le Figaro littéraire*, Jean Blanzat souligne la richesse, la profusion, l'ambition panoramique d'un écrivain qui, loin de ses pairs français, semble seul « à l'écoute du monde, de sa variété, de ses mystères si différents, confondus d'ailleurs dans un même amour de la vie ». Sur le monde et sur les hommes il porte un regard fraternel : « Voilà un écrivain qui a passé les trois quarts de sa vie à entasser un capital qu'il ne cesse de faire produire. Il n'est pas sûr que le dernier quart sera suffisant : il n'arrivera jamais à le dépenser. À vrai dire, Cendrars n'est pas un rentier. En se racontant, il fait davantage que se souvenir : il nous met dans le coup. » Dans *Carrefour,* Pascal Pia n'hésite pas à s'aventurer dans le « labyrinthe obscur » d'une syntaxe où l'on risque de « trébucher sur des lianes traîtresses », mais c'est son don d'élocution qui caractérise le mieux cet « ami des mots ». Depuis les années 1920 et de poèmes en récits, Pia s'est convaincu que le style de Cendrars « procède moins de l'écriture que de la parole » : il faut le lire à haute voix pour que se révèle son pouvoir évocateur. En ce mois de février 1957 où l'on enterre Valery Larbaud, le chroniqueur de *La Libre Belgique* esquisse un parallèle entre les deux globe-trotters mais « Valery "trottait" dans les express de luxe et Cendrars à dos d'âne ».

Dans *Libération,* Claude Roy, décidément très admiratif, fait l'éloge du « génie de l'indigestion, de l'accumulation et de l'énumération » qui apparente Cendrars et Miller, deux écrivains torrentiels. C'est à Montaigne que songe pour sa part Charles Camproux dans *Les Lettres françaises* en lisant des pages « pharamineuses » dont le mouvement pendulaire « d'un extrême humain à un autre extrême humain » semble « à la recherche d'une mesure, au sens que les Troubadours donnaient à "mesura", de la vie ». C'est la main malicieuse d'un démiurge que découvre Henri Clouard dans *Artaban* : « Si Dieu a le pouvoir de créer, Cendrars est tout ensemble Dieu et anti-Dieu, car il semble toujours occupé à faire et à défaire » : « une curiosité à la fois puérile et démoniaque, à la fois sarcastique et bon enfant, le possède ». Impossible enfin de ne pas relever la part belle que le recueil fait à Paris, la ville des débuts et des retours sur soi, et à la patrie spirituelle du poète. Pour Kléber Haedens, « la plus belle figure de la mythologie inventée par Cendrars c'est encore une fois le Brésil ».

Secrets de rhapsode

Il n'est pas interdit de s'interroger sur les réactions de Cendrars devant cette apothéose de la légende. Était-il comblé par une forme de consensus qu'il avait certes, très consciemment, sollicité ? Dans ses précieuses confidences à Michel Manoll, ne s'était-il pas lui-même mis en garde ? « Le plus gros danger pour un écrivain c'est d'être victime de sa légende, de se prendre à son propre piège. » À bon entendeur salut ! Mais Cendrars aime jouer d'un double registre et panacher ses lecteurs. Tandis qu'il s'adresse à l'amateur d'aventures et d'exotisme, il dispose ici ou là des avis d'alerte et des signaux démasqueurs. Qu'on puisse, par exemple, confondre François Villon avec son personnage le révolte : « Prendre le poème à la lettre, s'attacher à la lettre est une marotte qui frise la décalcomanie, c'est un enfantillage ». Pour paraphraser une formule qu'il affectionne, les légendes ne sont pas les légendes, pas seulement. Et *Trop c'est trop*, titre aussi insolent que provocateur, incite à ne pas figer la lecture dans une imagerie complaisante.

À Lausanne, en juin 1956, alors qu'un journaliste suisse l'interroge sur ses projets devant un pot de fendant, Cendrars annonce avoir « mis la dernière main à un recueil de nouvelles et de morceaux : *Trop, c'est trop*. Il paraîtra en automne. On y trouvera, outre les contes, un essai sur les lettres brésiliennes et des aspects synthétiques du Brésil lui-même[1] ». Tout en soulignant la place éminente qu'y tient ce pays, c'était présenter l'ensemble comme un pot-pourri. En 1945, déjà, la presse saluait la richesse foisonnante de *L'Homme foudroyé* en regrettant quand même son absence d'unité, mais un journaliste plus avisé ne fut pas dupe de son apparent décousu : « Cendrars est un homme qui parle beaucoup, mais qui cache beaucoup aussi. Il se surveille et un lien subtil relie tant de propos disparates, d'anecdotes dispersées. Cendrars est un homme secret[2]. » Sous le décousu, c'était percevoir le travail du rhapsode, ce couturier des textes.

Si l'on en juge par la table des matières et la bibliographie que Cendrars a dressée pour le lecteur à la fin du volume, c'est la disparate qui caractérise *Trop c'est trop*. Des nouvelles récemment parues dans des périodiques (*Le Nouveau Femina*, *La Revue des voyages*, *Marco Polo*), deux préfaces, un livre entier inséré en poupée gigogne,

1. Jean Nicollier, « Avec Blaise Cendrars devant un pot de fendant », *La Gazette de Lausanne*, 23-24 juin 1956.
2. Destot, *Flandre Artois*, 3 novembre 1945.

des articles de circonstance (tirés de *La Gazette des lettres*, *Paris-Presse-L'Intransigeant*, *Opéra*, *Album-Figaro*, *Carrefour*), deux extraits d'un récit autobiographique datant de 1929... *Trop c'est trop*, s'il a un secret, c'est d'avoir l'art de transformer un volume de mélanges en une dernière parade. Tout est là, avant le tomber de rideau, de ce qu'a écrit Cendrars, de ce qu'il a aimé, de ce qu'il a été. Une ultime représentation qui lui permet de dresser son bilan et, sans le dire, de faire ses adieux. Voici en somme son balluchon.

Magie des listes

Que de listes chez Cendrars ! Tout tourne à l'accumulation, au dénombrement, à l'inventaire. Les grigris qu'il rapporte à Raymone de ses voyages, les plantes et les insectes qui grouillent sur la plage des Tortues, les Noëls aux quatre coins du monde, les merveilles de Rio, le défilé des modernistes brésiliens, son inépuisable bibliothèque fantôme et bien entendu les mots eux-mêmes, il les recense avec délices. Quand l'amour des listes emporte sa plume, il jette en rafale des mots ou des titres sur le premier papier venu. Les projets d'un jour se mêlent aux textes déjà publiés. Puis il reprend ces canevas pour les enrichir ou les délester au profit de combinaisons nouvelles, ouvrant des séries, annonçant des suppléments, lançant des collections, composant jusqu'au vertige des recueils de recueils. Rien ne le grise comme d'agiter le « kaléidoscope sentimental » qui séduit

Claude Roy. L'accumulation chez Cendrars est délectable à la façon de Rabelais, de Jules Verne ou de Walt Whitman, autres impénitents recenseurs dans la lignée desquels il se situe. Au regard de l'étymologie, si lire c'est cueillir, recueillir ses propres textes permet de les découvrir d'un œil neuf. Pour séduire le hasard par un coup de dés, il faut relancer le jeu des associations jusqu'à ce qu'elles cristallisent. Ce que Cendrars a retenu de la révolution produite par le cinéma, ou plutôt ce qu'elle a confirmé en lui, c'est le pouvoir créateur du montage.

Dès la *Prose du Transsibérien et de la petite Jeanne de France*, une voracité insatiable commande les inventaires :

J'avais faim
Et tous les jours et toutes les femmes dans les cafés et tous les verres
J'aurais voulu les boire et les casser
Et toutes les vitrines et toutes les rues
Et toutes les maisons et toutes les vies

Pour le jeune voyageur en proie à une pulsion comptable, arpenter, repérer et surtout nommer deviennent des figures érotiques qui font de lui un libertin inattendu. Le monde entier s'offre à lui comme un grand corps désirable dont il va, sa vie durant, dresser le blason. Dénombrer est un acte magique par lequel on recommence la création du monde. Sortant de l'indifférencié les êtres et les objets, on devient le maître de la vie. Sans le pouvoir créateur des listes, comment le phénix qui niche, entre braises et cendres, dans le pseudonyme du poète pourrait-il reprendre son vol ? À quoi bon composer *Trop c'est trop* si ce n'est pour recommencer la Genèse ?

L'aimant du titre

Rien de tel qu'un titre qui surgit pour aimanter un cortège de textes. Lorsque *Trop c'est trop* apparaît en 1955 dans les dossiers de Cendrars, c'est pour répondre à la commande d'un éditeur qui se lance. Sur une page de titre autographe, on découvre : « Collection "Un jour à vivre" / N° 1 / Blaise Cendrars / *Trop c'est trop* / avec un portrait de Blaise Cendrars / par / Bauquier / Éditions Choc 55 ». Un autre feuillet échafaude une Table : « 1) La grande copine / 2) V^{e} arrondissement / 3) Mort subite / 4) Le jugement dernier < ou La femme aimée ou Le coronel Bento > / 5) Noël aux quatre coins du monde ». À des récits récemment parus (1, 2, 3, 5) se mêlent d'anciennes « Histoires vraies » ou un fragment du *Lotissement du ciel* (4). Sur le même feuillet, Cendrars envisage d'y inclure *Serajevo* et *Gilles de Rais*, deux pièces radiophoniques, pour augmenter le volume. Le 10 juillet 1955, il note dans le *Memento* qu'il tient depuis l'après-guerre : « Trop c'est trop, terminé, 90 pages. » Deux jours plus tard le projet a tourné court : « Rien de Choc ! Je laisse tomber. » Cendrars le remise pour se consacrer à la sortie d'*Emmène-moi au bout du monde !...* Pendant six années, entre 1949 et 1955, la mise en œuvre du « roman-roman » avait été intermittente, souvent interrompue et très éprouvante. Mais le voici enfin paru et Cendrars, le 8 mai 1956, reprend *Trop c'est trop* cette fois pour le compte de Denoël. L'ayant terminé le 27 du même mois, il part pour Lausanne le 9 juin. À son retour de Suisse, le 21 juillet, Cendrars est frappé d'une attaque cérébrale. Commence une longue rééducation et c'est diminué par la maladie qu'il corrige les dernières épreuves de *Trop c'est trop*. À sa parution, a-t-il craint qu'avec un titre aussi narquois il soit reçu comme le *livre de trop* ? La chronologie est trompeuse : tous les textes recueillis – à l'exception du dernier – ont été écrits et remis *avant* la maladie. Rien dans le volume ne révèle un amoindrissement de l'écrivain. La dernière parade peut donc commencer.

Au fil des séquences apparaissent les multiples visages d'un créateur en mouvement perpétuel et qui, poète, voulut l'être dans tous ses actes et de toutes ses plumes. Si l'auteur de *Trop c'est trop* n'écrit plus de poèmes, que le lecteur n'oublie pas l'auteur d'« Hôtel Notre-Dame », d'« Îles » ou de « Chasse à l'éléphant », qui ponctuent le défilé. À son héros Dan Yack, il emprunte l'amitié de M. Nouvel-An, le sosie de Charlot. Avec « Mort subite », le conteur renoue avec la trilogie des « Histoires vraies » et, compte tenu de son abondante matière brésilienne, *Trop c'est trop* apparaît comme une relève de *Sous la Croix du Sud*, un projet de recueil qui a tourné court en 1939. Les ambitions du cinéaste, ses rêves et l'« inassouvissement pharamineux » de ses désirs prennent toute leur place dans l'aventure. Aux

« autobiographies idéalisées » que sont pour lui ses chroniques s'ajoutent, avec deux reprises d'*Une nuit dans la forêt,* « La grande copine » et surtout « Le Ve arrondissement ». L'essayiste porte témoignage sur le Brésil, sa genèse, sa littérature et sa mythologie. Et c'est de l'homme de radio que proviennent les « Noëls aux quatre coins du monde ». Ne pas se suivre, ne pas se ressembler, ne pas se répéter, c'est pour un créateur croire à la métempsychose comme la comtesse Starosta : « Toutes les âmes sont en nous. Il suffit de choisir celle que l'on veut être. »

À cette galerie d'autoportraits, Cendrars prend soin d'ajouter deux des (nombreux) doubles qu'il a rencontrés tout au long de son parcours (mais rien sur Moravagine, le double noir, qui n'a plus sa place dans le bilan). À Charlot le vagabond, posé comme l'alter ego du bourlingueur, reviennent cinq séquences qui tiennent du dithyrambe et de la hantise. Plus discrète mais tout aussi révélatrice est l'entrée en scène de l'oiseau fétiche du poète, le frémissant et minuscule colibri qui apporte avec lui le Brésil et qui, « bourdonnant sur un mode menaçant comme un avion lilliputien en piqué, comme une balle de revolver, un atome en fission », vient périodiquement rappeler à Cendrars-le-pseudonyme qu'il est né *Sauser,* ce qui, en allemand, lui donne en secret et à jamais une vocation de « bourdonneur ».

Une place de choix est réservée aux très proches : Raymone, la femme aimée au double visage, adorée sous son nom propre ou cruellement dédoublée en Pompon. Fernand Léger, *le* peintre du poète. Paulo Prado, le mécène qui l'a initié au Brésil comme un père spirituel. Quant à Apollinaire, qui fut le maître de la poésie moderne et dont Cendrars fut tour à tour l'admirateur, le rival et (à l'entendre) la victime, c'est tout à la fin de la parade qu'il fait une piètre apparition de faux frère pour boucler la boucle. Revenir dans le Paris de sa jeunesse pour lancer *Bourlinguer*, c'était prendre le risque de rouvrir des blessures mal cicatrisées. « On ne peut pas oublier. L'oubli de l'offense intime est la plus lente des convalescences. »

Sur trois fils

À la ronde de ses propres figures, de ses doubles favoris et dú cortège de ceux qui l'ont escorté en chemin s'ajoute une invite à entrer dans son atelier et à découvrir quelques-uns de ses rites d'écriture. Le parti pris une fois pour toutes de la modernité, mot magique, mais qu'il a au fil du temps dissocié de ses exaltations modernistes (l'amour des machines, la monoculture, le gigantisme) et des singeries de la « modernerie ». Le refus des cloisonnements entre les pratiques, les arts et la vie (le Brésil, pays du métissage, est au fond comme un immense recueil et *Trop c'est trop* est à cet égard un livre *deux fois* brésilien). Le levier qu'est le pseudonyme pour celui qui refuse, avec le nom du père, le principe de tradition et d'autorité (« Hôtel Notre-Dame » sonne comme un manifeste). L'apologie du flux créateur et de ses débordements contre la clôture qui menace tout produit fini. L'abondance qui s'ensuit des œuvres abandonnées qui ne sont pas signe d'impuissance mais tout au contraire preuve de fécondité et dont Cendrars appelle en parfaite connaissance de cause à dresser la bibliographie.

Sous son apparence de foisonnement, *Trop c'est trop* est composé de l'entrelacement de trois fils qui se nouent, se dénouent et se renouent : le désir de renaître, la passion du cinéma, l'éloge du Brésil. C'est de leur écheveau que Cendrars a construit son œuvre de la main gauche. Depuis ses débuts, le désir de renaître, de renaître sans cesse et de renaître par ses œuvres ne fait qu'un pour lui avec le désir d'écrire. Dès 1907, alors que ses parents l'ont envoyé à Saint-Pétersbourg, le jeune apprenti-horloger qui veut devenir écrivain a découvert chez Nerval la formule de ce désir : « Je suis l'autre ». Mais c'est avec la blessure et le bouleversement qu'elle a provoqué dans son corps et dans son identité que le fantasme de seconde naissance s'est réalisé : l'homme de la main gauche est cet « autre » qui est né, deux ans après l'amputation, au cours de l'été bouleversant de 1917[1]. Symbolique, à cet égard, est l'insertion au mitan du recueil des « Noëls aux quatre coins du monde ». En douze variations, le thème fondamental de la Nativité irradie les dix-sept séquences que rassemble *Trop c'est trop*. Depuis l'année pivotale,

1. *Les Armoires chinoises* (1917), *Œuvres romanesques complètes*, Bibliothèque de la Pléiade, t. I, p. 1175-1178.

le nombre 17 est devenu pour le poète manchot l'emblème du renouveau.

C'est au cinéma qu'homme nouveau il a voulu faire œuvre nouvelle. Tel que l'entend Cendrars, le cinéma est un art de la blessure qui doit permettre au monde moderne, foudroyé par la Grande Guerre, de se régénérer. Cruel et libérateur, le cinéma de Cendrars propose une sorte de violente cure universelle dans laquelle l'amputé a cherché à transposer son expérience insolite de renaissance. Et c'est au Brésil, en 1924, qu'il a rencontré le pays qu'appelaient son pseudonyme et sa blessure, cette terre de braise dont le poète suisse a fait, après la France, sa seconde patrie spirituelle. La blessure, le cinéma et le Brésil sont les trois faces d'une seule et même révélation. Dans l'univers du poète de la main gauche, le corps coupé, l'art révolutionnaire et l'Utopialand deviennent des vases communicants.

Sous la Croix du Sud

« Le beau poète Blaise Cendrars vient d'arriver au Brésil. » En février 1924, c'est sur le mode lyrique qu'un journal de Rio de Janeiro a salué l'arrivée de l'auteur de la *Prose du Transsibérien.* Coup de foudre réciproque. Pendant plus de trente ans, Cendrars va renouveler ses déclarations d'amour à l'égard d'un pays dans lequel il a découvert son Utopialand, tout en lui dédiant beaucoup de son écriture (poèmes, nouvelles, essais, Mémoires). Une trentaine d'années après le dernier de ses trois voyages, le Brésil occupe près de la moitié de *Trop c'est trop*. Pour le voyageur, il y a un avant Brésil et un après Brésil. À son arrivée, il fut fêté par les poètes modernistes, mais comme un agent double. L'hommage que lui rend Mário de Andrade, « le prophète du modernisme à São Paulo », s'adresse à un transfuge : « Si le monde des idées, les systèmes de pensée, les abstractions m'avaient donné une philosophie, Cendrars m'a donné la connaissance. Et, poète français, il m'a libéré de la France. » Les modernistes reprennent à l'envi le paradoxe : un poète est venu d'Europe pour se faire l'allié de leurs luttes nationalistes contre l'influence européenne. Cendrars avait mis en garde ses nouveaux amis : « Brésiliens, gardez vos trésors. Ne prenez plus le bateau pour Le Havre, mais le train pour le Minas. » Lorsque Oswald de Andrade dédie son recueil *Pau Brasil* (1925) « À Blaise Cendrars, à l'occasion de la découverte du Brésil », la dédicace est à double entente : elle rend hommage à l'étranger qui lui a ouvert les yeux sur son propre pays. Le seul nom étranger qu'il mentionne dans son *Manifeste de la poésie Bois Brésil* est celui de Cendrars, sacré ainsi Brésilien d'honneur. Un hommage qui n'allait pas sans ambivalence.

Au-delà d'une alliance de circonstance, il fallut se libérer du libérateur. Les relations d'Oswald et de Cendrars s'assombrirent et l'avant-garde brésilienne chercha à se dédouaner de toute dette envers « le pirate du lac Léman ». Au désir d'émancipation culturelle s'ajoutait l'embarras de devoir quoi que ce soit à ce poète « qui n'en avait pas l'air », comme se décrit un Cendrars pas dupe des prises de distance. En revenant sur leur rencontre, il brocarde ses amis modernistes qui singeaient l'Europe (autant dire les surréalistes), alors même qu'ils proclamaient en finir avec elle. Sans doute excessif, le reproche révèle un malentendu. Deux conceptions incompatibles du moderne s'y confrontaient. Pour le visiteur, c'en était fini des *Poèmes élastiques* ou des *Sonnets dénaturés* qui caractérisent sa période d'expérimentation la plus radicale. La découverte du Brésil l'a confirmé dans sa volonté de *dissocier*, une fois pour toutes, son idée de la modernité et l'attitude avant-gardiste dont il rejette la posture militante, le comportement de groupe et l'emprise de la théorie sur l'écriture. Sans abandonner l'expérimentation formelle, il se tourne vers une prose rhapsodique ouverte aux jeux de ce que l'on ne nomme pas encore l'autofiction et à la construction d'un mythe personnel de bourlingueur, dans un mélange d'autobiographie et de fable. Ce qui fut parfois perçu comme mythomanie apparaît aujourd'hui comme une révolution dans l'écriture de soi. Moderne, Cendrars l'est resté, mais loin des surréalistes et de leurs épigones, et fidèle à une autre idée du moderne selon laquelle la création poétique est toujours une aventure individuelle dans laquelle le voyage et l'écriture entrent en osmose.

Au pays des images

Dans l'Utopialand de Cendrars, tout tourne autour des images reçues et de l'exotisme. Dans « Des hommes sont venus... », en 1952, il procède à une analyse spectrale des représentations stéréotypées du Brésil. Depuis sa découverte en 1500, elles s'organisent autour de deux clichés antagonistes et pourtant complémentaires, un cliché passéiste : « C'est le paradis terrestre ! » et un cliché futuriste : « Le Brésil, pays d'avenir ». Ils apparaissent pour la première fois dans une lettre adressée au roi du Portugal Manuel, le 1er mai, par Pero Vaz de Çaminha, secrétaire de l'expédition commandée par Pedro Álvares Cabral. Ces images originelles sont devenues des images originaires : elles ont fondé les deux pôles de la littérature brésilienne. En façonnant la mentalité des Brésiliens, les deux clichés oppposés ont construit les représentations de leur pays chez ceux qu'ils accueillaient. Par une démarche parfois mal comprise des Brésiliens eux-mêmes, Cendrars a décidé de se prendre lui-même pour témoin. À la stéréotypie issue d'une longue pratique collective, il oppose son expérience sur le vif. Prenant contre l'Histoire linéaire le parti cyclique du mythe, il recommence la découverte du Brésil. Les hommes qui sont venus jadis reviennent à travers lui, et c'est l'émotion première des *descobridores* qu'il s'efforce de retrouver. On manque l'aventure brésilienne de Cendrars si l'on néglige qu'il l'a vécue sur un mode mythique.

L'Utopialand du poète existe à l'état cosmogonique. Tel qu'il le découvre, le Brésil est la terre des commencements, « un continent instable, en pleine formation » et qui ne s'est pas encore résolu à entrer dans l'Histoire. Chaque matin est le premier matin du monde dans un univers en gestation permanente, grouillant à l'image de la forêt vierge. C'est au fond un laboratoire. Telle est l'expérience que *Le Lotissement du ciel* prête à Oswaldo Padroso, un *fazendeiro* fou de lucidité qui s'est reclus par amour dans sa propriété du Morro Azul : « Je suis enfermé dans l'immense Brésil sauvage comme dans une éprouvette. » En dépit des historiens, Cendrars fait de l'Amérique du Sud le berceau de l'humanité. Les métropoles brésiliennes ne sont-elles pas bâties sur l'emplacement d'habitats précolombiens ? Tout déplacement dans l'espace s'y redouble d'un voyage dans le temps. La marche de la civilisation vers l'ouest n'est qu'un retour aux sources. Dans une terre matricielle, Cendrars s'observe lui-même : voici le lieu où renaître.

Il traite son Brésil comme un espace de projection, une sorte d'écran comme le cinéma. C'est peu dire que l'Utopialand ressemble à son peintre : sous la Croix du Sud, le voyageur a rencontré *le* pays de *son* imaginaire. *Blaise, braise, Brésil* : comment ne pas reprendre, à sa suite, une comptine qui place la rencontre sous le signe de la prédestination ? Il s'en est convaincu : « On ne pourrait guère vivre ailleurs, hors de France… » Roger Bastide, grand spécialiste du Brésil, considère l'osmose de Cendrars avec son paysage électif comme une « plongée nocturne dans les terres différentes de la sienne, qui recomposent pour lui une logique du rêve[1] ». De ses voyages, il rapporte à ses lecteurs « une suite d'images sans liaison ou plutôt des symboles pleins de secrets mystérieux ». Exotisme, sans doute, mais qu'il renouvelle « en grattant le civilisé » jusqu'à « trouver le primitif, qui nous étonne ».

Par un clin d'œil à l'*Utopia* de Thomas More, Cendrars fait du Brésil une île. L'île de la braise, la braise faite île… Mais le jeu de mots est malicieux car l'image de l'île est elle aussi originaire. Vaz de Caminha était persuadé que la Terre de la Vraie Croix était une île. Une insularité sans île qui se perçoit jusque dans l'habitat car « tout le Brésil est cloisonné, compartimenté par les chaînes des montagnes et les cours d'eau sinueux », sans préjudice « des barrières morales derrière lesquelles un chacun se cantonne et vit pour soi ». Et la Nouvelle-Zélande, dont il fait le pays du chromo amoureux, est une réplique du Brésil. Un espace si propice au secret a de quoi séduire Cendrars mais quand il considère le métissage de la population brésilienne, l'accord touche à la communion. Le Brésil est une terre selon son cœur parce que, dans son peuplement, « trois races sont en instance : la tupi, la celte, la bantou ! ». Un homme nouveau en procède : « L'homme brésilien d'aujourd'hui en qui tous les sangs se marient. » Le nom de Rio de Janeiro ne recèle-t-il pas celui de Janus, « le dieu à double face, l'homme masqué, emblème

1. Roger Bastide, *Poètes du Brésil*, *Bastidiana*, n° 7, 2003, p. 130.

de l'homme brésilien, de l'homme nouveau, le citoyen du Nouveau Monde » ? Sous sa tutelle, le carnaval des identités peut enfin commencer.

Après *Trop c'est trop* paraîtront encore deux livres sous la signature d'un Cendrars très affaibli par la maladie. En 1958, *À l'aventure* présente des extraits des « Histoires vraies » et des Mémoires compilés par Nino Frank, ami du poète. L'année suivante, *Films sans images* recueille trois pièces radiophoniques écrites en collaboration avec le même Nino Frank. Mais c'est avec *Trop c'est trop*, où il fait défiler dans une dernière parade les personnages de son aventure, que Cendrars avait pris congé.

CLAUDE LEROY

TROP C'EST TROP

Georges Bauquier, portrait de Blaise Cendrars
(*Trop c'est trop*, Denoël, 1957).

LA GRANDE COPINE

À la mémoire de Jeanne Léger

Jeanne avait fait une fugue. Nous étions trois à l'attendre dans l'atelier de Léger. Fernand était à Verdun, et, justement, Jeanne avait fait sa fugue à Verdun. Cinq jours auparavant, retour de Cannes où elle s'était amusée comme une petite folle avec des amis américains, Jeanne avait fait irruption dans l'atelier, nous déclarant : « C'est une honte ! Verdun est sous les obus et je fais la bombe. Je pars à Verdun. Je veux prouver à ce cocu de Léger qu'il est mon homme, qu'il n'y en a pas d'autre qui tienne. C'est lui, Fernand !... » Elle avait manifestement un coup de pistolet dans le chignon. Elle était hors de raison. Elle brûlait de passion. Le soir même, elle montait dans le train gare de l'Est, déguisée en rombière, les jambes dans des houseaux de cuir, le corps boutonné dans un fourreau de ratine, un chapeau à plumes sur la tête, une demi-douzaine de musettes bien remplies et d'où s'échappaient des goulots de bouteilles rebondissant autour de sa personne comme des chiens terriers tenus en laisse. Jeanne était ivre de joie. « À Dieu vat ! criait-elle. Je reviens dans trois jours !... » Les amours de Jeanne et de Fernand étaient légendaires à Montparnasse. Ce n'était pas la première fois que Jeanne faisait une fugue. Cinq jours s'étaient déjà écoulés et jamais nous n'avions été aussi inquiets, nous trois qui l'attendions, Kiki, une jeune bonne de quinze ans que Jeanne avait recueillie dans l'atelier de Léger pour qu'elle ne tournât pas mal et qui devint la grosse Kiki de Montparnasse, la chanteuse du *Bec de Gaz*, morte l'autre année[1] ; Max Jacob, qui venait vendre ses livres à la sauvette à Montparnasse *(Les Alliés sont en Arménie)*, qui ratait souvent son dernier métro et que Jeanne avait logé dans la soupente de Fernand, lui disant : « Il y a un bon plumard où nous serons très à l'aise, toi, la petite boniche et moi, quand j'y suis... » ; et moi, qui venais tous les jours de l'hôpital avec ma main coupée voir si Jeanne n'était pas rentrée.

*

Fin décembre 1914, Max Jacob avait eu une deuxième apparition. Il en avait déjà eu une première, en 1909, dans sa chambre, 7, place Ravignan, mais c'était plutôt une vision d'homme saoul, Max se payant de fameuses bitures à l'éther, et personne ne le prenait par trop au sérieux[2]. Cette deuxième fois le Christ lui était apparu au cinéma, où il s'était mêlé sur l'écran à la *Bande des Habits noirs* de Paul Féval. Du moment que la chose s'était passée au cinéma, tout le monde prit l'affaire au sérieux et cela fit un boom énorme. Tous les louftingues de Montparnasse parlaient de se convertir. Quant à Max Jacob, moins de six semaines plus tard, porté par une série de coïncidences il se trouva être embarqué, il abjura la foi de ses pères, se convertit et fut baptisé. Dans quel ciné ? dans quelle église ? Je l'ignore. J'ai entendu Max raconter vingt fois l'histoire de ses aventures spirituelles et chaque fois avec de telles variantes de circonstances et de lieux que je ne puis rien préciser d'autre dans cette affaire. Il faudrait faire appel au témoignage de Picasso, qui a été le parrain de Max Jacob le 18 février 1915 (?), mais peut-être que Picasso est comme moi et qu'il s'en fiche.

Peu après avoir abandonné le 17 de la rue Gabrielle en 1916 pour venir s'installer dans la soupente de Fernand, 86, rue Notre-Dame-des-Champs, le bruit courut que Max Jacob avait eu une troisième vision, cette fois-ci au Sacré-Cœur[3]. La Sainte Vierge lui serait apparue et lui aurait dit : « Ce que tu es moche, mon pauvre Max ! » Kiki, la chanteuse, n'a jamais brillé par l'esprit. Quand elle se produisait dans sa boîte, *Le Bec de Gaz*, elle était épanouie comme un gros bouton en corozo. Petite boniche, elle n'était pas brillante du tout et ressemblait à un bouton-pression. Un soir, Max voulant l'entraîner au cinéma, elle lui avait répondu, sans arrière-pensée, sans malice aucune, sans espièglerie et tout simplement parce qu'elle le pensait, ne pouvant surtout pas imaginer que son mot deviendrait jamais célèbre dans la bouche de la Sainte Vierge : « Mon pauvre Max, tu es trop moche ! » Mais, d'autres soirs, elle l'accompagnait tout de même car elle s'ennuyait avec nous deux. L'absence de Jeanne Léger durait trop.

*

Je suis un mécréant. Je n'ai pas voix au chapitre. Mais dans la conversion d'un Juif il y a toujours une question désobligeante qui se pose. La question s'est posée pour Jésus-Christ lui-même. Il s'agit du prépuce. Il s'agit de savoir si ce bout de peau d'un petit enfant juif, coupé au moment de la circoncision, le huitième jour, continue à participer à la divinité du Fils de Dieu et si, au moment de la Résurrection, Jésus était physiquement intègre ? Dans lequel cas, dans quel état le Christ a-t-il retrouvé son prépuce, infantile ou adulte? L'a-t-il emporté au Ciel ou laissé sur terre ? Une bonne douzaine d'églises se disputent l'insigne dépouille, dont Rome, Paris, Cologne, Vienne, Bruges, Boulogne, Besançon, Nancy, Metz, Le Puy, Conques, Hildesheim. À Anvers, qui lui a dédié une chapelle tout en or, le saint Prépuce est l'objet, le samedi, de cérémonies particulières et, une fois l'an, une procession solennelle le porte en triomphe dans les rues. À Charroux, près de Poitiers, des pèlerins viennent l'adorer, etc. Ce n'était donc pas une plaisanterie. Mais chaque fois que je voulais parler de cette question avec Max, Max Jacob enfonçait son chapeau melon sur son crâne et sortait en claquant la porte, la nuque raide comme un rabbin, et je l'entendais dégringoler le méchant escalier en pas de vis de Fernand Léger...

Pauvre Max, il a porté l'étoile jaune.
Que Dieu bénisse Max Jacob !

*

Ce soir-là, Kiki et Max s'en allaient au cinéma de la rue Jules-Chaplain, je les accompagnai jusqu'au coin et je les regardai s'éloigner, bras dessus, bras dessous comme des amoureux, Max brandissant sa canne d'ébène et déclamant à haute voix *Ombre de mon amour*, le beau poème qu'il avait composé pour Kiki (à propos, qu'est devenu ce poème si grave et plein de mélancolie que je n'ai jamais trouvé dans aucune des œuvres de Max Jacob ? Kiki devait m'en remettre une copie qu'elle n'a jamais faite, gourde, paresseuse et négligente et insouciante qu'elle était). Je traversai le boulevard Raspail et entrai chez Mme Bron, la modiste, qui ouvrait son arrière-boutique à l'heure où les grands cafés du Montparnasse fermaient leurs portes à l'heure légale, c'est-à-dire vers 21 h 30.

Chez la modiste, il y avait une gentille équipe d'ouvrières et d'apprenties qui s'amusaient de jouer au bistroquet, et comme le calva qu'on y débitait était bon, on était sûr d'y rencontrer les plus fameux soiffards des Montparnos, aux têtes souvent hirsutes, trônant éméchés jusqu'au petit jour parmi les boîtes à chapeaux, les cartons de rubans, les feutres, les aigrettes, les plumes, ailes de mouette, gorgerettes de coq de roche, queues de paradis, toques de cygne. L'ambiance était extraordinairement sympathique, chaude, amicale et je n'en ai jamais retrouvé l'équivalent dans aucun coin du monde. D'ailleurs, Mme Bron faisait crédit et la boutique restait décente, personne n'aurait voulu créer des ennuis à Mme Bron, la providence du quartier.

Ce soir-là, l'arrière-boutique était pleine. On se bousculait. On se pressait. Je fis comme les autres. Je poussai. Je me tassai. Je jouai des coudes. Je me glissai. J'avançai le plus avant possible. Et, tout à coup, je restai figé de stupeur. Assis sur un tabouret, une assiette sur les genoux, cassant sérieusement la croûte, avalant des lampées de calvados, bâfrant sans s'arrêter de parler, de parler, rigolant, remettant ça, épatant, emballant son auditoire, un poilu, le plus beau poilu de la guerre, un poilu comme Bernard Naudin[4] n'aurait jamais eu le culot d'en faire poser un pour une affiche de l'Emprunt de la Victoire, un poilu comme je n'en ai jamais vu d'autre, un poilu couvert de boue, crotté jusque dans les yeux mais qui n'avait pas oublié de refaire son maquillage avant d'entrer chez la modiste, la bouche rouge, les sourcils passés au kohol, les cils bleus prolongés jusqu'aux tempes, une tache de cinabre sur chaque pommette et malgré cela le teint cadavérique, le visage défiguré par la fatigue disparaissant sous une bourguignotte qui lui glissait sur le front, les *cheveux coupés* dégageant une nuque creuse qui faisait saillir l'occiput, ma parole, c'était Jeanne, oui, Jeanne Léger, manifestement éreintée, fébrile, qui se confessait en public, n'en pouvant plus, mais crânant et tenant à faire rire.

« Oh, là là ! disait-elle, j'ai la dent… J'arrive de Verdun, mais j'ai bien cru ne jamais revoir

Paname ! Imaginez-vous que les cognes m'ont fait descendre du train à Bar-le-Duc et qu'ils ont mis trois jours pour me trimbaler à Châlons-sur-Marne en voiture cellulaire... On m'avait prise pour une espionne... On allait me fusiller... Oh, là là !... Monte là-dessus !... Tiens, me voilà... Bien le bonjour de Fernand !... Je l'ai vu. J'ai couché avec lui. J'ai passé toute une nuit dans sa cagna... Léger m'a chargée de dire le bonjour à tous les copains !... C'est un type épatant, il ne pense jamais à lui... C'est un mec, hein ?... C'est un costaud... Et savez-vous ce qu'il était en train de faire quand je l'ai découvert en première ligne ? Eh bien ! il était en train de peindre. Non, j'exagère, il n'a pas le matériel pour. Mais il était en train de dessiner. Tenez, regardez, j'en ai plein une musette, des dessins et des croquis qui lui serviront plus tard. Je vous dis que c'est un grand type !... Mais il n'y a que des chics types là-haut... Verdun c'est l'enfer, mais c'est aussi la cité de Dieu. Bien sûr, je n'ai vu que les vivants. Pour s'y rendre, on a affaire aux cheminots qui sont tous des amours. Pas un qui restait insensible quand je disais que je voulais aller voir mon homme, là-haut. Pas un qui se soit moqué de moi. Pas un qui m'aurait fait faire demi-tour. Ils m'ont tous aidée. On me faisait courir sur le ballast. On me faisait monter à contre-voie dans des convois de nuit. Ils me confiaient de l'un à l'autre. Tous y mettaient le même entrain, le même zèle et comme heureux de jouer une farce aux autorités. Ils me prenaient en charge, me faisant les yeux doux comme des gosses et m'appelaient tendrement *la Parisienne* en me confiant dans la zone de feu aux convoyeurs des trains de munitions qui montaient par les voies stratégiques. Cela me faisait mal au cœur de les quitter, mais je voulais voir mon homme ! Néanmoins, j'ai cédé plus d'une fois à leurs instances mélancoliques ou langoureuses. Je ne suis qu'une faible femme. C'est pourquoi je me suis fait passer les cheveux à la tondeuse en demandant pardon à Fernand. Vous ne trouvez pas que cela me va bien ?… »

Enfin, Jeanne m'aperçut et me sauta au cou :

« Comment, Blaise, tu écoutais et ne disais rien !… »

Et elle m'embrassa longuement sur la bouche.

« Tu sais, je l'ai eu mon homme », me dit-elle dans la rue comme je la raccompagnais chez elle. « Fernand, mais c'est le plus grand type de l'époque… »

*

Cinq jours plus tard, Jeanne retournait à Cannes comme s'il n'en était rien de ses avatars.

Une grosse musette gonflée à crever de dessins et de croquis était accrochée dans un coin sombre de l'atelier de Fernand Léger.

1955

LE Ve ARRONDISSEMENT

À Michèle Rosier
du Nouveau Femina[1]

... Je remonte la rue Saint-Jacques les épaules enfoncées dans mes poches.
Ô rue Saint-Jacques ! vieille fente de ce Paris qui a la forme d'un vagin.
Je redescends la rue Saint-Jacques les mains dans les poches...
Un cigare au bec...
Ma femme au bras...
... Raymone...

Blaise CENDRARS
Au cœur du monde (1917)[2].

1
LE QUARTIER LATIN

1908. À l'époque, quand je rentrais chez moi, *Hôtel des Étrangers*, rue Saint-Jacques[3], sur la voie des invasions romaines, j'étais obligé de faire des tours et des détours sur des planches ballantes, boueuses, glissantes, toujours en équilibre instable pour contourner des tas de terre, de marne, de sable, de caillasse, et franchir des tranchées qui affouillaient dans tous les sens le chantier des fondations de l'Institut océanographique du prince Albert de Monaco, au coin de la rue Gay-Lussac, où l'on venait de mettre au jour, à vingt mètres de profondeur, un cimetière gallo-romain ; par en dessous, à quarante mètres, des vestiges gaulois, dont plusieurs mains de *Parisii*, moulées ou taillées dans une pierre verte polie, celles à quatre doigts (sans pouce) étant des emblèmes de chasse et, au fond, entre quatre-vingt-dix et cent mètres, des ossements de mammouths, dont trois squelettes et demi qui sont aujourd'hui au Muséum.

Savoir que je vivais en bordure de la piste de transhumance d'une horde des plus grands mammifères du quaternaire qui trimbalait à ses trousses une ou deux tribus des hommes préhistoriques, la plus grosse bête, le sage géant leur servant de providence, de garde-manger, de dieu, d'esprit tutélaire, de guide dans leurs pérégrinations errantes, leur enseignant par son exemple où et comment s'établir dans le climat, braver, attaquer, se défendre, foncer pour fouler ou refouler une bande ennemie ou concurrente et réduire leurs femelles, émigrer jusqu'aux antipodes pour aller faire souche et se multiplier et durer le plus longtemps possible, me remplissait d'un farouche orgueil. Sinon, je me serais plutôt laissé mourir d'inanition, rue Saint-Jacques.

Je n'avais pas le sou.

Ça n'était pas drôle.

Mais quand je pensais à la faune et à la flore et à l'histoire des hommes et à la conquête de la planète, je me disais que j'avais eu raison de vouloir vivre.

Coûte que coûte.

Envers et contre tous.

En 1908, j'avais déjà beaucoup bourlingué et vécu maintes et maintes aventures à peu près dans tous les pays du monde civilisé. J'avais vingt et un ans. Mais je restais sur ma faim. À la disposition. La mer. L'air. Le centre de l'Afrique. La chasse aux éléphants. La chasse aux images. Photo. Ciné. L'Amérique du Sud. La pêche à la baleine. L'Antarctique.

Bien ou mal tourner.

Apprendre le français[4].

Écrire.

D'où me vient cette démangeaison ?

En attendant, je m'enfermais dans ma chambre et lisais jour et nuit tout ce qui me tombait entre les mains car, qui lit, dort et dîne.

Je deviendrai célèbre par un mauvais coup ou par l'écriture ! ai-je noté dans un carnet de l'époque tout maculé de jus de tabac car, qui fume, dort, dîne, écrit, lit, fait l'amour ou de la musique, voyage... et rêve comme il se doit, la vie étant un rêve éveillé.

Pour faire des économies, moi, je chiquais. Ma vie, mon rêve sont donc amers. J'en ai plein la bouche.

Je crache...

2
HÔTEL DES ÉTRANGERS

L'*Hôtel des Étrangers* louait des chambres de quatre à quarante francs par mois. Je crois que je les ai toutes occupées selon l'état de ma bourse ou selon mon humeur, mes envies de travailler mon piano ou non, de lire, d'écrire, de fumer, de rêvasser ou, cédant à la nécessité de me remplumer et de faire des sous, d'accepter un emploi ou non. Il ne manquait pas d'offres.

Je ne vais pas énumérer tous les métiers auxquels il m'a été donné de me livrer dans la vie, mais, parmi tous les jobs qui se présentaient en ce temps-là, le plus attrayant pour moi était d'aller faire l'intérim dans une agence télégraphique. C'était du travail de nuit, de 10 heures du soir à 6 heures du matin.

Cela m'allait et c'était grassement payé.

À 10 heures, j'appelais Berne au téléphone ; à 11 heures, Rome ; à minuit, Madrid ; à 1 heure du matin, Londres ; à 3 heures, Berlin qui n'en finissait pas.

Après avoir échangé des nouvelles sur le temps, échangé les cours de la Bourse, s'il n'y avait pas des événements sensationnels, des attentats politiques ou littéraires, une bombe au théâtre, nous n'avions plus rien à nous dire de sérieux et nous échangions des plaisanteries ou nous nous engueulions au bout du fil, avant tout avec Londres, les Anglais revendiquant encore tant d'années après Fachoda, mais aussi avec Berlin, les Allemands plus provocants que jamais, réclamant leur place au soleil, pressant, pressant à la veille d'Agadir. C'était à celui qui coupait le premier en damant le pion à son adversaire, car nous ne nous aimions pas.

Personnellement, je n'ai jamais vu aucun de mes antagonistes, mais nous nous repérions au son, à la voix, au vocabulaire, et j'étais facilement reconnaissable disant son fait au type, me moquant de lui, me payant sa tête, allant du général au particulier et *vice versa*, lui coupant le kiki, non pas dans un français académique mais dans le langage de son pays, le plus populaire et le plus grossier. Une fois repéré, l'agence étrangère portait plainte et mon directeur me flanquait à la porte.

Quinze jours après on revenait me chercher. Il paraît que j'étais devenu l'homme indispensable à cause de ma connaissance des langues étrangères. Mon répertoire n'était pas inutile. J'aurais pu me faire une situation du tonnerre. Très peu pour moi. Je rigolais. Trop, c'est trop. Je ne voulais pas de situation. Autant entrer dans la presse. Vive la poésie ! Mais étais-je poète ? Je ne savais pas aller jusqu'au bout[5]...

Quinze jours après, je reprenais le jeu du téléphone ou je laissais tomber. Je mangeais une dernière choucroute rue Montmartre. Je traversais tout Paris à pied. Le jour naissait. J'allais fumer un premier cigare au jardin du Luxembourg. Je flânais dans le chantier près de chez moi. Je faisais de l'équilibrisme sur les planches. J'attendais le premier facteur du matin. J'achetais les journaux : *L'Humanité* et *L'Action française.* Enfin, je rentrais à l'hôtel. Les poches pleines. Je prenais une bonne chambre. Je faisais venir un nouveau piano. Je payais.

La première fois que je retins une chambre à quarante francs pour y installer Blanche de l'Odéon, le patron ne put s'empêcher de me dire :

« Mais alors, c'est le grand amour ?

— Non, lui dis-je, c'est pour la géante de Baudelaire ! De toutes façons, Madame ne saurait vivre dans l'un de vos cabinets. Plus qu'une amoureuse, pour faire ses simagrées, une théâtreuse a besoin d'espace et de vide... »

3
POSSIBLE – IMPOSSIBLE

L'immeuble où perchait l'*Hôtel des Étrangers* était une de ces vieilles, hautes, étroites et gauches bâtisses comme il en est encore trois ou quatre qui tiennent debout aux abords du n° 220 de la rue Saint-Jacques, maison où fut écrit *Le Roman de la Rose*, mentionne une plaque apposée sur la façade noire de suie. François Villon aurait pu l'habiter. En tout cas, Restif de La Bretonne devait apercevoir ses six étages s'effondrant les uns dans les autres lorsqu'il levait les yeux de la case où il composait debout l'une de ses *Contemporaines, Les Pieds de Fanchette*, par exemple, ou, essuyant ses lunettes, se détournant, guettant l'aube à travers les vitres de l'atelier, le composteur à la main, l'écrivain-typographe noctambule rassemblait les caractères d'imprimerie pour faire des phrases comme celle-ci, qui ouvre *Les Nuits de Paris* : *Hibou ! combien de fois tes cris funèbres ne m'ont-ils pas fait tressaillir dans l'ombre de la nuit ! Triste et solitaire comme toi, j'errais seul au milieu des ténèbres dans cette capitale immense : la lueur des réverbères, tranchant avec les ombres, ne les détruit pas, elle les rend plus saillantes : c'est le clair-obscur des grands peintres ! J'errais pour connaître l'homme. Que de choses à voir, lorsque les yeux sont fermés*[6]..., l'ex-boutique de son libraire, la veuve Duchesne, ouvrant juste en face de l'hôtel, dont les chambres sur la rue, de quinze à vingt-cinq francs par mois, selon les étages, n'étaient jamais ensoleillées, l'hiver pas plus que l'été, et où grouillaient des ménages de petits commis à faux col avec leur sale engeance, des ribambelles de gosses, morveux et pisseuses mal peignées, sans rien dire des lardons qui chialaient et qui geignaient démangés des vers. Les parents se torgnolaient le dimanche matin, rapport aux punaises, et s'envoyaient du gros rouge à un sou le litre au lieu de brûler du soufre. Puanteur et criailleries. Des réchauds devant chaque porte où mijotait la tambouille, des frites, un miroton, des oignons. Un évier rance au bout des corridors, un robinet qui gouttait et, à chaque demi-palier dans les escaliers en colimaçon faits de grosses poutres cubiques passées au noir de fumée, des gogues qui débordaient.

La misère des hommes est insondable.

Les chambres des rupins, les grandes chambres à quarante francs par mois, donnaient par-derrière sur une cour à l'italienne, c'est-à-dire une terrasse tronquée, un balustre renversé, des beaux restes qui surprenaient au pied d'un mur bouché qui s'élevait plus haut que l'immeuble, mais vous donnait tout de même l'illusion d'une perspective grâce à un lattage déglingué d'où pendouillaient quelques défroques de lierre à l'abandon sur une mosaïque de débris de vaisselle, une corde à linge, de la lessive qui trempait dans des cuveaux pleins de bleu de Prusse, des pépiements de moineaux qui se poursuivaient et vous faisaient relever la tête et découvrir par des échappées l'horizon, les toits de Paris, les cheminées qui indiquaient toutes le ciel du doigt, drôle de ciel, ma parole, artificiel et fantasmagorique. Un vélum de bruits. Roulement des fiacres et des omnibus. Les pas des chevaux. Les trompes des taxis. Coups de sifflet. Éclairs. Dynamo. Explosions lointaines. En tendant l'oreille, on entendait les rats. J'ai souvent habité la plus haute de ces chambres.

Non, le grignotement des rats ne tombait pas du ciel mais venait de la chambre à côté, de l'un de ces cabinets à quatre francs par mois qui avaient rendu l'hôtel fameux dans le quartier et que j'ai également à peu près tous habités selon les hauts et les bas de la vie que je menais entre 1908 et 1914, me liant avec les plus purotins de mes voisins qui tenaient plus ou moins le coup, ou que l'on emportait à l'hôpital, ou qui se suicidaient, comme un nommé Bergman, étudiant en mathématiques, en relation avec Henri Poincaré, en relation avec Paul Painlevé, qui vivait comme une larve entre ses cloisons, qui n'avait aucun besoin, rongeant une miche de pain, buvant de l'eau, passant généralement son temps à la bibliothèque de la Sorbonne, et qui descendit un jour dans le « jardin » se pendre à la corde à linge, s'asphyxier dans les effluves, les émanations de la lessive, à moitié écroulé dans le bleu de Prusse, râlant, le nœud défait. Il avait bien calculé ses chances et trouvé la solution. C'était par une belle journée de printemps. Midi sonnait. Il avait tenu tout l'hiver…

Ces fortes secousses ne manquaient pas de dégager une leçon sévère de réalisme et de perversité comme la vie morale s'y emploie avec ironie pratique, sévices, logique, bon sens et une monstrueuse volupté, aboutissement d'une loi physique aveugle ou d'un impératif catégorique pour intellectuels : le nivellement, la destruction. C'est inexorable. À bas les inutiles ! À mort ! Deux fois deux font quatre. Il n'y a pas d'échappatoire, ni de salvation, ni de foi. Comme dit un proverbe nègre : *Possible = Impossible*[7].

4

LA FILLE DE L'OUVRIER BOULANGER

À l'époque de leur splendeur, c'est-à-dire à la fin du XVIIIe siècle, au temps de Restif de La Bretonne, ces hautes et grandes chambres de la maison devaient comporter chacune une alcôve. Ces alcôves avaient été non pas murées mais condamnées par une cloison, non pas de carreaux de plâtre mais faite d'une simple feuille de carton peinte en faux bois, derrière quoi on entendait respirer le miteux qui avait loué ça. Payer quatre francs par mois ce genre d'isoloir, c'était encore beaucoup trop cher pour un être humain ! On y pourrissait sur place.

Sans avoir à se lever de son méchant lit, on pouvait tout faire autour de soi : se laver au minable et minuscule lavabo d'étain terni et cabossé par le temps et l'usage ; faire cuire un œuf, réchauffer des fades légumes, par exemple une pincée d'épinards tièdes ou refroidis de chez le traiteur du coin, en plaçant le plat d'aluminium sur l'ingénieux petit appareil patenté, monté en couronne sur le bec du gaz, lequel bec ne fonctionnait qu'en absorbant d'innombrables pièces de deux sous que l'on glissait au fur et à mesure dans la fente du compteur ou gazomètre ; ouvrir la porte du cabinet sans se déranger, ce qui était exceptionnel car on n'attendait personne, ayant perdu depuis longtemps tout espoir de voir jamais quelqu'un monter à l'étage et frapper, et si l'on cognait à la porte, c'était l'échéance, c'était le patron qui venait réclamer ses quatre francs, et l'on se fouillait, bouleversant sa couche, pour ne pas être foutu dehors.

Après la visite, on avait beau retourner ses poches, le gaz s'éteignait automatiquement. Pas de pièces de deux ronds, pas de lumière. Il faisait alors plus noir que dans une cellule de la Santé, le cagibi n'ayant pas de fenêtre, sinon une malheureuse prise d'air donnant sur l'escalier et encombrée par la chasse d'eau des gogues dont le tuyau du trop-plein remplissait parcimonieusement le vieil ustensile d'étain, avec le lit de fer le seul meuble servant aux usages de la vie courante.

Suant, moite de fièvre, l'on se désaltérait d'une giclée d'eau javellisée. Et il ne restait rien d'autre à faire de la journée que de se renverser sur son matelas, de se tourner et de se retourner, ou, saisi d'une épouvante subite à les sentir manœuvrer stratégiquement sur vous, se livrer en tâtonnant à la chasse aux punaises, se lever pour noyer la grosse vermine dans le bassin du lavabo, et, après cet effort, se rincer la bouche, se rafraîchir le bout des doigts, s'ajuster en hâte, sortir, filer, dégringoler les escaliers, le renâclement des gogues vous éclatant de rire dans le dos.

Une fois dans la rue, on relevait son col et puis...

Quoi ?

Quoi faire ?

Comment trouver des sous ?

Qui taper ?

Ça n'était pas drôle.

Le coin tourné, il n'y avait que des putains sur le Boul' Mich'...

On courait se réfugier au *Bar des Faux-Monnayeurs*[8] où d'autres pauvres types faisaient sous eux d'épuisement, tous en rang contre le mur du fond, attendant quoi ? Rien. Il n'y avait pas à discuter. Tout le monde se taisait. Rien, c'est rien. Plus que tout. Rien. Les stigmates. On a beau avoir vingt ans. Beaucoup allaient voler. On ne les revoyait plus. Paris est immense...

Cette année-là, mon voisin de droite était un ouvrier boulanger. Comme moi, il travaillait de nuit et encore comme moi, qui ne faisais que de l'intérim, il ne faisait que des extra, n'aimant pas le travail régulier. C'était un simple qui avait pris l'habitude de parler comiquement à haute voix comme s'il avait été seul et je l'entendais à travers la cloison maudire le fournil et son éreintant métier au pétrin qui le desséchaient et le courbaturaient, et je l'entendais boire et trinquer avec la gamine qui vivait avec lui car il n'était point seul dans l'ignoble cagibi où le couple bizarre se complaisait, et du matin au soir, toujours à travers la mince cloison, tout le long du jour, j'entendais les damnés s'ébattre, faire grincer le lit, échanger des caresses, des baisers, des étreintes, lui, distribuant des claques, flanquant des coups, comptant ses triomphes à haute voix ; elle, ne soufflant jamais mot, haletante, gémissante, poussant soudainement un cri comme si on la perçait à vif ou se laissant aller dans un roucoulement passionné qui inquiétait à la longue tellement il sonnait faux, en hiatus, frisant l'hystérie, tombant en syncope. Certains jours, quand ça durait trop, les locataires de l'hôtel s'ameutaient derrière la porte close et les gens, surtout les femmes, faisaient un tel chahut, menaçant de tout enfoncer, que le patron s'amenait en catimini avec sa barbe de missionnaire étalée sur sa poitrine et qui lui descendait jusqu'au nombril. Un chat de gouttière. Un vieux matou.

« C'est le père et la fille ! disait-il. Je vais les fiche à la porte. C'est une honte... »

Et il ouvrait avec son passe-partout.

On voyait alors l'ouvrier débraillé qui maintenait la porte de l'alcôve. C'était un maigrichon noué comme un cep, petit, hâve, avec des cheveux très drus et des yeux charbonneux. L'homme pouvait avoir dans les trente-cinq ans.

« ... Et que voulez-vous que j'y fasse ? disait-il. Oui, c'est ma fille. Elle est folle. Comme sa mère. J'ai tout essayé. J'ai déjà été convoqué au commissariat. Et maintenant je la tiens sous clé pour qu'elle n'aille pas rôder à la Maube. Mettez-vous à ma place... »

Et il ajoutait de sa voix cocasse d'ivrogne ventriloque habitué à prêcher dans le désert :

« Ne faites pas de giries, c'est assez compliqué

comme ça ! Allez au bistro, je vous rejoins. C'est ma tournée. On discutera le coup entre hommes... »

Les hommes descendaient sagement. L'ouvrier boulanger sortait à son tour, fermant la porte à clé, à double tour, se reboutonnant, tirant sur sa casquette à cause de ses tifs qui ne voulaient pas rentrer et ne sachant que faire de son imperméable, l'enfiler ou non.

Il descendait en hésitant.

Le patron ne faisait alors qu'un bond des gogues au cagibi, manœuvrant son passe, poussant le verrou intérieur, cependant que la patronne, malgré son hydropisie, montait déjà les étages, appelant « Paul !... Paul !... » dans les escaliers, d'une voix suave et que son vieux paillard de mari ressortait bredouille et très ennuyé de l'alcôve.

Personnellement, je n'ai jamais vu la fille ni ne sais son nom ou son surnom.

Quand les deux cinglés faisaient par trop de vacarme, je poussais l'instrument contre la cloison et je me mettais au piano.

La Danse des morts, Erotikon, de qui est-ce[9] ? Jamais plus je n'ai joué ces morceaux-là.

J'avais envie de partir et je suis parti.

. . . .

Mais en 1912...

5
LE BOUL' MICH'

En 1909, je suis retourné en Russie, d'où j'ai passé au Canada[10]. En 1910, j'étais de retour à Paris, toujours au même *Hôtel des Étrangers*, d'où le couple extravagant avait disparu. En 1911, je vivais à New York, où j'ai écrit mon poème *Les Pâques* dans la dernière maison en bois de la 96e rue, Ouest, chez un gangster hongrois qui avait une chouette petite femme et où j'avais comme voisin de chambre un gentleman anglais, un aveugle, absolument abracadabrant et chichiteux.

Mais en 1912, dans le petit café assyrien du Boul' Mich', le petit *Biard*, sis à deux pas du *Bar des Faux-Monnayeurs* qui m'envoyait ses délégués, un peu plus haut que la rue Cujas, à un demi-pas de la boîte où, nuit après nuit, je pondais la *Prose du Transsibérien et de la petite Jeanne de France*, une fille venait se placer sans rien dire à l'unique table de l'établissement où j'écrivais jusqu'à la fermeture, à 2 heures du matin, acceptait un café crème, des croissants, une double, une triple portion de sucre en morceaux et m'apportait « son dernier-né », le déficelant des langes, une double page d'un journal du soir toute maculée des photos du jour, le déroulant, l'extrayant du paquet tire-bouchonné pour me présenter son trésor, une godasse, qu'elle se mettait à bécoter, à torcher, à astiquer avec la langue, une chaussure d'homme, racornie et carbonisée. C'était manifestement une folle que l'on laissait circuler parce qu'elle était inoffensive. Comme la donzelle ne soufflait mot, je n'ai jamais pu apprendre si ce soulier était celui du père, mais j'ai eu immédiatement l'intuition que cette jeune pouffiasse innocente était la fille du boulanger, mort, ou en prison, ou végétant dans un asile.

En vérité, je n'en sais rien...

C'était une blondasse aux yeux chassieux avec cette peau particulièrement malsaine, verte et bleue et ponctuée de points noirs, des vierges qui font de l'anémie et ont des pertes blanches.

Bienheureux sont les pauvres d'esprit.

6
HÔTEL NOTRE-DAME

En 1917, je revenais de la guerre avec un bras en moins et pour la première fois de ma vie j'écrivais un poème de la main gauche : *Au cœur du monde*. J'avais trente ans.

. . . .

HÔTEL NOTRE-DAME[11]

Je suis revenu au Quartier
Comme au temps de ma jeunesse
Je crois que c'est peine perdue
Car rien en moi ne revit plus
De mes rêves de mes révoltes
De ce que j'ai fait à dix-huit ans

On démolit des pâtés de maisons
On a changé le nom des rues
Saint-Séverin est mis à nu
La place Maubert est plus grande
Et la rue Saint-Jacques s'élargit
Je trouve cela beaucoup plus beau
Neuf et plus antique à la fois

C'est ainsi que m'étant fait sauter
La barbe et les cheveux tout court
Je porte un visage d'aujourd'hui
Et le crâne de mon grand-père

C'est pourquoi je ne regrette rien
Et j'appelle les démolisseurs
Foutez mon enfance par terre
Ma famille et mes habitudes
Mettez une gare à la place
Ou laissez un terrain vague
Qui dégage mon origine

Je ne suis pas le fils de mon père
Et je n'aime que ma bisaïeule
Je me suis fait un nom nouveau
Visible comme une affiche bleue
Et rouge montée sur un échafaudage
Derrière quoi on édifie
Des nouveautés des lendemains

. . . .

J'habitais sur les quais. J'étais heureux. Je venais de rencontrer Raymone.

… *Tu es plus belle que le ciel et la mer*[12]…

écrivais-je encore et toujours de la main gauche.

Mais quand on aime il faut partir…

Et, bientôt, je suis reparti.

Dans les marécages du Paraguay il y a des nuées d'aigrettes blanches qui ne s'envolent pas à votre approche. Sur les confins du Paraná, il y a des troupeaux de pécaris, qui sentent fort, et qui s'approchent et vous entourent si vous les chassez en auto.

Ils ne savent pas ce que c'est qu'un klaxon ou un coup de feu.

Le bruit du moteur les enchante.

Ils ne savent pas ce qu'est l'homme.

Vive la liberté !

7
RÉCEPTION À PARIS

Nouvelle guerre.

. . . .

En 1950, après dix ans d'absence, je rentre à Paris.

Avec Raymone, nous descendons *Hôtel Notre-Dame*, ce qui est un luxe, l'hôtel ne louant pas seulement ses chambres à la journée (comme d'autres leurs chambres de passe), mais louant avant tout ses fenêtres, fenêtres qui donnent toutes sur Notre-Dame et sur la Seine, fenêtres retenues d'avance par des peintres et des esthètes américains impatients de fixer sur la toile ou en photographie en couleurs le paysage immortel de la cathédrale de

Victor Hugo (un comble pour un athée ou un libre penseur !) et cela fonctionne sans arrêt comme une usine à la chaîne. Pour nous deux, qui nous aimons bien, c'était une grande faveur que d'être là. Nous vivions à la fenêtre et, comme le marché est à deux pas, je descendais le matin de bonne heure et je remontais vite avec des brassées de roses, de pivoines, de pieds-d'alouette et un tout petit bouquet discret mais embaumant de cette fleur qu'on ne trouve qu'à Paris, la *bouvardia*, et que les engageantes marchandes du quai aux Fleurs qui en laissent dépouiller leur panier s'entêtent à appeler le *boulevardia*.

L'été était superbe, la cuisine bonne, la cave bien garnie, c'était bien mon tour de jouir de cet entracte que je devinais ne pas devoir durer trop, et Raymone me faisait rire comme aucune femme au monde n'a jamais su me faire rire, car elle est fine, Raymone, une comique et une comédienne sensible qui pige immédiatement le ridicule et les travers des gens. Or, j'adore les femmes de théâtre pour qui tout est joie, qui ne sont pas dupes des hommes, ni d'elles-mêmes, et sont contentes de rien. Mais pour cela il faut avoir vécu à la ville et à la scène. Ce qui n'empêche pas Raymone d'avoir des dévotions particulières et de porter sur elle, comme une illuminée, sa famille de petits saints de Provence et d'ailleurs, à quoi s'ajoute ce que je lui rapporte, moi, du Brésil et d'Afrique, des superstitions, des formules, des pratiques, des gris-gris, tout un arsenal de petits accessoires magiques et rigolos, des mains, des piayes, des herbes nouées, des pailles tressées, des écorces, des racines de la grande forêt équatoriale, des bouts de bois versicolores, des graines plus précieuses que des perles, des peaux de serpent, le bout de la queue et les dents, des écailles, des plumes d'oiseaux, bec et griffes, des touffes de poil tendre ou rigide, des cailloux, des coquillages, des épines, et jusqu'à des disques caraïbes, de la musique cabocla de danse, des chansons et des refrains d'Indiens, des paroles obscures de Nègres pour remplacer les horoscopes ou la clé des songes. C'est merveilleux. La joie de vivre sous les tropiques. Les hommes comme les animaux. Le simple fait d'exister est un véritable bonheur[13].

Hélas ! comme tout le monde nous cherchions un appartement[14] et je profitais de nos courses et de nos visites en ville pour reprendre contact avec Paris. Paris aussi est merveilleux. Nous faisions le tour du Ve arrondissement, remontant le Boul' Mich', longeant les boulevards de Port-Royal et de Saint-Marcel, descendant le boulevard de l'Hôpital, plantés de marronniers, d'ormes, l'arbre à Sully, de platanes, l'arbre à Mirabeau, l'Ami des Hommes, de poivriers, et nous rentrions par les quais, de Saint-Bernard, de la Tournelle, de Montebello, à l'ombre des grands trembles penchés sur la rive et les peupliers d'argent, nous arrêtant devant chaque bouquiniste pour bavarder, feuilleter un livre. Dieu, ce que j'aime le peuple, la rue ! Ma parole, cela n'a pas de fin. Je me souviens que sur le terre-plein de l'Hôpital, sous le quinconce des catalpas qui est le marché aux nouvelles des anciens légionnaires et autres clochards, les hommes se levaient du pied des arbres ou se détachaient des grilles du métro pour me courir après, me serrer, me baiser la main (on se reconnaît d'instinct entre vieux de la Légion !). « Te voilà revenu, chic alors ! Donne-moi cinquante francs pour aller boire... » disaient-ils, et chacun de me taper. C'était le tarif. Pauvres gens, comme ils étaient avachis ! Je ne sais combien j'ai distribué. Raymone pleurait d'émotion. Je souriais d'orgueil et de joie à cette réception. Alors, je me mis à lui raconter ma vie d'autrefois dans le quartier ami et dont tous les habitants, comme les poètes, ont un grain.

« C'est toujours vivant, Raymone...

— Tu devrais l'écrire, Blaise...

— Oui, bien sûr, mais trouvons d'abord un appartement. Je ne suis pas pressé d'aller m'enfermer... »

Ce n'est pas un métier, sinon un métier de fainéant. Que j'ai horreur des hommes de lettres ! On n'est pas sur terre pour pondre des livres et qu'il est difficile d'écrire sans faste, simplement, vrai. Comme on vit.

Et qu'il est difficile de vivre !...

1955

MORT SUBITE

À Martine

Ven, muerte, tan escondida
que non te sienta conmigo
porqu'el gozo contigo
no me torno a dar la vida...
El Comendador (1550 ?)[1]

I
COUPS DE SOLEIL

Sortant de la mer, je surpris un colibri qui frémissait de ses petites ailes à ce point vertigineuses qu'on les voyait à peine vibrer et l'oiseau s'immobilisait en l'air devant chaque fleur d'une hampe surchargée de capsules fuchsia qui jaillissait du cœur d'une cactée, passant de l'une à l'autre, violant l'intimité des corolles sans se poser, sans les blesser, évitant les piquants, les coutelas, les épines à crochet, passant outre et repassant comme un affiloir électrique et bourdonnant sur un mode menaçant comme un avion lilliputien en piqué, comme une balle de revolver, un atome en fission.

C'était aux tropiques. La plage était déserte. La Pisana ne s'était pas encore montrée. Je sortais de la mer. J'étais au soleil. Il était midi. Le sable me brûlait la plante des pieds. À chaque pas, je jetais un regard méfiant autour de moi et regardais où je posais les pieds à cause des mousses qui sécrètent un suc laiteux, topique vésicatoire et vénéneux, à cause des herbes urticacées, des lianes-torpilles, des feuilles-glu, des fleurs carnivores, à cause des serpents et plus particulièrement des bestioles que des grosses bêtes, avant tout des araignées, des chenilles, des vers, des fourmis quand on s'assoit enfin sur le sable dans un endroit dégarni de plantes, brindilles, radicelles, tiges, bien à l'écart des touffes et des rameaux du bocage et loin de l'ombre des tamariniers et des mancenilliers qui font bosquets, des filaos et des palétuviers entre les racines desquels grouillent les hideux crabes à crête rouge, rongeurs et sauteurs, des palmiers dont la bourre, le crin, le feutre laissent dégouliner entre les écailles du tronc un caviar fait d'œufs et de vermine, des traînées de poux et de lentes, des perce-oreilles et des mille-pattes et des énormes scarabées coureurs, à cornes, à mandibules, des bousiers infatigables, on s'installe en plein soleil sur un *tapa*, une rondelle de sable bien lisse et que l'on aplatit encore des pieds et des mains, la battant comme un tambour pour en faire sortir les mouches, car sur toutes ces plages de sable fin en forme de collier qui entourent Santos, *a Praia Grande*, la plus sauvage, celle de San Vicente, la plus avenante, au-delà de la ville, Guarujá, la plus mondaine, *a Praia das Tartarugas* (des Tortues), la plus solitaire, en deçà, règne la mouche des sables, une espèce de mouche charbonneuse particulièrement mauvaise et enragée, à la morsure ou à la piqûre foudroyante et souvent mortelle, surtout si la terrifiante mouche se pose sur la lèvre supérieure où elle pond et engendre immédiatement un anthrax qui vous dévore la face, la mouche verte, *a Cesarina*.

Néanmoins, ces plages sont si paradisiaques, grand air, brise du large, rouleaux de l'Atlantique, festons détonnants d'écume blanche, ciel céruléen, roches de porphyre, flore exubérante et, d'autre part, Santos est si intenable par la chaleur, bruyante, poussiéreuse, la ville la plus ennuyeuse et la plus débauchée du monde, que ces plages sont envahies et que le *Grand Hôtel* de Guarujá, qui est aussi un casino où l'on joue gros, est toujours plein. Comme à Monte-Carlo pour les suicidés, en cas d'accident sur la plage, la victime de la mouche des sables est immédiatement escamotée et la publicité du casino dans les journaux redouble d'intensité et la *furia* des orchestres dans les salons. Changement de programme : on annonce de nouvelles attractions, de nouvelles vedettes, danseuses nues, jazz, sambas, trompettes et *batutas*, virtuoses nationaux et étrangers... De quoi s'étourdir ! Mais à quoi bon ?...

Le jour de mon arrivée, un samedi soir, le temps de franchir les trois rouleaux qui se fracassaient sur la plage en face de l'hôtel et de nager un peu au large, je fus hélé et rappelé par l'ami qui avait consenti à m'accompagner à Guarujá, un Brésilien de vieille souche, qui me dit, saisi d'émotion : « Qui faut-il prévenir à Paris, Mme Raymone ? Vous ne savez donc pas, Blaise, que cette eau est pleine de requins ! Vous me faites peur... » Et dès le lundi matin, cet ami, qui avait promis de rester trois semaines en attendant mon bateau, déguerpit dare-dare pour rentrer en ville, terrorisé, ayant appris que le dimanche, alors que nous étions à la roulette, un chauffeur de taxi avait été foudroyé par la mouche des sables comme il se déshabillait et avant même d'avoir eu le temps de faire trempette.

Sale mouche verte. Une plaie. Mais une autre plaie pour moi, maintenant que je restais seul dans ce lieu de délices exotiques, était la foule qui s'ébattait sur la plage et dansait dans les salons du casino, et c'est pourquoi, les jours d'affluence, je hantais de préférence la plage des Tortues où, un matin, j'avais surpris un couple d'onces en train de pêcher. Le mâle se retourna pour me flairer de loin, sa queue battant ses flancs, puis il ne s'occupa plus de moi qui me rapprochais, pour rejoindre sa compagne qui bondissait dans les rouleaux écumants, les pattes en l'air, les griffes écartées pour attraper les poissons portés par la vague qui lui passait par-dessus la tête. Ce jeu d'adresse était merveilleusement entraînant et les mouvements et les bonds des deux félins d'une beauté, d'une souplesse, d'une liberté, d'une aisance indescriptibles.

Tel est le Brésil, d'une grandeur ineffable où la civilisation et la sauvagerie ne contrastent pas mais se mêlent, se conjuguent, s'épousent d'une façon active et troublante. On reste le souffle coupé d'admiration et, souvent, de terreur ou de passion.

II

LA PISANA

Un autre matin, j'avais vu non pas une tortue mais une sirène sortir de la mer et se diriger droit sur moi.

J'étais en train de m'installer à la Pointe des Harponneurs et je battais consciencieusement du plat de la main le *tapa* où j'allais m'asseoir, quand une femme émergea de derrière les rochers, vint à moi et me dit :

« Je suis la propriétaire. La plage de Guarujá ne vous suffit donc pas ? Voici plusieurs jours que je vous observe. Cette plage est à moi. Vous me dérangez. Je vais vous faire dresser un procès-verbal et vous payerez l'amende !... »

Et elle s'éloigna.

Un comble !

Je lui courus après.

« Excusez-moi, madame, mais vous ne voulez pas profiter de la petite Ford de l'hôtel qui va tout à l'heure m'apporter mon déjeuner ? Par cette chaleur ! Vous pourriez monter à bord. Daignez en profiter pour rentrer, la voiture est à votre disposition. En attendant, veuillez vous asseoir... »

Et je lui offris un *tapa* de sable que je me mis à battre de ma main unique.

J'étais en slip, elle en maillot de bain très collant, d'un vert affreux. J'ai horreur du vert. Elle aurait pu avoir horreur de mon bras coupé.

Elle me toisa sans rien dire et s'engagea dans

le raidillon de la crique, franchissant la crête qui sépare la plage des Tortues de celle de Guarujá, une trotte de dix bons kilomètres.

« Encore un numéro, pensai-je. Une folle... »

C'était une très grande femme, forte, à la peau très blanche, à la bouche lourde, les yeux d'une couleur indéfinissable, les cheveux noirs en bandeaux. Je la regardais s'éloigner. Elle avait un port de reine et une démarche si bien équilibrée que j'aurais parié qu'elle avait dû porter dans sa jeunesse la cruche sur la tête comme les Siciliennes font qui vont à la fontaine et qui ont cette démarche élastique et bien balancée. Mais quelle imprudente ! Elle n'avait même pas un stick à la main. Elle aurait pu faire une mauvaise rencontre, par exemple celle d'un alligator et il n'en manquait pas derrière la plage, la piste dans laquelle elle s'était engagée zigzaguant entre les lagons envahis de brousse basse. En outre, elle allait pieds nus, sans souci d'attraper une chique dans la poussière, ces cirons qui vous creusent le gros orteil en une nuit, ou une épine de *cipo*[2].

La comédie de notre rencontre se renouvela plusieurs jours de suite. J'aurais volontiers surnommé cette femme étonnamment frigide, méprisante et revendicatrice, qui ne me poursuivait pas mais m'ennuyait et me faisait chaque fois que nous nous rencontrions sur cette plage déserte, dont elle se prétendait propriétaire, une scène ridicule comme si nous avions été en ménage, la *Cesarina*, la reine des mouches vertes, tant sa présence m'horripilait et que tout, la grande nature de Dieu, libre et sauvage, se flétrissait dans son sillage.

Quand elle se montrait, le corps en deuil dans son maillot collant, j'avais envie de lui crier de se revêtir de fourrures, oui, sous le tropique, tant elle était de glace. L'incarnation du malheur. Une statue de sel. Cela n'arrive qu'aux femmes très belles et déçues, à celles qui en avaient une et qui ont raté leur destinée, qui ont tout raté. J'aurais bien voulu lui faire les lignes de la main. Grands dieux ! que lui était-il arrivé dans la vie pour être comme morte et exaspérée ? Elle n'avait rien d'une aventurière comme le sont de prime abord toutes les femmes qui restent en panne dans un pays d'outre-mer et qui manquent régulièrement le bateau pour des raisons qui n'en sont pas puisqu'elles sont celles du cœur : un gigolo, un vieux, du fric, une situation, des regrets, la peur du passé qui empêche de rentrer au pays natal, la famille, des remords, des souvenirs tendres, un enfant abandonné, le scandale.

« C'est une Italienne. On l'appelle la Pisana. C'est une ancienne chanteuse. Il y a longtemps qu'elle est ici. Elle est venue en tournée avec la Scala de Milan. Mais je ne sais pas au juste ce qu'elle trafique. Elle tient un tripot », m'avait dit le chauffeur de la petite Ford de l'hôtel, un marmiton de quinze ans, qui m'avait apporté mon déjeuner un quart d'heure après notre première rencontre et que j'avais interrogé.

Et le gosse était reparti, m'avisant :

« Un de ces soirs, elle va vous envoyer Cicerão, le *sub-delegado* de la police et vous aurez des ennuis.

— Tu crois, petit ?

— Bien sûr, elle a déjà fait le coup.

— Eh bien ! si tu la rencontres, tu lui diras que je m'en fiche... Mais si tu la dépasses avec la voiture, tu feras monter la dame à bord, il faut savoir rendre hommage à une belle femme... »

Et, un soir, j'eus la visite de Cicerão à l'hôtel, qui me fit passer sa carte. C'était l'heure du dîner. Je fis répondre à monsieur le *sub-delegado* de la police de bien vouloir venir à ma table.

III
CICERÃO

Cicerão, bien sûr, je le connaissais de vue, car on ne voyait que lui dans la rue unique de Guarujá depuis dix ans qu'il s'y baladait, toujours en pyjama, tête nue, les pieds dans des pantoufles de paille, un roman de Giraudoux à la main, un grand corps mou, déboutonné, sans âge. Avec sa mince couronne de cheveux frisés autour de sa calvitie, chaque fois que je le rencontrais sortant de chez le coiffeur il me faisait penser à Pétrone en exil, hilare et aviné, empestant la violette de Parme, son élixir.

Cicerão ! Je ne sais pas d'où lui venait ce surnom, mais il y avait de quoi rire car un clown typiquement brésilien, un braillard tonitruant, un bonimenteur, un grimacier qui s'esquivait et se tirait de tous les mauvais pas de son discours en déclenchant le fou rire, un nègre inimitable, aussi célèbre à São Paulo que Grock[3] à Paris, portait ce même sobriquet de Cicéron, le plus éloquent et le plus truqueur des orateurs romains !

Par ailleurs, personne ne pouvait prendre le *sub-delegado* de la police au sérieux, sa renommée de paillard bon vivant étant trop solidement établie à Guarujá, sans rien dire des autres bruits fâcheux, suspects ou scabreux qui circulaient sur son compte et auxquels le pitre bavard et impénitent ne faisait pas faute de collaborer en des palabres qui n'en finissaient pas, la nuit, sous les palmiers de l'hôtel ou dans la véranda, en absorbant d'innombrables *cafezinhos*, avec les uns, avec les autres.

À l'entendre, il avait débuté dans la vie comme professeur de littérature française dans un lycée de jeunes filles à Rio de Janeiro. Après en avoir été dégommé « pour romantisme », précisait-il avec le sourire et, assurément, il ne devait pas se vanter, il avait vécu durant une quinzaine d'années dans une petite ville perdue de l'intérieur où il avait exercé la profession d'avocat, se spécialisant dans les affaires de lotissements, cette plaie du Brésil, une escroquerie à l'échelle de cet immense territoire en partie encore inexploré et dont la fortune est dans l'avenir, mettons, avec un peu de chance, au XXIe siècle si, d'ici là, les escrocs des lotissements qui plantent des barbelés dans les solitudes sauvages du pays et les avocats marrons qui trempent dans ce genre d'affaires véreuses n'ont pas mangé, si l'on peut dire, ces millions de kilomètres de barbelés comme on mange son blé en herbe.

Quoi qu'il en soit, l'homme devait avoir des

protections politiques ou des relations occultes puissantes, car ce n'est pas sans étonnement que les habitants de Guarujá, qui n'en avait jamais eu auparavant, virent débarquer chez eux un beau matin, c'était un lendemain d'élections, ce phénomène de Cicerão en qualité de commissaire de police et qui, dûment muni des pouvoirs nécessaires, réquisitionna la dernière maison libre du patelin, la plus déglinguée au fin bout de la plage, s'y installa avec ses trois filles, treize, dix-sept et dix-neuf ans, prénommées, d'après les romans de Giraudoux, Bella, Suzanne et Tessa[4], cloua une pancarte au-dessus de la porte où les mots *Police fédérale-Commissariat* étaient imprimés au pochoir, hissa le drapeau national sur le toit, alluma un cigare, se déshabilla pour revêtir un pyjama, serra la cordelière, fourra un livre dans sa poche, *Sodome et Gomorrhe*[5] qui venait de paraître, et sortit faire sa première tournée en ville, tournée qui devait durer dix ans et qui l'avait mené, dès le premier jour, directement chez la Pisana, un club, un bar clandestin, un salon où les joueurs malheureux du casino venaient se refaire au pharaon ou déposer des gages, bijoux, autos, la patronne prêtant de l'argent à la petite semaine. Ce farceur de *sub-delegado* avait du flair ! En dix ans, le commissariat était devenu une annexe du mont-de-piété et dans sa cour s'alignaient plus d'automobiles que dans le garage du *Grand Hôtel*. Tout était à vendre et à emporter.

Ce n'était pas mal, c'était même un beau début de civilisation, car il faut dire que Guarujá n'existait pas il y a vingt-cinq ans et qu'en dehors du casino, d'un immense parc d'attractions, d'un millier de baraques disséminées dans les bananiers et les papayers, dans le genre de ce qu'on appelle à Marseille des « cabanons », la petite cité balnéaire se compose aujourd'hui de trois cents villas américaines préfabriquées posées à même le sol en bordure de l'océan et souvent de guingois entre les touffes épaisses des manguiers centenaires que l'on évite à cause de la jacasserie assourdissante des perruches et des perroquets qui vous font tourner la tête matin et soir, et la fameuse et dangereuse plage de sable fin infestée par la mouche verte, *a Cesarina*.

Pour la circonstance, Cicerão avait enfilé des escarpins vernis, des chaussettes de soie, une chemise plissée, un blanc impeccable, amidonné, empesé, glacé, lustré à croire que chacune de ses trois filles l'avait passé au fer chaud à tour de rôle et s'en était donné à cœur joie pour que papa soit beau et correct. Mais il s'était noué une cravate extravagante autour du cou et il portait un trop gros diamant au doigt.

J'avoue que je ne pus m'empêcher de recevoir cet homme avec beaucoup, beaucoup de bonne humeur ni me retenir de rire de bon cœur en le voyant manger comme quatre et siffler cinq bouteilles de champagne sans s'arrêter de parler, de parler à tort et à travers...

J'aime tenir tête à pareil convive à table.

IV
PROCÈS-VERBAL

En résumé, Cicerão n'avait pas grand-chose à me dire personnellement, sinon me notifier que sur la plainte de la propriétaire de la plage des Tortues il s'était rendu sur les lieux pour constater les dégâts que j'avais commis dans la clôture de barbelés pour pouvoir passer en automobile, pénétrer dans un lotissement et aller me baigner sur une plage privée, me prier de bien vouloir reconnaître les faits, de lire et de signer le procès-verbal qu'il avait dressé contre moi et accepter de payer séance tenante l'amende à laquelle j'avais été condamné et qu'il était chargé d'encaisser, soit deux millions de réis.

Qu'on se rassure, cela ne faisait que dans les quatre mille francs français à l'époque. Néanmoins, je trouvai la chose exagérée.

« Vous voulez rire, dis-je au *sub-delegado* de la police. Le marmiton et moi n'avons fait que déplacer deux poteaux de l'enceinte pour pouvoir passer sans accroc avec la petite Ford de l'hôtel et tous les soirs, en rentrant, nous prenions le soin de replacer ces poteaux dans leurs alvéoles. La barrière des barbelés est intacte. Il n'y a pas de dégâts. Vous exagérez et vous avez une drôle de façon de recevoir les touristes à Guarujá. C'est de la mauvaise publicité.

— Vous avez votre visa et vous embarquez mardi prochain, monsieur le veinard, vous rentrez à Paris, de quoi vous plaignez-vous ? Vous avez de l'argent. J'officie en tant que commissaire de police et suis venu vous trouver ce soir, trois jours avant votre départ, en tant que gérant du lotissement et au nom de ma patronne, la Pisana.

— Comment, la reine des mouches, la *Cesarina*, elle est réellement propriétaire de cette plage déserte ? m'écriai-je. Mais cette femme est folle !

— Épargnez-moi de perdre patience et évitez-vous une assignation de comparaître mardi en justice de paix, et un faux départ. Tenez, voici la quittance. Payez !... »

Alors, j'éclatai bien franchement de rire.

Immédiatement, le *sub-delegado* changea de registre.

« Vous êtes un homme heureux. Je vois qu'on ne vous la fait pas.

— Non, lui dis-je. Je sais que vous avez déjà fait le coup.

— C'est une honte, fit-il, et je le confesse. Mais, que voulez-vous, le dimanche est un jour fatidique. Demain matin, nous devons payer nos ouvriers et nous n'avons pas un sou en caisse.

— Quels ouvriers ?

— Les deux mulâtres qui tendent nos barbelés.

— Je ne les ai jamais vus à l'œuvre.

— Oh ! c'est qu'ils ne travaillent qu'à leur convenance. D'ailleurs, depuis un mois, ils sont occupés de l'autre côté de la presqu'île. Ils débitent des poteaux dans la forêt.

— Et vous les payez combien ?

— Oh ! l'argent est rare. Depuis dix ans qu'ils tendent des barbelés dans le vide ! C'est une histoire qui n'a pas de fin. Je n'en vois pas le bout. Tout y passe. Le barbelé, c'est cher et ça se paie comptant...

— Et les hommes ?

— Quoi, Balbino et Ferudo ?

— Oui, enfin, vos mulâtres, vos gens de couleur, vos deux Nègres.

— Tant qu'on n'a pas d'acheteurs, on leur donne un acompte par-ci par-là. Oh ! ils ne sont pas malheureux, ils campent, ils pêchent, ils vont à la chasse, ils font des économies et nous capitalisons leurs intérêts. Ce sont, en somme, nos deux premiers clients. Un jour, ils auront un lot en propre.

— Et votre diamant au doigt, il n'est pas à vendre ?

— Non », me répondit Cicerão en pliant et repliant le pouce de la main gauche auquel il portait son anneau. « Le diamant n'est pas à vendre. Je suis veuf. J'ai trois filles. C'est un beau solitaire, hein ? Cette grosse pierre fera leur dot. C'est encore une idée de la patronne. C'est une femme de tête. Elle amasse. Elle en a plein un sac. J'ai dû la menacer. Elle me l'a donné tout à l'heure au club comme je me rendais chez vous. Ce diamant représente mes dix années d'appointements et j'ai dû en faire des tours et des combinaisons au commissariat pour arriver à élever décemment mes filles. À force de tirer le diable par la queue, on finit par sentir le bouc. J'en ai honte. Comme pour les deux Noirs, la Pisana ne voulait jamais me payer. Cette femme, je la déteste. Elle m'a exploité jusqu'à la gauche.

— Et c'est aujourd'hui que vous vous en apercevez ?

— Oh ! vous ne pouvez pas savoir, c'est une femme de tête ! Après Sarah Bernhardt[6], c'est la femme qui a ratissé le plus d'argent au Brésil. Vous ne pouvez pas imaginer ce que fut le triomphe de la tournée de la Scala de Milan en Amérique du Sud et plus particulièrement chez nous, dans les deux capitales, à Rio et à São Paulo où, pour la première fois, les millionnaires italiens, tous fraîchement enrichis, avaient l'occasion d'étaler leur luxe et d'acclamer les artistes les plus fameux de leur patrie d'origine. La troupe était au grand complet, les premières cantatrices d'Italie, des voix d'or, les meilleurs ténors du monde, un corps de ballet incomparable, rien que des vedettes et des étoiles, un orchestre de cent un musiciens virtuoses triés sur le volet, la baguette magique de Toscanini et ces opéras comme *La Traviata* qui sont l'apothéose de la sentimentalité moderne au Nouveau Monde. Les salles ne désemplissaient pas. Ce fut un boom prodigieux. Le prix des places montait en flèche. Tous les records des recettes étaient battus...

— Je vous demande pardon, la Pisana, c'est un nom de théâtre ? Je ne l'ai jamais vu dans le journal.

— Oh ! vous pouvez feuilleter les journaux, vous ne la trouverez pas. On ne parle pas d'elle. Quand elle est venue il y a une douzaine d'années au Brésil avec la tournée de la Scala, certes, elle faisait partie de la troupe, mais en qualité de choriste. Ce n'était pas une prima donna. Personne ne faisait attention à elle, ce qui a dû lui faciliter les choses au moment de la débâcle, lui permettre de filer en douce et d'aller rejoindre son homme et de réaliser le coup, un des plus beaux coups que je sache. La Pisana avait une liaison secrète. Cette intrigue avait dû se nouer à bord du bateau, comme on en a tant d'exemples. Elle était devenue l'amie de l'imprésario de la tournée, un nommé Arno Porticelli. Aussi, quand en plein triomphe et selon la tradition qui nous en fournit également quelques grands exemples classiques, l'imprésario eut mangé la grenouille et se fut enfui avec la caisse débordante de la Scala, abandonnant les pauvres artistes réduits à se faire rapatrier par le consulat toute honte bue et les mains vides, la Pisana passa inaperçue et s'en vint ici, à Guarujá, retrouver Arno. C'est ça qui me fait dire qu'elle est une femme de tête et croire, même, qu'elle est l'instigatrice du coup. Comme les pirates des anciens temps qui allaient enfouir leur trésor dans les sables d'une île déserte, elle lui fit mettre tout l'argent raflé dans cette plage des Tortues qu'elle entoure lentement d'un réseau de barbelés, une spéculation à très longue échéance, comme toutes les affaires de lotissement chez nous. L'idée était bonne. Qu'est-ce que dix, douze, quinze ans d'attente ? Rien ne presse. Déjà le terrain a triplé de valeur du simple fait qu'il est clos et interdit. Comme on dit, c'est du bien au soleil. J'y veille. Et c'est pourquoi je vous ai dressé une contravention. Vous ne voulez pas payer l'amende, non ? Payez, c'est un bon conseil que je vous donne car avec cette femme on ne sait jamais. Elle serait capable de vous faire manquer le bateau.

— Dites-moi, l'imprésario, Porticelli, qu'est-il devenu ? » demandai-je à Cicerão, faisant la sourde oreille à sa dernière invite tant son inconscience me stupéfiait.

Était-il trop malin, bluffait-il ou faisait-il le bêta ?

Le clown raté me répondit : « Comment, vous n'avez pas deviné ? Arno, mais Arno attendait la prescription. Il ne pouvait pas paraître. Il avait mis toutes ses affaires sous son nom à elle. Mais comme il aimait ses aises et avait vécu longtemps à Londres, il ouvrit le club et en fit cette espèce de mont-de-piété sur le mode anglais qui fonctionne toute la nuit en face le casino. Il se faisait appeler Johnny et passait pour un sujet de Sa Majesté britannique. Il est mort de la fièvre jaune deux, trois mois avant mon arrivée à Guarujá il y a dix ans et depuis je le remplace... Oh ! en tout bien, tout honneur ! s'empressa-t-il de préciser avec un soupir comique. Que Dieu ait son âme ! Je ne suis que l'avocat conseil de la dame... »

Nous allâmes finir la nuit au club. C'était plein. Comme tous les samedis soir les six tables de pharaon étaient bien achalandées et les parties qui s'y disputaient étaient chaudes et acharnées. Cicerão me présenta à la maîtresse de céans. La Pisana ne fit pas mine de me reconnaître. Elle portait une grande robe en dentelles noires, sans un bijou, sauf un trousseau de petites clés diamantées à la ceinture, les clés du coffre-fort qui tenait toute la largeur du salon et devait contenir le trésor des *pawns* devant lequel elle montait la garde.

Un diadème posé sur ses cheveux relevés en forme de casque accentuait sa pose de guerrière sombre et impavide. Elle était plus fière que jamais. En me penchant pour la saluer, j'avais remarqué que le diadème était en carton doré.

« Une reine de théâtre ? Non, une choriste », me disais-je en allant m'asseoir au bar devant un whisky, attendant l'aube et pensant à ce que ce cynique de Cicerão m'avait raconté.

V
UN FAIT DIVERS

Le mardi, à midi, je buvais un whisky au bar du *Blue Star* qui me ramenait à Cherbourg, à bord duquel j'étais monté sans anicroche et je regardais disparaître par le hublot l'île de Guarujá qui se brouillait, qui se troublait, qui se fondait à l'horizon.

J'avisai un journal froissé sur une table, c'était *Le Phare de Santos* de la veille, lundi, qui annonçait en manchette : *LA TENANCIÈRE D'UNE BOÎTE DE NUIT ASSASSINÉE DIMANCHE MATIN À GUARUJÁ.*

On ne donnait pas beaucoup de détails circonstanciés. La femme avait été trouvée gisant à la renverse dans une mare de sang devant son coffre-fort grand ouvert. Le coffre avait été pillé. La femme avait reçu six balles dans le dos. On supposait que deux mulâtres, ses employés, avaient fait le coup, car on avait trouvé leur carnet de paye trempant dans la flaque de sang. On donnait le signalement de Balbino et de Ferudo, deux *pardos*[7], que des gens se rendant à la messe avaient vus quitter l'île dans leur pirogue vers 10 heures du matin. Un troisième homme était à bord, un Blanc. Suivait une colonne sur la Pisana, mais beaucoup moins pittoresque que ce que Cicerão m'avait raconté l'avant-veille. En quatrième page, parmi les petites annonces et les programmes des cinémas, en *Dernière Minute*, un placard largement encadré : *Les assassins de Guarujá traqués dans les bois de Santo Amaro.* (De notre correspondant particulier.) *Les bois de Santo Amaro, de sinistre mémoire, servent une fois de plus de couvert aux assassins de Guarujá. On dit qu'ils sont cernés et que leur capture n'est plus qu'une question d'heures. Leur chef, un certain Cicerão, un escroc déjà recherché par la police de différents États, se faisait passer depuis dix ans pour* sub-delegado *de la police fédérale, il avait même ouvert un commissariat officiel à Guarujá.* (NOTE DE LA RÉDACTION : *Où allons-nous ? C'est un scandale sans nom. Il faut crever l'abcès. À bas le népotisme !* Le Phare de Santos *ne reculera devant rien ni personne. Il s'agit de la salubrité morale du Brésil !*)

Le lendemain, mercredi, à Rio, où le bateau faisait escale, les journaux de la capitale ne soufflaient mot de l'affaire de Guarujá ; trois jours après, le samedi, les journaux de Bahia résumaient tout juste les nouvelles de la Chambre où un de leurs députés était intervenu dans une affaire de tarif de canne à sucre ; le lundi suivant, à Pernambouc, les journaux étaient partagés entre les nouvelles concernant la sécheresse qui ravageait les provinces du Nord-Est et les premiers échos du carnaval qui se préparait ; huit jours plus tard, à Las Palmas des Canaries, les journaux espagnols ne mentionnaient même pas le Brésil et, rendu à Paris, j'eus beau chercher, dans aucun kiosque on ne vendait un journal brésilien, sans rien dire du *Phare de Santos*...

Et voilà pourquoi je ne puis pas raconter cette histoire jusqu'au bout.

1955

UTOPIALAND
(Le pays qui n'est à personne)

À l'ami Le Corbusier,
l'architecte

...Parfois apparaît un FÉTICHEUR, *qu'ils appellent un* CARAIBA, *c'est-à-dire* SAINT *ou* SAINTETÉ. *C'est généralement un Indien de mauvaise vie : celui-ci fait quelques sorcelleries, des choses étrangères à la nature comme de montrer qu'il ressuscitera quelqu'un vif qui était mort, et par cela et autres momeries et semblances il les entraînera tous dans la brousse et dans le bled et dans la jungle en les trompant et en leur disant de ne pas travailler, de ne pas défoncer la terre, ni de planter leurs légumes ni leurs fruits, parce que, de par sa venue, les temps sont arrivés où* LES ESPRITS *des dieux sont mis à la disposition des hommes pour se charger de leurs travaux, piocher, labourer, produire et que les nouveaux* ENVOÛTÉS *les nourriront à la sueur de leur front et que les hommes n'aient plus aucun souci terre à terre, manioc ou maïs, et par ses enchantements et ses mensonges et aussi l'ivresse et les libations qu'il leur distribue,* LE CARAIBA *entraîne les hommes possédés à sa suite dans les solitudes sauvages où il les laisse mourir de faim, à moins que les hommes ne se dispersent les uns après les autres, d'un côté et d'autre, à la pêche, à la chasse, et que le* SAINT *reste seul ou qu'ils ne le tuent avant, adorant* SA SAINTETÉ *avec un grand cérémonial...*

Fernão CARDIM :
Manuscrit (1584)[1]

I

L'ÎLE DU BANANAL

Aujourd'hui, on y va en une étape. On prend l'avion.

Il y a vingt-cinq ans, j'ai fait le trajet par le train jusqu'à Uberaba, puis en pirogue jusqu'à Santa Rita de Paranahyba sans pouvoir déboucher à cause de la révolution, si bien que je n'ai jamais pu aller surprendre Tigre de la Rancheraie dans sa fameuse mine d'or, au centre de l'île lointaine du Bananal, la plus grande île fluviale du monde, formée par le rio Araguya et le rio Tocantins, dont les eaux, rivales sur plusieurs milliers de lieues, se joignent à Saint-Jean, semblent vouloir défier l'Amazone et vont se jeter sur l'océan Atlantique à Belém du Pará, formant un estuaire large de deux cents kilomètres.

Mais à la veille de 1900, lorsque le vieux conseiller de l'empereur envoya son protégé s'occuper du rancho et se rendre compte si la mine existait vraiment, le jeune Français mit dix-huit semaines à dos de mulet pour rejoindre le site, traversant tout le *planaltino* de Goyaz, le haut plateau central du Brésil, ne se pressant pas, flânant, chassant le fauve, s'embusquant nuit après nuit pour tirer un tapir, perdant des journées entières à l'affût du serpent boa, si bien que les *camaradas*, guide et porteurs, aux yeux de qui le novice se rendait ridicule en n'en faisant qu'à sa tête, l'abandonnèrent un beau jour à son sort et l'on ne sait comment le jeune polytechnicien, dernier descendant d'une noble famille du faubourg Saint-Germain, réussit à s'orienter dans ces solitudes sauvages, à découvrir la mine et à s'installer dans la ravine d'El Rancho, où Mae Maria, une énorme négresse munie de deux trois enfants déjà, vivait seule et on ne sait comment, veuve ou répudiée.

Il avait vingt-cinq ans, elle quarante.

Tigre prit la succession, fit deux bonnes douzaines de gosses à la sorcière, resta une cinquantaine d'années dans la mine sans jamais plus donner de ses nouvelles, pas plus que de son entreprise, jusqu'au jour où le vieux conseiller reçut d'improviste un paquet par avion, un rapport détaillé avec plans, croquis, dessins, ébauches et une longue lettre explicative donnant avis favorable pour l'exploitation de la mine d'or et une demande de matériel moderne à commander aux U.S.A., grandes machines, chaudières, instruments à précipitation de mercure, accessoires, matériel qui se montait à plusieurs millions et qui fut adressé à Tigre dans les plus courts délais possible. Et puis...

Puis, nouveau silence. Des vagues bruits. Des racontars incontrôlables. Les années passaient. C'est ainsi que naissent les légendes...

Tigre...

En 1926 et en 1937, j'avais fait deux vaines tentatives pour rencontrer, surprendre Tigre de la Rancheraie que je tenais à voir, à voir de mes yeux.

En 1938 mourait le vieux conseiller de l'empereur, à l'âge de quatre-vingt-seize ans.

En 1932, le docteur Andrea Minocchio, le médecin du conseiller, un Italien, un fusil célèbre à la chasse aux chamois dans les Alpes de son pays, un homme de cabinet plus que mûr qui tenait à se payer une partie royale à l'intérieur du Brésil, tuer un jaguar et en rapporter la peau, avant d'aller prendre sa retraite dans son village d'origine (il était de la vallée d'Aoste) et qui avait attendu trente-cinq ans à São Paulo l'occasion d'aller faire un tour et de connaître l'aventure, prit l'avion pour Bananal.

« Et Tigre, vous l'avez vu ? Comment était-il ? » lui demandais-je l'autre jour rencontrant par hasard le docteur Andrea Minocchio à la Foire de Paris.

Il y avait eu la Deuxième Guerre mondiale, l'exode, l'occupation, le maquis, la libération de nos deux pays, la débâcle des Allemands en Europe depuis que je n'avais revu le médecin privé du conseiller.

« Tigre de la Rancheraie ? Je l'ai vu. C'était un géant blond, gros, gras, somnolent, lourdaud, d'esprit pacificateur, de 1 m 95 de haut et pesant dans les 125 kilos comme vous en avez eu au début de votre histoire. Il devait être de la famille des rois fainéants.

— Pour le roi de l'île, ce n'est pas mal. Savez-vous, docteur, qu'en brésilien *E um banana* se dit d'un homme énervé, négligent, nonchalant, qui n'a pas de vigueur.

— Aux dernières nouvelles, Tigre serait mort l'année dernière, à plus de soixante-quinze ans… Je suppose de la rupture d'un anévrisme, car il paraissait congestionné la dernière fois que je l'ai vu.

— Et la mine d'or ?

— El Rancho ? Tout est en plan.

— Et le matériel moderne ?

— En panne sur la route et sur le pont qu'il avait construits. Tout est rouillé.

— Et Mae Maria, la sorcière ?

— Elle doit être centenaire. Elle ne sait plus ce qu'elle dit. Elle divague.

— Mais encore ?

— Rien.

— Et les enfants ?

— À l'abandon. Des grands et des petits sauvages. À l'occasion, des prêtres tournent autour pour les baptiser. On ne sait plus où l'on en est. Ils se reproduisent. Il y en avait bien une cinquantaine. Vous savez, il y avait plus de Dominicains dans l'avion que de véritables pionniers.

— Alors, c'est ça le progrès ?

— Au Brésil, comme chez nous, c'est la crise. Aujourd'hui, on ne progresse pas. Allons boire un verre… »

II
LA MARCHE DU TEMPS

Au Brésil comme ailleurs, la civilisation se précipite vers l'Ouest, et avance et progresse.

À *l'âge du moteur*, l'avion décolle de la civilisation atlantique, représentée par les gratte-ciel des grandes villes, Rio de Janeiro, São Paulo, Belo Horizonte, Porto Alegre, Bahia, Pernambouc, Recife, Pará pour survoler comme une flèche la civilisation mixte des grandes fazendas de café, coton, riz, thé, des immenses plantations de sucre ou de tabac, des bananeraies, des champs d'ananas, des vergers d'oranges et de citrons, des petites villes mieux aménagées de l'hinterland, reliées par chemin de fer et qui ont su profiter de cette nouvelle richesse du XIXᵉ siècle et qui datent toutes de *l'âge du char à bœufs et des premiers camions*, la civilisation paysanne ou *sertaneija* des hauts plateaux de l'intérieur, défrichement, élevage, très caractéristique de *l'âge du mulet et des grands canots*, grands canots faits d'un tronc d'arbre creusé, taillé, travaillé au feu, grands canots pouvant contenir une quarantaine d'hommes, à bord desquels on s'abandonnait au courant des rivières inconnues qui pénétraient sous bois et vous menaient après des tours et des détours infinis dans la mystérieuse forêt vierge et des mois de navigation aventureuse en pleine civilisation primitive, chez les Indiens, en plein *âge du bois ou de la pierre*, où l'avion se pose aujourd'hui dans la brousse, dans le bled, dans la jungle et débarque de ses flancs sa cargaison : les chargés de mission du général Rondon, le pacificateur des Indiens, les agents de l'Office de la Propagande ou de la Liaison culturelle, des fonctionnaires nationaux veillant au grain et les Pères Blancs de Toulouse, des missionnaires français en train de convertir et de baptiser ou de reconvertir et de rebaptiser toute une zone oubliée et redécouverte des terres sans fin de la grande forêt équatoriale et des *campos* et du *sertão, Terras dos sem fim* selon la forte expression du romancier Jorge Amado. (Au-delà, plus loin encore, à Mato Grosso, remarquez que les Indiens Xamantes, qui sont toujours anthropophages aujourd'hui, tirent à l'arc sur l'avion qui les photographie avant d'atterrir, leur apportant un bel avenir ou l'extermination. Le bien… Le mal… Qui le sait ?…)

III

À VOL D'OISEAU

Moi aussi j'ai fait mon tour en avion, Rio-Manaos et retour, cinq jours. Je faisais escale. Je ne voulais pas rater le carnaval en ville. J'avais juste le temps.

Comme les Anglais, les Brésiliens ont une mentalité d'insulaires et sont jaloux, susceptibles et facilement railleurs envers un étranger. Étant dans leur for intérieur toujours sur la défensive, ils sont chatouilleux et vindicatifs, et, comme les Corses, les gens du peuple prennent facilement le maquis pour une question de susceptibilité et de point d'honneur. Il ne faut jamais leur manquer, ni en paroles ni en actes. Les sentiers de la solitude sont jalonnés de croix de bois et les vendettas personnelles et les feudes de famille sont inextinguibles.

Cette mentalité spécifiquement insulaire est due à leur isolation, à leur retranchement du monde durant quatre siècles, à l'immensité des distances qui séparent une région de l'autre, à la diversité des sites, au climat, aux singularités géographiques et autres conditions locales uniques au monde, aux maladies tropicales, hépatisme, fièvres, anémie, plaies de Bauru, chancres du territoire d'Acre, la *zamparina* ou lèpre morveuse, aux interminables voyages que les *bandeirantes* paulistes du XVIe et du XVIIe siècle entreprenaient en pirogue par les rios sinueux et inconnus qui se perdent dans les forêts vierges et d'où souvent une expédition ne revenait pas (d'où le nom de *Rio das Mortes*, par exemple).

Ou, tout au contraire, ces premiers pionniers nomades se fixaient, faisaient souche avec les femmes indigènes, peuplaient toute une zone de la *terra incognita* et ne donnaient plus signe de vie, tout un peuple oublié dans l'arrière-pays et que l'on a découvert avec stupeur au XVIIIe siècle, à l'époque de la ruée vers l'or et les mines d'argent, les montagnes d'émeraudes et les chercheurs de diamants dans la haute vallée et les deux rives du rio San Francisco, d'ou ils avaient rayonné jusque dans les pampas du Sud, cet océan d'herbes, et les déserts du Nord, plantés de cactus.

Ces gens disparus, établis dans les « vastes terres » qu'ils avaient rendues fertiles en incendiant les forêts, avaient donné naissance à une civilisation paysanne très particulariste, celle des *vaqueiros* ou cow-boys, dont les types les plus caractéristiques sont les *jagunços*, dans le Nord, et les *gauchos*, dans le Sud, les uns et les autres redevenant facilement nomades et s'improvisant alors bandits de grand chemin, de la fin de l'époque coloniale à nos jours, des fameux *cangaceiros* ou *salteadores* comme *Lampion* dans la province de Bahia, une espèce de Cartouche justicier, protecteur de la veuve et de l'orphelin, très populaire dans la région, et dont on vient de donner le film à Paris, accompagné d'une samba fantastique et autres musiques folkloriques, et *Comen-Orelhas, Bouffe-Oreilles*, qui a longtemps terrorisé la prairie de Rio Grande do Sul, devenu illustre par sa cruauté.

Avec ses rares et lentes ou mauvaises communications par voies ferrées du XIXe siècle, ses routes macadamisées du XXe, chemins en terre battue pour le trafic automobile dans les temps les plus récents, le réseau moderne reste tributaire de l'ancienne piste de pénétration qui court parallèlement, encombrée des lourds chars à bœufs surannés et envahie par les convois de mules comme par le passé.

Et même l'avion d'aujourd'hui est loin d'avoir remédié à cet état de choses, car si le nouvel engin supprime apparemment la distance et le temps en dix heures de vol de Rio de Janeiro à l'Amazonie ou au Mato Grosso, l'avion d'aujourd'hui remonte le cours des âges et vous dépose d'impromptu en Amazonie comme au Mato Grosso, à combien en arrière, dix mille, cent mille, un million d'années ? Qu'importe !...

Bref, l'avion vous lâche en pleine époque néolithique où l'homme travaille encore le bois avec des outils en pierre, des coquillages affûtés, un tison de feu pour se creuser une pirogue, l'*uba* indispensable, et où le primitif, l'Indien, l'homme nu que l'on voit évoluer en pleine nature, chasser et pêcher à l'arc, tendre des filets et des pièges, modeler de la poterie qu'il fait sécher au soleil ou qu'il suspend dans le vent, boucaner ses provisions de viande ou de poisson sur son *girão*, préparer le manioc, distiller des poisons et des drogues sur l'aire devant sa hutte, s'enivrer de *teimosa* ou d'*umbusada*[2], cracher, mastiquer, fumer, fainéanter, s'étendre dans son hamac de plumes en compagnie de son perroquet et de son serpent familiers, mais ne dormant que d'un œil et toujours ses armes à portée de la main (et c'est souvent une *espingarda* aujourd'hui, un mauvais fusil de traite), ce sauvage n'est pas libre, il a l'esprit tout entortillé de liens qui le paralysent, ses propres interdits, les tabous, des refoulements, ce qui fait qu'il est méfiant, farouche, prompt comme l'éclair dans sa colère et toujours prêt à s'éclipser, emportant l'idée d'une revanche dans sa fuite rapide, et il rumine sa vengeance, et quand elle est mûre, il vous dresse une embuscade et vous tombe dessus à l'improviste, et l'on n'est plus qu'une bête bonne à manger et qu'il décapite d'abord, à moins qu'il ne réduise la tête à la dimension d'un gentil petit joujou comme font les Jivaros du Rio Negro ou qu'il souffle dedans comme font les Xamantes dans les solitudes inhumaines de la serra de Roncador, du Ronfleur, et les Paratintins du rio Madeiro, la sinistre rivière des Troncs…

Au retour, pour tuer le temps, je comptais les éclaircies et les clairières que l'on découvre du haut des airs et qui forment dans le tapis monochrome vert sombre de l'immense forêt vierge, cette inondation immobile qui fait son plein comme le déluge, des trous ronds et des entonnoirs au fond desquels gisent les campements enfumés des sylvicoles comme des îles englouties.

Pas de fumée sans feu.

Chaque hutte, chaque foyer familial, chaque *tapera*[3] est une éclaircie dans les arbres et une *maloca* ou aldée, une clairière d'un cercle un peu plus grand. Puis un premier poste de Blancs, missionnaires ou militaires, dans une clairière encore plus grande, à cheval sur la frontière de la civilisation. Puis une concession dans une clairière agrandie par les *quemadas*, les incendies de forêt, une cité improvisée de baraquements, où même la fausse monnaie a cours car il n'y en a pas d'autre, et où se font les échanges et le troc entre aventuriers, les coureurs de bois et les colporteurs syriens et japonais, les derniers venus. Et ainsi de suite, de hameau en village, de grandes fazendas d'élevage ou de café en petites villes de l'intérieur, relativement récentes et prospères, les clairières gagnent en étendue jusqu'à la limite du *sertão* et des *campos*, en bordure desquels on aperçoit une chapelle ou une église, anciens lieux de pèlerinage plus ou moins historiques.

Tous les établissements des Brésiliens et jusqu'aux ports du littoral et aux grandes métropoles ultramodernes ont tous et toutes comme origine l'emplacement antique d'un peuplement ou d'un campement des Indiens ou d'un site caché dans l'épaisseur de la brousse et de la jungle, où les fugitifs, les *canhemboras* et les *quilombolas*, les Rouges et les Noirs marrons, se réunissaient, que les chasseurs d'esclaves traquaient et que les chercheurs d'or et de diamants suivaient à la trace ; comme aux U.S.A., les express transcontinentaux du XXe siècle ont tous été construits et les traverses et les rails réunis par les tire-fond, les éléments posés un à un sur les anciennes pistes de transhumance des buffalos, la locomotive *Pacific* filant à toute vapeur avec son convoi aérodynamique, wagons-lits, wagons-salons, wagons-restaurants, wagon-coiffeur, wagon-bar, wagon-cinéma avec son journal et sa téléphonie sans fil, sa radio, la télévision et, en queue, trépidant et sursautant dans une auréole de poussière et de fumée, son wagon-belvédère.

Enfin, bien dégagés, voici les gratte-ciel de Belo Horizonte, de São Paulo et de Rio de Janeiro…

Durant mon équipée de cinq jours, j'avais pu me rendre compte *de visu* qu'à l'image de la capitale fédérale, morcelée comme un puzzle, tout le Brésil est cloisonné, compartimenté par les chaînes des montagnes et les cours d'eau sinueux des innombrables rivières et des fleuves géants qui divisent l'intérieur du pays, vaste comme un épais continent, en une multiplicité d'îles et d'îlots, sans rien dire des barrières morales derrière lesquelles un chacun se cantonne et vit pour soi, qui dans sa hutte et qui dans son ranch, son défrichement, sa ferme, sa plantation, son village, sa petite ville, sa province, sa capitale rivale de la capitale de l'État voisin, le Nord du Sud, São Paulo de Rio de Janeiro et *vice versa*… Et je débarquai dans un Rio illuminé, en plein carnaval !

C'était en 1924.

La joie de vivre des Cariocas est quelque chose d'inimaginable.

Les deux millions d'habitants sont dans la rue : 1 500 000 masques et 500 000 curieux qui regardent défiler les autres. Mais, petit à petit, ils entrent à leur tour en transe et se jettent eux aussi dans la danse.

Confetti, lance-parfum, serpentins.

C'est la folie…

IV
L'HOMME NOUVEAU

Le 1er janvier 1502, pénétrant dans la baie de Guanabara et se croyant dans l'estuaire d'un fleuve, c'est le pilote Gonçalo Coelho qui a baptisé le plus beau site du monde Rio de Janeiro, le fleuve de Janvier ; en quoi le vieux pilote portugais a été bien inspiré, car dans Janvier il y a Janus, le dieu à double face, l'homme masqué, emblème de l'homme brésilien, de l'homme nouveau, le citoyen du Nouveau Monde, et pendant les quatre jours que dure la liesse populaire, avec ses cortèges qui envahissent la rue et sont maîtres de la capitale, c'est une fête sans pareille au monde et pas même dans l'antiquité dont les bacchanales et les januales sont restées mémorables, vit-on jamais spectacle d'une ville entière saisie par la débauche.

Rio de Janeiro est la métropole du carnaval, ce jeu incontesté et libre du peuple et de ses traditions païennes, et, en 1955 encore, Nègres et Indiennes, comme jamais, comme au temps de l'esclavage quand les Noirs d'Afrique faisaient un mystère de tout dans des assemblées et des palabres d'initiés, comme au temps de la découverte et de la conquête quand les Tupinambas qui dramatisent tout se ralliaient en foule aux Pères jésuites qui leur montaient des pièces symbolistes, des dialogues figurés, des fêtes à momeries[4] dans leurs premières chapelles et églises ou esplanades en plein vent comme ils avaient coutume de faire aux Indes, célébrant le culte d'une Vierge Marie brahmanique pour s'assurer des conversions, contre quoi les Frères capucins protestaient, s'élevant contre l'adultération de la sainte messe.

On sonnait la cloche. Les trompettes retentissaient en même temps que le roulement des tambours et le feu des bombardes.

La folie est sacrée…

Les Indiens dansaient jusqu'à épuisement.

V
UNE CAPITALE INSOLITE

Avec ses deux millions d'habitants, ses aérogares et terrains d'aviation aménagés dans les remblais et démolitions du Morro do Castello, ses quatre-vingt-seize kilomètres de plages, de la Vermelha à la Gávea, soigneusement équipées et pourvues de piscines, de salons de beauté, de cinémas et de bars, ses casinos, ses boîtes de nuit, ses mornes à *macumbas* tout vrombissant de tam-tams dans la nuit du Vendredi saint, ses golfes, son Yacht-Club, ses gratte-ciel, ses quartiers résidentiels au bord du Guanabara et de l'océan, ses vieilles propriétés de famille dans les collines qui surplombent les rouleaux de l'Atlantique, ses couvents, San Bento, ses églises, la Candelária, Notre-Dame de la Penha qui est comme ferveur le pendant de Notre-Dame-de-la-Garde à Marseille, ses boulevards, ses tunnels, ses avenues où roulent à toute vitesse les automobiles de luxe, ses hôtels, le *Copacabana*, le *Gloria*, le *Quintandinho* d'hyper-grand-luxe, le *Catteté*, le palais du président de la République, le Sénat, la Chambre des députés, le quartier des ambassades, l'Académie, la Bibliothèque de Dom Pedro II, les musées de peinture moderne, fauves, cubisme, art abstrait, le Théâtre municipal où triomphèrent durant et au lendemain de la guerre mondiale Louis Jouvet et Jean-Louis Barrault, Maracana, le plus grand stade du monde (160 000 places assises), sa banlieue impériale, Petropolis et Theresôpolis, la *quinta* de l'Empereur, la Mangue et autres quartiers chauds, la Tijuca, le Pain de Sucre, illuminé la nuit par des rampes électriques plus nombreuses que les colliers de perles au cou d'une déité hindoue, le Corcovado avec son Christ géant qui ouvre les bras pour accueillir tous les pèlerins de la planète (comme la Chine, le Brésil pourrait contenir quatre cents millions d'habitants !), l'île Paquetá, ce paradis polynésien, l'île Villegaignon, ancien refuge huguenot, trou à chicane, aujourd'hui et comme par tradition le siège tatillon de la Direction des douanes, le Chôrô-Chôrô, la fontaine sacrée des Tupis qui s'égoutte dans une tuyauterie de plomb, Rio de Janeiro, la métropole la mieux éclairée du monde, mieux que Paris, la Ville Lumière, Rio de Janeiro, la seule grande ville de l'univers où le simple fait d'exister est un véritable bonheur, Rio de Janeiro, la reine des tropiques, Rio... Eh bien ! Rio de Janeiro n'est qu'une capitale provisoire.

En effet, la Constitution de la République de 1889 statue que la capitale des États-Unis du Brésil doit être non sur le littoral, mais s'élever au centre géographique du pays, au milieu des États fédérés, au cœur du territoire de la nation, et, en droit, Rio de Janeiro est condamnée et ses jours sont comptés en tant que capitale fédérale, après avoir été la capitale de l'empire à partir de 1822 et, à partir de 1763, la capitale de l'administration coloniale de la métropole et un nid de fonctionnaires, d'émigrés, de courtisans sous la Régence, Rio de Janeiro, une capitainerie fondée en 1565 par Estácio de Sá et sur les conseils de Manuel de

Nóbrega, le provincial des Jésuites qui y délégua le père Anchieta[5], dit l'apôtre du Brésil, qu'il a en fait évangélisé, et l'ecclésiastique le plus connu comme auteur en langue guarani des livrets, scènes animées, spectacles, danses publiques et mystères pathétiques destinés aux esclaves, Noirs et Indiens.

(N'insistons pas sur les nuitées d'amour qui conjuguaient ces fêtes traditionnelles du carnaval organisées par les évangélisateurs au nom du Paraclet. La « liberté du ventre » n'existant pas encore, le fruit était au « maître », tout bénéfice. Mais la liberté tout court, la liberté humaine n'existait pas non plus et les jeunes couples qui voulaient vivre, vivre leur vie, s'enfuyaient à l'intérieur du pays, dans la sauvagerie, où ils ont fait souche.)

VI
LE GIGANTISME

Au début du XIXe siècle, le peintre J.-B. Debret[6] nous montre un Rio de Janeiro embourgeoisé, ridicule et attendrissant, mais tout de même terrorisé par les épidémies de la fièvre jaune.

Séduisant pays, tout en contrastes simultanés et combien dangereux, tel qu'il appert des discours unanimes des citadins brésiliens, ces fiévreux bavards dont le verbalisme masque la profonde mélancolie à laquelle l'homme est en proie dans ce climat torride, se sentant perdu dans cet immense pays et immensément impuissant et inutile devant l'immensité de sa tâche, et, malgré le stimulant de ses réussites les plus exaltantes qu'il sait bien être factices, de génération en génération il retombe en une nonchalance maladive, en une fatigue découragée, comme l'ancêtre, le hardi pionnier qui s'étendait épuisé dans son hamac et qui souvent se laissait mourir dans les déserts, complètement désorienté, la tête vide, vide que le riche Brésilien d'aujourd'hui meuble volontiers de paroles avant de s'endormir et faire la sieste dans le *roof-garden* et les clubs de ses capitales, le créole milliardaire, optimiste-pessimiste, s'anéantissant de bien-être, se grisant de velléités, se berçant de tristesse sporadique et veule et neurasthénique, remuant d'immenses projets comme on abuse d'un aphrodisiaque ou d'un stupéfiant, sans rien dire des femmes qui viennent de tous les pays de la vieille Europe stimuler sa mégalomanie ou le vider.

L'époque est au gigantisme économique et politique qui ne s'exprimait jusqu'à présent que dans la musique symphonique, réservée aux classes possédantes de la société et comblant leurs loisirs.

Aujourd'hui, il s'agit de propagande.

Il n'est donc pas étonnant qu'après la Deuxième Guerre mondiale, si riche en proliférations cancéreuses, les Brésiliens, qui y ont participé symboliquement et connus pour leur amour du pays et leur goût disproportionné pour les grandes choses, aspirent, sur le modèle des U.S.A. et de l'U.R.S.S., à faire de leur patrie l'État le plus florissant du globe.

Ils en ont la possibilité et les moyens.

C'est pourquoi ils vont déménager leur capitale, ce qui peut paraître absurde ou catastrophique ou délirant, un acte gratuit.

Interrogé sur ce point précis, mon ami Paulo Prado, historien, écrivain, essayiste, financier international, homme d'affaires, planteur, un des rois du café, mondain à la mode passant pour snob parce qu'il était président de l'Automobile-Club en plus de la présidence occulte de plusieurs trusts puissants qu'il gérait par personnes interposées, érudit, collectionneur, esprit revenu de tout et qui est mort d'ennui à São Paulo, patricien allant toujours de l'avant et néanmoins membre conservateur de sa ville à qui il a légué ses livres et ses tableaux, mais très subtil et ironisant diagnostiqueur en politique, avait pris l'habitude de répondre aux interviewers : *Il n'y a qu'un espoir pour le futur du Brésil, c'est que son avenir ne peut pas être plus mauvais que son passé.*

C'est l'oracle d'un désenchanté...

VII
GOYAZ

Le passé et le futur sont toujours dans le présent, enchevêtrés, se chevauchant, mais au Brésil, plus qu'ailleurs, on peut le voir, qui mène où ? on se le demande, et le suivre et le toucher du doigt, mais à quoi bon ?

C'est un continent instable, en pleine formation.

C'est le pays de la folie, mettons de la folie des

grandeurs, ce rêve des vagabonds, des aventuriers, des découvreurs, des *conquistadores* lusitaniens.

Qui est le maître, l'homme ou la nature ? Qui porte l'autre, l'homme ou le climat ? Qui sera maté, et par qui et par quoi ?

Mentalité de créole ou lourd atavisme portugais, quel est le sens du monde, le rêve ou l'action ?

Et la vie, ça rime à quoi ?

« C'est un don et il faut savoir en jouir à tous les instants », disent les Nègres, qui travaillent à se libérer et qui travaillent dur depuis quatre siècles.

« Oui, c'est un don », répondent les Indiens fainéants que l'on traque depuis quatre siècles et que l'on ne réduit que par la faim, « il faut manger, mais il faut boire pour activer la digestion, se coucher et dormir, et pour pouvoir rêver en paix, ivres comme nos dieux anthropophages l'étaient à la création du monde et qui parlaient à haute voix, nommant les choses. Il n'est pas mauvais non plus de s'intoxiquer pour entendre leur réponse. C'est un secret. Ils tombaient du haut des airs avec la soudaineté de la flèche. C'est la Mort. Les roues tournaient dans les ornières du ciel traçant des tatouages. C'est la Saison. La pêche, la chasse, les migrations, sinon c'est la Guerre. Tout est à recommencer ou c'est la fin... »

Les hommes blancs aussi arrivent du ciel, les hommes blancs aussi boivent de l'eau-de-vie, les hommes blancs aussi parlent fort. Ils donnent même des ordres et se donnent du mal. Ils ont beau tout essayer, on ne les comprend pas. Ils ne savent pas ce qu'ils font. Ils ne savent pas ce qu'ils veulent. À quoi pensent-ils ?...

Ainsi les bons bourgeois qui proclamèrent la République à Rio de Janeiro et qui, dans l'euphorie générale d'un renouveau politique et dans l'ivresse des grands principes de la démocratie, prévirent et marquèrent dans la Constitution le transfert de la capitale future de la Fédération dans le centre du Brésil, choisirent et désignèrent Goyaz entre tous les États, Goyaz, une zone qui aujourd'hui n'est pas encore entièrement explorée et où les misérables *garimpeiros*, les chercheurs de diamants, pataugent dans la boue des rivières.

Mais ni la date de la construction ni le nom de la future capitale ne sont spécifiés dans aucun paragraphe du document essentiel qu'est la Constitution de 1889, ce qui est surprenant ; cela n'a pas empêché, il y a une cinquantaine d'années déjà, la ruée des spéculateurs dans la région... et de s'approprier partout des lots dans les sites idéaux où l'on peut supposer que la nouvelle capitale s'édifiera un jour... et de tendre des barbelés dans un terrain encore vierge... et de s'enrichir et de faire de l'argent... tout au moins sur le papier !

Il y a quelque vingt-cinq ans, une commission brésilienne d'hommes politiques, d'ingénieurs, de géographes, de géomètres, de médecins, de savants fut nommée pour étudier la question de la nouvelle capitale et désigner le lieu où serait bâtie de toutes pièces la métropole de l'avenir. C'est à cette époque que j'ai signalé le fait à mon ami Le Corbusier, le créateur de la « Cité radieuse », l'opportunité qui se présentait pour lui de poser sa candidature, la commission ne comportant pour autant que je pus l'apprendre aucun architecte connu ou inconnu. Mais Le Corbusier avait d'autres chats à fouetter à l'époque, il se chamaillait à propos du palais de la Société des Nations à Genève, il se bagarrait à Moscou et à New York, il travaillait et, depuis, il est en train d'édifier la nouvelle capitale du Pakistan ou du Panjab, la ville la plus moderne du monde et la plus rationaliste, Chandigarh, la dernière-née, et il peut appliquer toutes ses théories et ses inventions, et s'en donner à cœur joie, ce qu'il fait, le veinard ! Et il a raison, car il n'y avait en vérité aucune urgence, la commission ayant beaucoup voyagé.

Enfin, l'emplacement de la métropole rêvée a été choisi dans la région des hauts plateaux de Goyaz, le site du Torto, selon les déclarations de Marie-H. Tapie[7], un Père blanc de Toulouse bien renseigné, la Mission des Dominicains ayant des grands intérêts spirituels et de propriétaire foncier dans la province, de Mestre d'Arma et Formosa jusqu'à l'île du Bananal, paraît-il. Mais si la commission a relevé les frontières du futur district fédéral et dressé les plans de sa future capitale, tout cela ne figure que sur le papier... et Le Corbusier, ce gentil garçon, aurait bien tort de croire qu'il a perdu là une occasion unique de se distinguer, voire de faire fortune. Il est encore temps. Rien ne presse...

Le Torto est le point le plus élevé du Brésil. La vue s'étend à l'infini. On domine collines et montagnes, fleuves et forêts. On est en moyenne à mille mètres d'altitude. Dans le ciel pur. Sous le tropique du Capricorne. C'est le climat le plus sain du monde. On est à cheval sur la ligne de partage des eaux. Les sources du Nord et de l'Ouest vont à l'Araguaya et au Tocantins ; celles du Sud, par le Paranahyba et le Paraná au rio de la Plata, qui baigne à la fois Buenos Aires et Montevideo, son embouchure ayant deux cent trente kilomètres de large ; celles de l'Est, au San Francisco, qui, après avoir décrit une large boucle dans le *sertão* perdu, va se jeter dans l'océan entre Pernambouc et la Bahia de Salvador, ayant changé brusquement de direction et fait une chute merveilleuse à la *cachoeira* de Paulo Affonso, si bien que son cours inférieur est très rapide et son embouchure tout obstruée d'écueils et de rochers. C'est là, très exactement, dans les brisants de cette plage inhospitalière, que se situe le drame très réaliste du premier reportage plutôt que du premier roman brésilien, *Le Naufrage* (1565)*, attribué non pas à un homme de lettres ou licencié de formation classique, mais à un marin, le pilote Affonso Luiz, dont on ne sait rien, et peut-être pas même le nom qui n'est pas sûr, mais dont le langage est d'aujourd'hui, cru et véridique, humain en un mot. C'est un cas qui fait du bien et vous libère des dissertations, du bla-bla-bla, du baratin académique et des écoles.

Je ne vais pas dire ce que seront la splendeur, l'étendue, le confort de la future métropole, digne d'être classée la huitième merveille du monde, et des nouveautés qu'elle contiendra, elle et ses cités-satellites. Bien sûr, il y aura des hôtels de mille étages, les rues seront climatisées par des ventilateurs à filtre qui circuleront au-dessus des

* *Naufragio que passom Jorge Dallenquerque.* (*Note de B. C.*)

toits et éclairées la nuit par des nappes tamisées de néon émises par des planeurs ou des bouées arrimées entre ciel et terre au niveau des terrasses où se poseront par centaines les hélicoptères plus nombreux que les taxis ou au ras des terrains d'aviation où atterriront à raison de cinquante à la minute les avions télécommandés, arrivant de tous les azimuts. Tout sera automatique et électronique, les métros, les ponts tournants, les écluses, les trains, les usines sans fumée. Déjà, la *Light and Power,* une société canadienne d'électricité, a acheté toutes les chutes d'eau. La ville sera divisée en quartiers des nations, car tous les peuples de la terre voudront visiter la métropole magique où, à la place d'un kiosque à musique ou d'un Opéra, on entendra ronfler suavement dans les sous-sols de la Banque d'État, enfermée dans ses coffres-forts incombustibles, Zoé, la pile atomique qui distribuera la richesse et la santé uniformément à tous les habitants[8]. La nourriture sera synthétique et chimiquement pure. Naturellement, les cliniques et les hôpitaux seront préventifs et il n'y aura plus d'hospices ni d'asiles pour pauvres ou pour riches. Je ne dis rien des écoles, des facultés ou des instituts, car cela m'ennuie, mais il y aura des tours transparentes dans les cités annexes de la radio, de la télévision, du cinéma, du radar et, au milieu d'elles toutes, la plus haute, le phare de l'humanité *Ad Astra,* peut-être la première gare interplanétaire...

Je laisse au lecteur le soin d'imaginer des projets encore plus grandioses, drôles ou ahurissants, c'est un jeu facile, mais ce qui existe déjà sur le papier n'est pas mal du tout, je vous assure. Mettons que tout soit prêt pour l'an 2000 avec une première tranche de dix millions d'habitants, sans penser à ce qui fonctionne déjà comme « modernerie » dans les têtes et se perfectionnera encore d'ici là. Allez donc faire un tour au bureau des patentes et des inventions. On se croirait au Concours Lépine. Le génie humain n'a pas de bornes. À l'Office international des Patentes à Berne, les dépôts des projets du « mouvement perpétuel » sont innombrables et se renouvellent à chaque printemps, parallèlement à la poussée des sèves et à la folie amoureuse !

C'est un peu la fable de *Perrette et le Pot au lait*, et si ce n'est Le Corbusier, le créateur, qui édifiera tous ces prodiges, ce seront ses petits-neveux ou les arrière-petits-neveux de ses élèves qui s'amuseront à les fabriquer ou à les reproduire en matière plastique colorée, phosphorescente, éblouissante, les plus beaux joujoux du monde !

Il y a de quoi rire...

Mais ce qui m'épate dès aujourd'hui, c'est que tout cet urbanisme se situe dans l'*Araxá*, et que les bons bourgeois de 1889, les politiciens positivistes, les révolutionnaires en peau de lapin de Rio de Janeiro qui se prenaient tous pour des as, ont orienté sans l'avoir voulu et sans même s'en rendre compte l'avenir du Brésil en arrière, le poussant pas plus de trois pas en avant dans la voie du progrès, le laissant bifurquer, s'engager dans un chemin de traverse, une piste pleine de pièges dans la brousse et la sauvagerie, sente qui débouche dans une clairière obscure où l'Esprit, c'est-à-dire les cauchemars, les rêves, les élucubrations de la mythologie des Indiens tatoués, a tendance à vouloir se réaliser.

C'est peut-être une pente fatale ; en tout cas, c'est un résultat pour le moins inattendu.

Qu'est-ce que la race ?

Un composé du sang ou une énigme mentale ?

VIII

L'*ARAXÁ* DES INDIENS

Qu'est-ce que l'*Araxá* ?

Le paradis des Indiens ? Je n'en sais rien.

Rares sont les auteurs brésiliens qui citent ce nom poétique et aucun ne situe le point géographique où cet endroit se trouve dans la succession des hauts plateaux, entre Paraná et Goyaz.

Euclides da Cunha[9], de formation scientifique, officier du corps du génie militaire, géologue, arpenteur, géomètre, ingénieur, explorateur, savant, écrivain, journaliste, conférencier et ardent polémiste, le plus grand connaisseur de sa patrie (lui-même était métis d'Indien *Cariry*, un clan irréductible), écrit textuellement dans son maître-livre *Les Sertões* (Rio, 1901), devenu la Bible de la jeunesse nationaliste brésilienne : *Nous avons déjà vu la physionomie particulière de la région : flore agressive, climat sans pitié, sécheresse périodique, sol stérile hérissé de montagnes dénudées, le* planaltino *se trouve isolé entre les splendeurs du majestueux* Araxá *du massif central et les grandes forêts qui accompagnent et bordent la courbure des rivières à ses pieds.*

Un point, c'est tout.

En note, au bas de la page, il ajoute l'étymologie tupi du mot *Araxá* telle qu'elle est donnée par Couto de Magalhães dans son livre sur *Le Sauvage* (Rio, 1876) : *Ce joli vocable se décompose en* ara *= jour, et* echâ *= voir à bonne distance.* Araxá *= lieu d'où l'on voit d'abord le soleil émerger à bonne distance* ; par extension : *les hauts plateaux de l'intérieur.*

Un autre point. Et c'est encore tout. Inutile de chercher plus de précision ailleurs. Il n'y a rien.

Si c'est un paradis, c'est réellement le paradis des bêtes, car dans tout le Brésil il n'y a pas de plus « sale bête » que l'Indien, disent les gens, depuis les découvreurs d'autrefois jusqu'aux vachers d'aujourd'hui.

S'il s'agit d'un terrain de chasse idéal, c'est plus bas, dans les forêts-corridor et les *iguapús* ou marigots, terrain difficile où les léopards pullulent dans les sous-bois, les boas dans les marais, les tapirs dans les bas-fonds et le grand tamanoir, qui n'est pas rare entre deux points d'eau, vous regarde passer avec indifférence avant de disparaître parmi les hautes herbes et les broussailles et se perdre à la recherche des termitières, où il se gave et oublie tout, et jusqu'à sa propre existence. On peut le surprendre. Lui passer une laisse. Il est cocasse. C'est un paresseux. Bientôt, il sera apprivoisé.

Pour les Indiens, l'*Araxá* est un haut lieu secret où ils se rendent à saison fixe, probablement pour aller cueillir certains cactus et champignons et en tirer le suc et distiller leurs drogues, qui font les yeux émerveillés et leur permettent la lévitation. Ce n'est pas un don, mais un entraînement. L'*ibadù*[10]. Un arbuste. On râpe et l'on fume. On chique. C'est de la féerie. On est en contact avec les dieux. On s'entretient avec les ancêtres. On perce à jour le cerveau des Blancs. On connaît l'avenir. Mais c'est un grand secret, chut ! Tout ce qui vous tire du rêve est un ennemi.

L'*Araxá* est une verdure, le hamac du temps, une couverture qui se défait, se refait, se déploie, se retend elle-même, s'effiloche, est pleine de trous et dont chaque brin, chaque bout de fil qui s'en détache reste collé à la peau et sert de modèle à un tatouage indélébile. Il y a d'innombrables tatouages. Comme les feuilles de la forêt, il n'y en a pas deux d'identiques.

La drogue...

Les poisons immortels qui paralysent ou qui foudroient.

Qu'en pensent les solitaires des grandes villes ou le poète sous les toits ?

Mais chut ! écoute s'il pleut...

Le poison de la pêche, le poison de la chasse, le poison de la guerre. La vie... La mort...

Le chant des oiseaux...

Tout se tait.

La drogue est un secret.

Une pincée suffit.

Le poison de l'intelligence...

Beija-flor. « *Pi-nô oewa-pa-ma, pix'ta*. » Le colibri n'est pas grand, il est petit et baise les fleurs.

Des orchidées épanouies. Une liane se déroule dans les frondaisons. La tête plate d'un serpent, la tête. Une souche creuse. Des touffes. Un papillon. Bouffée de parfum ou de pourriture. Échassier. Hutte. Hutte. Huttes enfumées, masques de plumes. Antre. C'est l'araignée. La langue.

> *Si tes boissons d'oubli sont aussi bonnes que le furent tes baisers, entre ici, car je séjourne, ô Araignée, dans la paillote des morts, où personne ne pénètre jamais.*
>
> *Chant funèbre des Indiens Békaïris* (d'après Capistrano de Abreu dans son beau livre : *Ra-txa Hu-ni-ku-i*, Rio, 1914)[11].

IX
BLUFF DU MODERNISME

Je riais tout seul dans le train qui m'emmenait à Uberaba, son terminus.

J'étais à bord du *Nocturne 17*, le seul train hebdomadaire, un express de nuit qui quitte São Paulo tous les vendredis à 22 heures et vous dépose le lendemain soir à destination. En ligne droite, il n'y a pas plus de cinq cents kilomètres entre São Paulo, la capitale financière du Brésil, et la capitale de la sauvagerie, Uberaba, où débarquent les *caboclos*, éleveurs de mules, et les *vaqueiros*, propriétaires des immenses troupeaux sauvages de la région qui rentrent la poche pleine, retour des foires et des marchés, les riches marchands hindous qui viennent vendre aux herbagers, éleveurs, défricheurs des taureaux zébus pour l'amélioration de la race des *caraculs*, les bœufs indigènes, les colporteurs syriens et japonais avec leur camelote, fichus de soie, eau de Cologne, conserves alimentaires et spécialités contre le mal de l'amour, terminus d'où l'on peut continuer en empruntant l'ancienne voie de pénétration des Paulistes en bateau à rames ou par pirogues en descendant le rio Grande et en remontant le Paranahyba jusqu'à Santa Rita, la capitale de la solitude, d'où les chercheurs d'or et de diamants, les coureurs de bois rayonnent à travers Goyaz vers le Mato Grosso ; mais la journée n'en finit pas en chemin de fer. D'écartement normal au départ, la voie se fait de plus en plus étroite en cours de route. L'on change de train trois fois de suite pour finir le voyage en Decauville, dont le wagon de queue est devenu si long, si long et étroit que l'on se trouve assis en tandem, les uns derrière les autres, et que le steward doit exécuter des prodiges de contorsions et d'adresse pour arriver à vous faire passer les plats et les bouteilles, un mauvais bordeaux de traite ! (Comme publicité, il y a dans le wagon-restaurant une reproduction en petit format de l'affiche du savon *Cadum*, mais le *Bébé* est muni de bretelles. Un article de mercerie dans un pays où les gens vont censément nus. Mais c'est le chic de Paris !...)

Lorsque je descendis enfin du *Nocturne 17* le pays était en pleine révolution et Uberaba occupée par les hommes d'un certain docteur Armand Schmitt, un Allemand, un ancien combattant de Verdun émigré dans le pays, qui s'était improvisé dictateur dans ces régions instables, traquait la population amorphe et tyrannisait les habitants apathiques de la petite ville. Les élections présidentielles étaient proches et le docteur Schmitt donnait beaucoup de fil à retordre aux autorités avec ses bandes racolées parmi les bergers, les chasseurs, les mineurs, les coureurs de bois qui sont tous un peu hors la loi et à qui Schmitt avait distribué des carabines et qu'il avait entraînés à l'allemande, *gedrillt !*...

C'était en 1927.

En 1936, vers la fin de l'année, alors que je mettais pied à terre à Santa Rita de Paranahyba, arrivant par bateau de Cadix, *via* Buenos Aires, comme le prolétariat d'Espagne *el Frente Popular*, les mécontents de la légendaire capitale du *sertão* venaient de proclamer *a Frente Verde, le Front de Verdure*, rien que des broussards et des blédards, doublés des *cangaceiros*, ces insolites bandits de grand chemin, seigneurs de la *wilderness* et qui se rendent une fois l'an à l'église, suivent la messe à cheval, se confessent publiquement, debout sur l'étrier et sans mettre genou à terre, ayant l'habitude de violer, saccageaient tout en ville, les estacades, le coral, les claies à boucan, le *girão* à sécher la viande, le *matadouro*[12], les dépôts de cuir vert, les humbles petites maisons d'*adobe* à la porte peinte en bleu, la primitive église et ses magnifiques palmiers, les misérables boutiques des Syriens qui sont aussi prêteurs sur gage, le casino des chercheurs d'or, le kiosque à musique, le bal, et des nuées d'*urubus* noirs s'abattaient sur les décombres fumants, les galeux charognards.

Ah, c'était du joli et quelle tristesse ! car toute cette singerie d'Europe ne rimait à rien du tout dans cette vastitude désertique où la rivière indolente sortant des forêts vierges et des montagnes sauvages se gonflait parmi les *campos* non défrichés, s'écoulait sous un ciel vide, ses berges s'effritant dans la chaleur, les caïmans bâillant au soleil sur des croûtes de boue desséchées, les oiseaux aquatiques jacassants faisant encore plus de bruit insane sur les deux rives que les braillards qui agitaient des pancartes et des drapeaux dans la poussière rouge de l'unique rue de Santa Rita !

Si l'exubérance des oiseaux exprimait leur joie de vivre, les « verdistes », eux, ce *Lumpenproletariat* pittoresque et bon enfant, n'avaient pas l'air de rigoler malgré le *tiroteio*, les coups de fusil qui s'échangeaient et les galopades.

Deux, trois jours plus tard tout était rentré dans l'ordre.

Je fais allusion à la violence de l'équateur toujours triomphant dans ce climat, et non aux gendarmes ni à la politique. En effet, il faisait une chaleur accablante et les hommes cessèrent le feu, de guerre lasse, et finirent par se débander...

Alors, dans toute la région, les hommes se mirent à rioter, plus taciturnes que jamais, chacun mâchant sa chique, salivant, humant son maté, les bottes sur une souche, les yeux sur une braise, le soir, au campement...

Ah ! quelle bonne histoire à raconter un jour, en fin d'étape...

Que l'histoire vienne !...

C'est une épopée...

Ainsi naissent les légendes et les chansons de geste et se fait la renommée.

Un héros...

Chacun se vante...

On raconte autour du feu...

J'ai tout de même réussi à enregistrer un ou deux disques avec accompagnement de guitare.

1955

*

Post-scriptum du 16 janvier 1956

Hier matin, j'ai rencontré Kubitschek[13] à Montparnasse, où il était venu visiter l'*Hôtel de la Paix* qu'il avait longtemps habité quand il était un étudiant pauvre, et il avait l'air tout ragaillardi et content. C'est dans ce même *Hôtel de la Paix* que Modigliani et moi avons bu tant de gros rouge, en 1916, trinquant à l'humanité et honnissant la guerre à qui mieux mieux, des nuits entières, avant le départ de Lénine et de Trotski pour la Russie.

B. C.

*

M. KUBITSCHEK EST RAVI DE L'ACCUEIL QU'IL A REÇU À PARIS

« Bonn, 16 janvier. *Continuant son tour d'Europe, le président Kubitschek est arrivé à 12 h 30 à Bonn où il a été, à déjeuner, l'hôte du professeur*

Heuss, président de la République fédérale, avant de s'entretenir avec le chancelier Adenauer.

« Il a visité des aciéries de la Ruhr et a eu déjà maints entretiens avec industriels et financiers allemands depuis son arrivée à l'aérodrome de Düsseldorf, hier après-midi.

« "Mon voyage dépasse toutes mes espérances", a déclaré le président élu du Brésil en soulignant combien l'accueil de Paris, qu'il venait de quitter, l'avait impressionné.

« Hier matin, il assistait à L'Empire à la projection d'un documentaire réalisé par le cinéaste français Jean Manzon[14], Samba fantastico, *qui promène le spectateur étonné des gratte-ciel de Rio et São Paulo aux régions inondées de l'Amazonie et révèle le visage de ce Brésil que le président Kubitschek prédit être dans dix ou quinze ans au premier rang des grandes puissances. "Il y a cinquante ans, les U.S.A. n'étaient pas grand-chose", souligne-t-il.*

« Il a réaffirmé, au cours d'une conférence de presse, cette conviction et sa volonté de tenir fermement en main, pendant les cinq années qu'il va passer à la tête de la République, les trois problèmes essentiels : énergie, transports, industrialisation.

« M. Kubitschek n'envisage pas de lancer un emprunt en France. Ce qu'il a demandé aux soixante industriels de chez nous ayant déjà des activités au Brésil, et aux autres, est d'y développer leurs investissements : "De tels placements sont sûrs pour les capitaux français, déclare-t-il. La paix sociale règne au Brésil."

« Le transfert de la capitale à l'intérieur

s'impose, dit-il, "pour éviter aux institutions fédérales de subir 'les passions'" auxquelles elles sont soumises à Rio. Ce projet est inscrit depuis 1946 dans les codicilles de la Constitution.

« *On a attribué au président, élu par 200 000 voix de majorité, un apport de 300 000 à 400 000 voix communistes.*

« *"Je ne le crois pas, répond M. Kubitschek à notre question. Mais le vote est secret, n'est-ce pas… En 1946, comme député, j'ai voté la loi d'interdiction du parti communiste. Je ne reviendrai pas sur cette question. Pour lutter contre le communisme, seul le développement économique est une arme sûre. Voyez l'exemple des U.S.A. Le Brésil est aussi la plus grande nation catholique d'Amérique latine."* »

(Les Journaux.)

Post-scriptum du 20 septembre 1956.

« Rio de Janeiro, 20 septembre (A.F.P.). *Le décret prévoyant le futur transfert de la capitale du Brésil sur le plateau central du pays a été signé mercredi par le président de la République. La nouvelle capitale du Brésil s'appellera "Brazilia".* »

(Les Journaux.)

ETC., ETC.
(Un film 100 % brésilien)

À Georges-Henri et à Véra Clouzot[1]

Je n'étais pas venu au Brésil pour tourner un film. Au contraire, je ne voulais plus entendre parler de faire du cinéma. Mais à chaque pas, en voyageant dans ce merveilleux pays, je disais aux amis qui m'accompagnaient :

« C'est trop beau. C'est par trop formidable. On n'a pas idée d'un pays pareil. Écoutez, mes enfants, nous allons faire un film, un film du tonnerre de Dieu. Nous allons un peu leur montrer ce que c'est que la forêt vierge, les fleuves géants, la brousse, la jungle, le soleil, les tropiques, l'homme blanc qui débarque dans tout cela, qui mate le pays, qui se fait une nouvelle patrie... »

Et c'est ainsi que de retour à Rio, rentré d'une longue randonnée à l'intérieur où cette idée d'un grand film brésilien était née, je me trouvai être attelé à ma machine à écrire, car cette idée prenait corps.

Durant six mois, entre le bruit des rouleaux de l'Atlantique qui montait par mes fenêtres ouvertes sur la plage de Copacabana et les bruits de vaisselles et les flonflons des tangos et des maxixes qui arrivaient jusqu'à moi par les vasistas de la cour intérieure du fameux palace, je restais enfermé dans mon appartement de luxe, tapant à tour de bras du matin au soir, et voyais se dérouler sur le papier, en noir sur blanc, à chaque cran, à chaque déclenchement de sonnette au bout de la ligne, l'argument d'un grand film de propagande, l'histoire de la formation du Brésil, les images synthétiques qui devaient multiplier la vitesse de cette production pour frapper l'imagination des foules, une belle histoire d'amour qui devait servir de véhicule à l'exotisme de la nature et à la lutte séculaire ou à la rivalité des pionniers avançant en forêt et des ingénieurs modernes venant bouleverser de fond en comble l'équilibre économique de cet immense, mais comme tous les colosses, de ce fragile pays. Sans parler du rapport financier de mon affaire, de mon budget à établir, de la liste du matériel à acheter, des techniciens à faire venir d'Europe et des États-Unis, des commanditaires à trouver, etc., etc.

Ces six mois passés dans l'appartement 101 du *Copacabana* comptent parmi les plus beaux de ma vie. J'étais en pleine forme. Je débordais d'idées et de trouvailles. J'avais confiance. De l'audace. Et les amis brésiliens qui étaient au courant de mon idée, et qui me voyaient travailler la chose sur le papier, influencés par ma conviction, touchés par les arguments, entraînés par mon enthousiasme, se répandaient en ville, ébruitaient l'affaire et parvenaient à intéresser les gens comme à la réalisation d'une grande œuvre nationale, à l'entreprise gratuite, désintéressée et Dieu sait pour combien de temps encore purement fictive, d'un petit Français frais débarqué dans le pays. Chers amis, bavards et dévoués. Ils finirent par m'apporter à leur insu les concours les plus précieux et les plus effectifs. Et c'est ainsi qu'un beau matin je me trouvai au palais du *Catteté*, devant le président de la République[2] qui avait la bonté de s'intéresser à mon projet...

« Monsieur le Président, lui dis-je, j'aime votre pays. J'en suis fou. Il me botte. Et j'adore le petit peuple de votre terre qui danse, chante, fait de la musique et est angélique. Je viens de faire une grande virée à l'intérieur et j'ai été tellement pris par le pays que j'ai acheté une forêt vierge, non par esprit du lucre ou de spéculation, mais par esprit de retour, car je reviendrai souvent, le plus souvent possible. Je voudrais venir faire un film dans ce pays. Un film de propagande. Pas un de ces films officiels bourrés de statistiques qui ne prouvent rien et qui ennuient, mais un grand documentaire serrant la réalité au plus près. Je vais m'occuper de trouver des capitaux dès que je serai rentré en France et je vous jure de faire un film d'une réalité telle que cela sera une révélation, même pour les Brésiliens. Un film sur le Brésil doit être un film 100 % national et, pour commencer, puisque vous n'avez ni artistes ni stars, Dieu merci, je ne vais pas en faire venir de Paris ou d'Hollywood. Mes vedettes seront les grandes vedettes du Brésil, c'est-à-dire la nature et la lumière, et les personnages principaux de mon film seront la forêt vierge et une de ces rivières géantes qui, historiquement, ont été les voies de pénétration en forêt, comme par exemple, le rio Tiété, qui a permis aux Paulistes de s'approprier tout l'hinterland mais aussi, mais surtout de créer la nationalité spécifiquement brésilienne, en imposant leur unité morale à des zones aussi différentes (pour ne pas dire *antipodiques*) que par exemple les *gauchos* du Rio Grande du Sud et les *caboclos* du San Francisco ou de l'Amazone dans le Nord. Connaissez-vous quelque chose de plus pathétique au monde que la lutte de l'homme pour s'établir dans un climat, faire souche, travailler, prendre racine, se multiplier, faire fortune, réussir ? Le Brésil est un merveilleux exemple dans les temps modernes. Et c'est pourquoi je voudrais m'attacher à raconter l'histoire d'une famille brésilienne. Je me suis laissé dire, mon Président, que vous aviez un dada et que votre dada est l'histoire. Un ami m'a signalé que votre thèse de doctorat est justement l'histoire d'une famille pauliste. Je me suis procuré votre thèse *. Je l'ai lue. M'autorisez-vous à m'en servir comme argument pour mon film, car l'histoire de cette famille n'étant qu'une longue vendetta qui s'étend sur deux, trois siècles, qui se ranime à chaque génération et qui se répète quels que soient le niveau social et les nouvelles conditions d'existence atteints aux différentes époques par les représentants successifs et les plus éminents de cette famille, est non seulement une histoire typiquement brésilienne qui marche de pair avec

* *Capitania de São Paulo* par Washington Luís, São Paulo, 1918. (*Note de B. C.*)

l'évolution générale du pays, mais est aussi la plus belle illustration de cette évolution, tout en restant une histoire romanesque, dramatique, simple, élémentaire, profondément humaine, exemplaire autant qu'une tragédie antique et d'une portée universelle puisque, comme toute vendetta, c'est une histoire d'amour, sur le thème des fiançailles ou des épousailles tragiques… »

Ayant l'autorisation du président de la République pour tirer un scénario de sa thèse de doctorat, ce fut un jeu pour moi de faire le synopsis et le découpage d'une aussi belle histoire d'amour, de sang, de fortune, de conquête et de prise de pouvoir et, plus j'avançais dans mon travail, plus mon métier de romancier devenait captivant car, pour une fois, je ne travaillais plus *in vitro*, mais en pleine réalité[3]. Tout ce que j'écrivais en chambre débordait séance tenante sous forme de câbles que j'adressais en Europe et aux États-Unis pour m'assurer le concours de spécialistes connus, ingénieurs du son ou opérateurs de prises de vues, prendre date ; déjà tous les soirs, j'avais rendez-vous dans le hall de l'hôtel avec des chasseurs, des explorateurs, des pisteurs, des trappeurs, brésiliens et indigènes, avec qui je discutais des plus beaux sites à choisir, des expéditions à organiser, des possibilités de mener une troupe très nombreuse camper dans telle ou telle région de l'intérieur, des Indiens, du bétail, des vivres à rassembler, des stocks d'essence à constituer, des voies d'accès à préparer, des campements, des affûts et, pour gagner du temps, de l'emploi possible d'avions et d'hydravions, d'hydroglisseurs, de vedettes rapides, d'hélicoptères, d'autos et de camions.

Chacune de ces réunions se résumait pour moi par de nouveaux paquets de câbles à expédier dans toutes les directions pour demander des renseignements et les prix d'un million d'accessoires indispensables pour réaliser à l'écran ce que j'avais imaginé dans la journée.

Cette idée de faire un film national 100 % brésilien commençait à faire du bruit et bientôt les journaux de Rio et de São Paulo vinrent m'interviewer. Alors, avec la publicité d'un grand quotidien de São Paulo, j'organisai un concours de beauté pour dénicher le couple idéal et des jeunes gens et des jeunes filles susceptibles de devenir mes interprètes, ce qui me fit faire plusieurs séjours à São Paulo, où l'on me fit rencontrer le président de cet État, à qui je demandai de bien vouloir composer la musique de mon film, Son Excellence Carlos de Campos étant un musicien populaire dans sa patrie et un érudit en matière de folklore brésilien...

Sous le patronage, ou mieux encore, grâce à la collaboration effective du président de la République et du président de l'État de São Paulo, mon idée de faire un film de propagande 100 % brésilien avait pris de telles proportions que, vers la fin de mon séjour, je devais me défendre pour conserver le contrôle de mon affaire. Je m'étais assuré la participation d'une banque anglaise qui venait de m'ouvrir un crédit de 150 millions de francs et depuis quelques semaines je refusais systématiquement la commandite des capitalistes brésiliens qui se faisaient un point d'honneur de financer entièrement un film national, et je me débattais comme un diable dans un bénitier quand, un beau matin, je fus convoqué au ministère des Finances, où je trouvai le ministre et le trésorier général qui, sur ordre du président, m'obligèrent d'accepter une participation de l'État, au titre de la Propagande, égale à l'apport étranger qui constituait le capital de mon affaire et je sortais du ministère tenant à la main un bon de 150 millions sur la Trésorerie de l'État, bon dont je ne savais que faire, mais que l'on m'avait contraint d'accepter ; et je sortais du ministère dans la rue quand je fus accueilli par une salve de coups de fusil et des rafales de mitrailleuses. C'était la révolution... la seule chose que je n'avais pas prévue dans mon film... et qui mit fin à tout mon beau projet.

1925

NOËL
AUX QUATRE COINS DU MONDE

NOËL EN NOUVELLE-ZÉLANDE

À Francine de Bovril

Aux antipodes. L'été austral. C'est Noël. J'ai mis pied à terre et regarde du haut de la dune la plage grouillante de monde, des citadins qui s'ébattent derrière les barrages anti-requins. Le *whale shark* a trois rangées de dents et six mille dents à chacune de ses mâchoires. Hier, c'était un troupeau de phoques étalés au soleil et, avant-hier, deux couples d'éléphants de mer qui jouaient au large. J'entrave mon cheval et descends prendre mon bain ; puis je remonte, je me rhabille, saute en selle, fais demi-tour et pique des deux vers l'intérieur. C'est Noël. Les bergers. L'Étoile. La grotte de Bethléem. La crèche. Les anges bleus du Piombino dans la sacristie du Vatican. La musique des sphères. *Paix sur la terre aux hommes de bonne volonté*... Des moutons. L'autre année, j'étais à Rome...

S'il est quelque part au monde un pays du Tendre[1], c'est, à première vue, en Nouvelle-Zélande. Dans ces deux îles fortunées, des grands troupeaux de bêtes de choix paissent l'herbe drue des vallons. D'un bout de l'année à l'autre rien ne vient les troubler. On peut voyager en auto durant des jours ou à cheval durant des semaines sans jamais rencontrer âme qui vive. On peut franchir des crêtes, descendre dans de nouveaux vallonnements sans jamais sortir des herbages. À part une cataracte pétrifiée, un coin sauvage aménagé en Suisse miniature et réservé aux jeunes mariés qui viennent y passer leur lune de miel ou aux vieux couples qui viennent y célébrer leurs noces d'or, quelques bosquets de plantes tropicales, curieuses, rares et aussi vivaces qu'à Ceylan, notamment des fougères crucifères géantes qui sont tout ce qui reste de la flore primitive de la contrée, aucun pittoresque ne vient frapper l'œil. Tout l'intérieur du pays est divisé rectangulairement par les hautes barrières à quintuple fil de barbelé qui séparent les pâturages ; les vallons s'emboîtent mollement aux vallons ; les collines succèdent aux collines ; rien ne vient rompre l'uniformité, la monotonie de l'herbe luisante partout répandue, cette herbe d'un vert sombre, qui reflète le ciel comme l'eau, qui envahit le paysage et lui donne cet aspect de calme, de repos, de paix, de chaud silence.

Par hasard et si l'on a un peu de chance, on peut tomber sur un bouquet de grands eucalyptus qui abritent sous leur ombrage odorant, tout plein du roucoulement des tourterelles et du frissonnement de leurs feuilles en carton, une ferme, si l'on peut dénommer ferme ce bungalow flambant neuf où un colon, et non pas un paysan, où une bourgeoise, et non pas la femme d'un fermier, s'installent le soir au pianola ou se penchent sur leur poste de radio.

La nuit venait, la nuit de Noël. J'avais trotté toute la journée et m'étais manifestement égaré. Et je trottai encore longtemps dans la nuit criblée d'étoiles, désorienté, non par l'éclat consternant de la Croix du Sud, mais par les milliards de lumières clignotantes des lucioles éperdues...

Enfin, je mis pied à terre dans un petit bois. J'attachai mon cheval à un arbre. Les eucalyptus embaumaient. Une faible lumière venait à travers les troncs squameux et aussi de la musique. Un piano. Une habitation se terrait à l'entrée d'un vallon.

Je m'en suis approché sans faire de bruit et j'ai encore devant moi l'image d'un bien étonnant spectacle : un homme et une femme, lui en smoking, elle en robe décolletée, avec un rang de perles autour du cou. Ils étaient assis côte à côte sur un tabouret en tapisserie et jouaient à *trois* mains au piano, tournant le dos à la fenêtre ouverte. C'était *Paillasse*[2]. Derrière eux, sur une table, une lampe à pétrole, un plum-pudding dans sa boîte en fer-blanc au bain-marie sur un réchaud, une bouteille de whisky, des verres... Je suis resté un long moment malgré la fatigue qui me chargeait, à regarder ces deux êtres qui jouaient pour eux, épaule contre épaule, en se souriant. Ils étaient seuls sur la surface de la Terre...

À minuit, j'ai fait leur connaissance. Ils ne m'ont pas raconté leur histoire. Peut-être n'en avaient-ils pas. Le couple était heureux et avait choisi de l'être dans la solitude. C'est un secret sans prix...

La paix… Le bonheur… Mais l'on ne traverse pas la vie dans les passages cloutés et l'homme avait fait la guerre et, comme moi, y avait laissé un bras…

Drôle de rencontre. Mais la nuit de Noël fut bonne. Lui, le gauche, moi, le droit. On trinqua.

Un Anzac de l'Artois[3].

Mon Dieu, que le monde est petit quand on voyage !…

NOËL ET NOUVEL AN EN CHINE

À Raymone

Noël en Chine du Nord, 1929. J'avais l'occasion de faire un autre rapprochement, entre les santons de Marseille ou la crèche de Saint-Rémy-de-Provence et ce que j'avais sous les yeux, une crèche dressée en plein air, une crèche dans la neige, une crèche faite de personnages vrais, vrais mais pas vivants.

Les soldats du général Ma[1] ont saccagé les établissements d'une mission catholique et ils ont massacré les Pères et le bétail. Les soldats du général Ma connaissent le calendrier chrétien et ils savent que c'est Noël. Alors, pour se moquer des Chinois convertis, ils ont édifié une crèche, à flanc de coteau, à portée du village.

Si l'on veut imaginer la scène, il faut penser au titre du roman de Jules Janin, *L'Âne mort et la Femme guillotinée*. L'âne est mort, en effet, mais on a réussi à mettre la carcasse debout, à côté de la carcasse d'un buffle. Tous les autres personnages ont été disposés avec un soin presque pieux : le petit Jésus est un gosse éventré, les Rois mages offrent leurs tripes et leurs membres coupés et la

Sainte Vierge porte sa tête dans son tablier. Voilà, c'est une crèche à la chinoise.

Au premier plan, les soldats du général Ma défilent et regardent avec une attention passionnée, comme s'ils attendaient que le tableau s'anime. La troupe disparaît dans une tourmente de neige…

En 1930, le général Ma, qui ravageait toujours le Jéhol, revint dans la même région avec ses soldats. La terre était jaune, les paysans travaillaient dans les champs et, selon le calendrier chinois, ce jour-là, c'était leur Nouvel An. Le général fit passer les travailleurs au fil de l'épée et, pour se moquer de la population du village, il l'invita à venir visiter un ring de boxe qu'il avait fait établir à flanc de coteau de la même colline, mais sur l'autre versant, un ring unique en son genre où les décapités, maintenus debout par des pieux fichés en terre, s'affrontaient comme des boxeurs et se menaçaient de leurs poings sciés. C'était toujours le même général et les mêmes soldats, mais ils avaient tourné casaque et appartenaient maintenant à l'armée adverse. Le spectacle était gratuit et donné à titre de propagande. Puis-je dire de propagande progressiste ?… Ou quoi ?…

Une douzaine de têtes jonchaient le sol ou étaient suspendues par leur natte aux longues perches de l'enceinte.

NOËL AVEC MAX JACOB

À Nino et à Simone Frank[1]

Cela se passait vers 1921, et Max Jacob habitait encore rue Gabrielle. Il m'avait donné rendez-vous à l'église des Abbesses pour la messe de minuit, et, en effet, je l'y ai vu arriver un peu à l'avance.

Il s'était mis sur son trente et un, gibus, redingote, cravate, monocle, souliers vernis, pardessus boutonné jusqu'au menton pour cacher l'absence de linge. Il avait son petit tapis sous le bras, qu'il déroula tout de suite, pour s'y agenouiller. Seulement, comme il commençait à souffrir de rhumatismes, il supportait mal la station à genoux ; si bien qu'aussitôt agenouillé, il s'est relevé, sans toutefois cesser de suivre une minute le rite de la messe… Il le roulait, pour changer de place. Il allait ailleurs, et moi derrière lui. Changeait-il de chapelle, voilà qu'il entendait mal, alors il revenait à sa première place. Tout cela avec force courbettes, des sourires et mille excuses à voix basse, en interrompant, le temps qu'il fallait, sa prière ou son chant. Les gens le connaissaient, ils avaient l'habitude. Donc, après trois ou quatre déplacements, il me chuchota : « Décidément, j'aime mieux le Sacré-Cœur, j'y suis davantage chez moi... »

Il est parti à la sauvette. J'ai à peine eu le temps de lui voir gravir les escaliers quatre à quatre, il était déjà loin, montant vers le sommet de la Butte, son tapis roulé sous le bras, en se hâtant, car il ne voulait pas rater la fin de l'office...

Je crois bien que c'est une des dernières fois que je l'ai vu, Max.

NOËL CHEZ LES INDIENS DU NOUVEAU-MEXIQUE

À Raymond et à Gaby Manevy[1]

Chez les Peaux-Rouges du Nouveau-Mexique, l'arbre de Noël est remplacé par un arc-en-ciel multicolore en papier de soie, qui repose sur deux chaises au-dessus d'un feu de tourbe qui brûle toute la nuit et dont l'air chaud gonfle l'arc-en-ciel en papier de soie comme une montgolfière, et je m'attendais, comme on lâche à Naples, à la fête de Piedigrotta, des fragiles ballons en papier de soie animés d'une force ascensionnelle due à l'air chaud que dégage un tampon d'ouate trempé dans l'alcool, que l'aéronef improvisé transporte à sa base et qu'on allume au moment de le lâcher, si bien que la nuit est tout illuminée de globes transparents qui planent à différentes hauteurs et qui souvent prennent feu, je m'attendais d'un moment à l'autre à voir l'arc-en-ciel gonflé à bloc rompre ses amarres et filer et se perdre en l'air. Mais il n'en était rien...

Accroupis autour de leur feu, en contemplation devant leur arc-en-ciel multicolore, s'hypnotisant, les Indiens ruminent sans parler, en mâchant leur drogue, un petit cactus sacré pas plus grand qu'un champignon, le fameux peyotl, la plante qui rend les yeux émerveillés[2].

Des heures passent…

Rêvent-ils ?

Le passé ?

L'avenir ?

On sait qu'ils se sentent en exil dans leur propre pays…

Et tout à coup il y a le rush. C'est une fière démence. Comme poussés par on ne sait quelle vieille fureur, ils se lèvent tous ensemble et bondissent hors de la maison commune.

Il y a vingt-cinq ans, ils sautaient à cheval et se livraient la nuit de Noël à une course folle dans l'unique rue du *pueblo* et les femmes les bombardaient avec des melons d'eau pour exciter les chevaux et les voir filer ventre à terre dans un nuage de poussière. Aujourd'hui, ils sautent dans leur auto et chacun roule à tombeau ouvert jusqu'à la frontière, où ils se massent roue à roue et restent en contemplation…

De l'autre côté, il y a une ville-champignon entourée de puits de pétrole. Enseignes lumineuses sur les toits, projecteurs, tubes au néon, haut-parleurs criards. Par la porte ouverte des boîtes de nuit vient de la musique de danse et sortent les paroles titubantes des romances et des chansons à l'haleine de l'eau-de-feu…

L'Indien qui franchit la frontière en fraude ne revient plus.

L'endroit s'appelle Stinckingsprings ou Ojos Calentes selon que l'on se trouve, comme Pascal, en deçà ou au-delà de la frontière Sud.

NOËL
AVEC CEUX DE LA TERRE PROMISE

À Pierre Lazareff[1]

Cela se passait en 1910, à bord du *Volturno*[2], un cargo qui venait d'embarquer à Libau, pour les transporter à New York, une pleine cargaison des plus pauvres émigrants du monde parmi lesquels je me trouvais en qualité d'interprète.

Le *Volturno* était un tout petit cargo, rien du transatlantique, mais un bon petit sabot qui tenait bien la mer. On y crevait quand même de froid, et aussi un peu de faim.

Il était archibourré de pauvres, des pauvres de tous les coins des pays d'Asie, et des Sibériens et des Tartares, et des Géorgiens et des Persans, et des Arméniens et des Kirghizes, et des mahométans de la région des pétroles, et des bouddhistes nomades de la région des steppes, plus quelques rares Chinois du Nord, des géants mandchous, et puis des Juifs, une quantité de pauvres Juifs qui venaient de tous les ghettos de la Pologne et qui, eux, chantaient par groupes sur le pont pour tromper leur inquiétude et dire leur attente du nouveau monde, la Terre promise…

La traversée a été longue : vingt-huit jours. C'est que nous nous sommes trouvés pris, aux approches de la Noël, dans une tempête épouvantable au cours de laquelle le *Volturno* a perdu son hélice.

On avait dû fermer les sabords et boucler toutes les ouvertures pour maintenir cette masse d'hommes dans les fonds. La coque dansante du *Volturno* retentissait des lamentations de ces malheureux enfermés à fond de cale et dont personne ne se souciait malgré les coups redoublés dont ils martelaient les portes des cloisons étanches.

Noël se passa à Terre-Neuve où nous avons dû faire une longue escale à Saint-Jean pour remplacer l'hélice. C'est l'un des Noëls les plus étranges de ma vie, avec tous ces compagnons de misère, cette foule hétéroclite rassemblée dans les hangars de l'acconier du port, chacun remerciant le Ciel d'avoir échappé au grand danger de l'abysse et atteint la Terre promise.

Chacun célébrait son Dieu et lui rendait grâce à sa façon : les Parsis entretenant les flammes de la cuisine en plein air en y versant les verres d'eau-de-vie qu'on leur servait ; les Juifs debout et chapeautés le long des parois en tôle ondulée des docks comme devant le Mur des lamentations, poussant des soupirs et des pleurs et déchirant le haut de leur caftan ; le plus grand nombre muets, imbéciles d'horreur, mais en prière : Dieu est Dieu.

NOËL À NEW YORK

À Paul et à Christiane Gilson[1]

Une fois de plus, le *Volturno* vient s'amarrer *pier* 289, au fin fond de Brooklyn, mais c'était mon dernier voyage à bord[2]. Le soir même, le soir de la Noël 1911, je mets sac à terre et c'est avec un immense soulagement que je m'éloigne, cheminant le long des quais, puis traversant l'énorme agglomération surpeuplée et, ce soir, en liesse, les brasseries en fête, la foule débordant sur la chaussée, me frayant mon chemin, un lourd panier sur l'épaule rempli de livres et de manuscrits, avançant lentement parmi les orgues de Barbarie, la kermesse, des bandes de gosses dont certains portent un faux nez et qui lâchent tous des pétards.

Arrivé au fameux pont suspendu de Brooklyn, je m'engage résolument sur la passerelle aérienne réservée aux piétons et c'est avec une espèce de joie émerveillée qui ressemble fort à de l'ivresse et qui se renouvelle à chaque pas que je m'avance à la rencontre de New York, dont le panorama trop connu m'enchante chaque fois et plus particulièrement cette nuit, dressé qu'il est en face de moi, déroulé sur l'autre rive de l'East River, brossé au clair de lune, troué d'ombres et de lumières et, bien que grandissant en hauteur et prenant plus d'épaisseur, de volume et d'étendue au fur et à mesure que je m'approche de lui au bout du pont, me paraissant à chaque pas de plus en plus irréel à cause de ces millions de fenêtres et de portes éclairées à giorno qui me regardent venir... J'en ai le vertige, la tête me tourne et, pour une fois, je me sens perdu.

Où aller ? Où me rendre ? Dans quel quartier ? Quelle maison choisir ? Quelle porte pousser ? M'installer à quelle fenêtre pour, à mon tour, en voir arriver un autre, le suivant, perdu tout comme moi, entre ciel et terre sur le tablier désert du pont ?...

Arrivé au bout du pont, je ne rentre pas à New York de plain-pied, mais dégringole l'escalier de fer en colimaçon incrusté dans le pilier de la rive droite et je débouche sur le plan d'eau de China-Town, bordé de petites et de grandes bâtisses, toutes plus ou moins délabrées et obscures, à l'exception d'un bâtiment de vingt ou trente étages, percé d'une centaine de fenêtres devant chacune desquelles crépite une lampe à arc. Je n'ai pas l'embarras du choix, je traverse la chaussée en courant et me dirige vers la seule maison illuminée du quai, pousse la porte, une deuxième porte et pénètre en trombe dans le local.

Le saisissement m'arrêta net. Je jetai mon panier par terre et me mis à regarder.

J'étais entré dans les abattoirs rituels juifs. En face de moi, juché sur une montagne de cageots, un jeune rabbin officiait, le chapeau melon sur la nuque, ses boucles en floche sur les tempes, les manches retroussées mais les bandelettes de la Thora nouées aux coudes. Les mains ensanglantées, il égorgeait sans une seconde de répit les poulets vivants qu'on lui présentait d'un trait de sa lame incurvée comme le couteau du sacrificateur ou du circonciseur. C'était un travail délicat et de précision, mais néanmoins un travail à l'américaine, c'est-à-dire un travail à la chaîne car les poulets venaient de l'extrême gauche, où les cages à poules étaient entassées jusqu'au plafond, et passaient avec dextérité à l'extrême droite, où les poulets plumés, vidés, étiquetés, empaquetés partaient en file dans des corbeilles à roulettes portées par les monte-charge vers les voitures de livraison qui allaient les délivrer en ville, et, d'un bout à l'autre de la chaîne, les poulets passant de main en main ne marquaient que ce temps d'arrêt d'une demi, d'un quart de seconde devant le couteau du rabbin qui leur coupait le cou d'un trait sûr.

Parfois, un volatile récalcitrant ou mal présenté ou loupé s'échappait des mains et s'envolait en poussant un cocorico glougloutant et funèbre. Cela ne troublait personne, car rien ne devait interrompre le rythme de la chaîne dont le débit était chronométré. Un patriarche armé d'un long bâton ferré embrochait l'oiseau décapité et allait le jeter dans une hotte marquée : *Pour les Orphelins de Tel-Aviv*.

NOËL À ROTTERDAM[1]

À Mme Antoinette Andrieux

Le *Volturno* me rappelle encore un autre Noël maritime, à Rotterdam. Damné cargo.

Je m'étais lié avec Peter Van der Keer, l'écrivain du bord, et ce dernier, à l'occasion de cette escale inhabituelle à Rotterdam, avait décidé d'aller dire bonjour à sa sœur, qu'il n'avait pas revue depuis dix ans. Il la savait mariée à un cheminot et mère de famille, mais il ne savait plus combien de petits elle avait eus au juste.

Cependant, comme il avait le sens de la famille, Peter traînait sur son dos un sac rempli de joujoux achetés un peu partout dans le monde entier, au hasard de ses escales : des poupées japonaises et des santons mexicains, des grands fétiches polynésiens et des idioties de Nègres avec un bout de miroir dans le ventre, et des colliers de coquillages et de la verroterie, et des oiseaux indiens dans leur touffe éblouissante de plumes ébouriffées que l'on suspend à un fil invisible et qui semblent voler, tant ils sont sensibles au moindre courant d'air, et des grenouilles du Guatemala qui ont un élastique entortillé dans le ventre et qui coassent et se culbutent quand on les lâche sur une table, et des chouettes petites mécaniques achetées à New York pour les garçons.

Il faisait un vrai temps de Père Noël. Il bruinait. Il y avait des coups de vent furieux. Nous passions au cœur du Bloom, le fameux quartier réservé de Rotterdam, qui n'était pas brûlant du tout, ou alors ce n'était pas encore l'heure. Les maisons lépreuses plongeaient dans l'eau noire du canal et, à chaque coup de vent, des briques venaient s'écraser sur la chaussée comme des chiques molles et juteuses. On entendait la toux convulsive des pianos automatiques ou les crises sonores de coqueluche des orgues pneumatiques s'échappant par la porte vivement rabattue des estaminets, et les lamentations enrouées des orgues de Barbarie dans les cours.

Nous avons fini par arriver, entre digue et polder, à la masure qu'habitait la sœur de mon ami. Et là, nous sommes tombés sur la marmaille qui jouait sous un hangar avec une vieille caisse à savon. Combien il y en avait ? Je ne sais plus : six, sept, huit... Il y avait Jantje, l'aîné, dix ans, et Sjanke, le dernier, un an, sur les genoux de l'aîné qui lui donnait le biberon, puis les deux Zons et Peer, qui étaient jumeaux et encore Flip, Guust, Totje, la petite vipère noire, et je ne sais plus qui, j'en oublie. D'ailleurs, la série n'était pas finie, la sœur de mon compagnon attendait un nouveau marmot, dans la petite ferme perdue dans les landes sursaturées d'eau... et Peter entra dans la chambre assister sa sœur, l'embrasser.

J'ai donc commencé à déballer le sac de jouets

de l'oncle : pour Totje, qui hurlait comme un petit énergumène, l'automobile rouge des pompiers de New York et la grande échelle ; pour Flip qui pleurait et Guust qui riait, les grenouilles qui sautaient et coassaient ; pour Peer la grosse tête, les masques d'Afrique et les oiseaux du Guatemala, et il y avait encore une crèche avec son petit Jésus, de Mexico, et tous ses petits personnages exotiques, et puis il y avait encore un carton de confiserie un peu gondolé par la pluie, avec des tartelettes, des cornets à la crème, des meringues, des mille-feuilles, des gâteaux fourrés au chocolat ou semés d'amandes, de cannelle, de vanille, d'angélique, de guignes confites, saupoudrées ou glacées de sucre, des babas au rhum, des puits d'amour que j'avais apportés.

Les gosses ne bougeaient pas. Ils n'y touchaient pas. Ils n'avaient jamais vu ça. Ils ne savaient pas ce que c'était. Ces jouets étalés là les épataient trop, pour ne pas dire qu'ils les épouvantaient, et tous ces gâteaux, ils ne savaient pas si ça se mangeait. Soudain, l'un s'est mis à pleurer, les autres à hurler, et tout à coup la maison entière a été remplie d'imprécations, de cris suraigus, de gémissements, de plaintes, comme si l'on avait saigné le cochon à la cuisine.

J'ai vu accourir Peter, qui m'a dit : « Foutons le camp, c'est ma sœur qui accouche... C'est atroce, épouvantable, on n'a pas idée... » Il était en colère. Nous avons fui comme deux voleurs. Les écluses du ciel s'étaient ouvertes, il pleuvait de l'eau tiède, étrange, saumâtre, qui entraînait des particules d'écailles de hareng, comme s'il se fût déversé du sauris.

Cela s'est terminé au *Middernacht's Tango*, par la plus extraordinaire bagarre à laquelle j'aie participé de ma vie, et je n'oublierai jamais ce que peut faire de bruit ou de musique cocasse un piano venant se fracasser au sol, tombant d'un troisième étage. Mille chats qui miaulent dans la nuit, mille chattes en chaleur…

NOËL À BAHIA

À Maria Frias[1]

À Bahia[2], la Rome des Noirs du Brésil, à Bahia de todos los Santos, la Baie-de-tous-les-Saints où il y a plus d'églises que de jours dans l'année, à Bahia, à l'église de Bom-Fim, de la Bonne Mort, qui est la paroisse des Nègres, on célèbre, le jour de la Nativité, la messe du Coq, et la foule des fidèles qui se presse autour de la crèche n'adore pas tant le Divin Enfant que celui des trois Rois mages qui était un Noir : elle jubile à l'idée que Gaspard et son grand éléphant venus d'Afrique, du royaume de la reine de Saba, ont su mériter le paradis et ouvrir largement les portes du ciel non seulement aux Noirs africains, mais aussi à leurs animaux...

C'est pourquoi, dans les crèches de Bahia, le bœuf et l'âne sont souvent, l'âne, un dromadaire, et le bœuf, un taureau zébu, et qu'un cortège d'animaux domestiques et indigènes les entourent, plus toutes les bêtes sauvages de la brousse de l'Ancien et du Nouveau Monde pour se pencher sur l'Enfançon, qui est souvent un Négrillon et plus souvent encore une petite moricaude qui remue dans la paille au fond de l'église archibondée. Et puis, il y a le coq...

Comme chez les Grecs, le coq d'Esculape, le coq de basse-cour, son chant, son égorgement, les giclures de son sang tiennent une grande place dans la sorcellerie nègre. Alors, il figure dans la crèche. Son sacrifice est d'un usage courant. J'ai vu, dans une crèche de Bahia, un coq vivant prendre la place de l'étoile de Bethléem. Dans une autre église, un coq mort était fiché sur l'étoile par une longue flèche, et, dans la chapelle de Bom-Fim, un coq noir était transpercé par une épée dorée, d'où jaillissaient, zigzaguant dans un ciel d'orage, trois éclairs portant en lettres de goudron le nom d'Hérode...

Mais la messe du Coq n'est pas une tragédie. On y célèbre la joie de vivre, d'être au monde, et les animaux de la création, comme dans les fabliaux d'Afrique, y tiennent le premier rôle. Même qu'au milieu des prières et des psaumes, les assistants imitent le cri des bêtes, les uns barrissent, les autres mugissent, bêlent, beuglent, aboient, jappent, sifflent, roucoulent, poussent des cocoricos sonores qui fusent dans tous les coins, tandis que les mendiants chantent à la porte de l'église :

Viva, viva, viva,
Viva a alegria
Na casa de Vossa Senhoria...

Vive, vive, vive,
Vive la joie,
Dans la maison de Vos Seigneuries...

NOËL À LA LÉGION[1]

En souvenir des caquets de Dame Peluche

Quand le caporal Olliver Sullivan revint à lui, il vit le soleil comme à travers un brouillard rouge. Il était tombé à la renverse, la tête au fond d'un trou d'obus, les deux pieds sur le rebord. Un barbelé lui sciait la nuque.

Il fit un effort, retira ses pieds et parvint à s'accroupir au fond du trou. Alors un flot de sang jaillit de son visage. Il s'aperçut qu'il n'avait plus de nez et qu'il venait de vomir sa langue. Il voulut se dresser, mais fut immédiatement salué par une volée de grenades allemandes. Il se tapit alors au fond du trou, se faisant un abri des corps de ses deux camarades tués à côté de lui.

Maintenant, il ne bougeait plus.

La matinée s'avançait. Le soleil montait au ciel, retombait au fond de sa bouche déchirée, semblait vouloir lui arracher les amygdales. Le caporal Sullivan était aveuglé.

Soudain, il entendit des voix allemandes à moins de cinq mètres. Il se souvint de l'ordre. Il devait cueillir une sentinelle allemande. Il était parti dans la nuit, avec Aymerol, l'Espagnol, et Khabok, le poète tchèque. Une grenade les avait couchés là, à quelques mètres du but. Le capitaine leur avait dit : « Pour mon petit Noël, allez me cueillir une sentinelle et je vous donne une permission pour Paris. »

Cueillir…

Il était midi. Le caporal Olliver Sullivan entendait les Allemands aller et venir dans leur tranchée. Ils s'interpellaient. On venait de leur monter la soupe. Soudain, le caporal Sullivan fut debout sur le parapet allemand, une grenade à manche dans chaque main. Il était effrayant à voir, n'ayant plus de visage et la mâchoire pendante accrochée aux oreilles. Il ne pouvait crier, mais du sang jaillissait par petits paquets de sa plaie béante. Il jeta sa première grenade au milieu des Fritz en train de casser la croûte. Ceux qui n'étaient pas touchés n'attendirent pas la suite. Ils sortirent de la tranchée, obéissant au geste, et traversèrent en courant les cent cinquante mètres qui les séparaient de la tranchée française. Ils étaient cinq.

Le caporal Olliver Sullivan venait derrière. Son rire était comme un gargarisme de sang. Il tomba lourdement au fond de la tranchée. Ce furent ses cinq prisonniers boches qui l'enterrèrent.

NOËL EN FORÊT DES ARDENNES[1]

À Roger et à Nadine Nimier[2]

J'avais retenu ma table par téléphone et j'avais hâte d'être rentré à Paris pour l'heure du réveillon. Il était déjà 5 heures du soir, la nuit venait et l'épais frimas qui tombait se glaçait en touchant le sol. Ma voiture était devant la porte. Roux, le garde-chasse, y jeta en bougonnant une bourriche de gibier, puis il alla chercher un jeune sapin que je désirais emporter pour donner une note gaie et un air de pureté à ma table retenue au *Bœuf sur le toit*. Comme il s'y prenait maladroitement et y mettait de la mauvaise volonté, je lui donnai un coup de main pour installer l'arbre dans la voiture, puis je m'assis au volant.

« Cela m'ennuie de vous voir partir sans avoir tiré un coup de fusil, me dit Roux.

— Cela n'a aucune espèce d'importance, mon vieux. Il me vaut mieux partir de bonne heure. Avec le temps qu'il fait, ce brouillard et le verglas sur les routes, ma moyenne ne sera pas fameuse. C'est tout juste si j'arriverai à l'heure. Je t'enverrai une carte postale et une bougie d'*Ambrine* pour ton nez ! Nous n'avons rien oublié ?... »

Roux était de méchante humeur. Il s'éloigna sans dire un mot et ressortit de sa grange tenant un lièvre par les oreilles qu'il jeta de loin dans la voiture, rentra dans son pavillon et en revint une gourde et deux verres à la main :

« Trinquons, dit-il.

— Trinquons », dis-je.

Et j'éclatai de rire, car il était trop drôle avec son pif enflammé qui allait tomber comme une banane pourrie.

« Attention à ton nez, dis-je encore. Tu finiras par le perdre sans même t'en apercevoir. Il est gelé à fond ! »

Impossible de le dérider. Roux était de mauvaise humeur. Et il était de mauvaise humeur parce qu'il n'était pas fier de lui. Et maintenant il était vexé.

Il était de mauvaise humeur depuis huit jours, car durant huit jours il m'avait entraîné par monts et par vaux à travers la forêt sur des pistes de sangliers toutes fraîches sans réussir à faire lever une harde ; il n'était pas fier de lui parce que durant huit nuits consécutives passées à l'affût d'un vieux solitaire dont il avait la bouche pleine, soi-disant une bête noire, « grosse comme un bouvillon, affirmait-il, et plus bardé de plombs que je lui ai lâchés dans le ventre et à bout portant qu'il n'a de poils sur l'échine » et que nous rentrions chaque fois bredouilles, sans même avoir vu un marcassin, et maintenant il était vexé parce que je faisais allusion à son nez, un bon tarin au naturel mais allumé, moiré, rouge et violet comme une aubergine, mou et enflé d'une façon biscornue et cocasse depuis la nuit dernière où, couchés au plus noir d'un fourré, immobiles, à l'affût de la bête qui ne venait pas, Roux s'était endormi et laissé saisir par le gel.

« Alors, tu ne veux pas me céder une boîte de ton fameux cirage ? » demandai-je encore au garde-chasse, un pied sur le démarreur et prêt à embrayer.

Il y a des jours où l'on ne fait que des gaffes. En effet, l'histoire du cirage dont Roux se prétendait l'inventeur était un sujet encore plus susceptible de le mettre en colère qu'une simple allusion faite au malheur arrivé à son appendice nasal. Dans ses moments de laisser-aller, Roux racontait volontiers qu'il possédait un certain cirage qui, s'il en enduisait ses bottes, attirait les lièvres qui se mettaient à le suivre et que souvent il était rentré dans sa cuisine avec vingt-cinq, cinquante lièvres dociles au point de se laisser prendre à la main. Bien sûr, ils ne sautaient pas d'eux-mêmes dans la casserole pour se mettre au civet ni sautaient-ils sous le hachoir pour se mettre en pâté, bien sûr que non, mais Roux se fâchait et se mettait à jurer pour de bon si l'on n'ajoutait pas foi à son histoire.

« Par le diable, qu'avez-vous besoin de mon cirage puisque vous rentrez à Paris ! » s'écria-t-il, et le garde disparut dans sa maisonnette en claquant la porte.

« Au revoir ! À la prochaine fois... » criai-je.

Et je démarrai en klaxonnant pour le saluer, une fois, dix fois, cent fois. On n'entendait que moi dans les bois.

Bien sûr que j'avais besoin de son cirage.

Je n'y pensai pas une, mais cent fois, mais mille fois en cours de route, et parfois je ralentissais pour voir si des lièvres ne me suivaient pas.

Que cela eût été amusant, la nuit de Noël, d'avoir enduit mes pneus avec le cirage magique du père Roux et d'avoir tous les lièvres des plaines du Nord à la traîne, galopant derrière ma voiture, des Ardennes à la place de la Concorde et, la porte du bar poussée, bondissant dans *Le Bœuf sur le toit*, au grand effroi de mes convives, des belles dames emperlousées, et des jeunes gens, et des esthètes, et les Nègres du jazz…

J'entrai en riant aux larmes.

« Qu'avez-vous ? me demandait-on. Vous avez bu ? »

NOËL
AU *BŒUF SUR LE TOIT*

À Coco Chanel[1]

Ces réveillons du *Bœuf*, à la grande époque de Moysès, quand Clément Doucet et Jean Wiener jouaient sans fin sur leurs deux pianos accouplés..., en entrant, je savais qui j'y retrouverais. Il y avait, amatelotée, la douairière, la vieille duchesse d'Uzès, avec son franc-parler, son brûle-gueule, sa bouteille de bordeaux. Il y avait Coco Chanel, solitaire. Quand le jazz s'animait, comme un feu follet, et sa mèche sentant le roussi, Jean Cocteau allait s'installer à la batterie. Il y avait Marthe Chenal qui essayait une fois de plus de lui mettre le grappin dessus en faisant danser Ambroise Vollard, ce Nègre blanc. Il y avait l'imprimeur Peignot qui, une nuit de Noël, sortant du *Bœuf*, était descendu avec sa voiture dans la bouche du métro de la Madeleine et avait réussi à remonter en marche arrière. Il y avait Mme Leygues, avec son célèbre collier de je ne sais plus de combien, combien de mètres de perles, Misia Sert[2], le jeune Auric, ce vieux Fargue...

Fargue, Ravel, Vollard, Misia, la duchesse d'Uzès, Mme Leygues, Marthe Chenal :

Dictes-moy où, n'en quel pays
Est Flora, la belle Romaine...
Archipiades, ne Thaïs...
Où est la sage Héloïse...
La reine Blanche comme lis...
Berte au grand pié, Biétris, Alis
Et Jehanne la bonne Lorraine
Qu'Anglais brûlèrent à Rouen...
Mais où sont les neiges d'antan[3] ?...

1951

NOËL À RIO

À Mme Simone[1]

Tant crie-t-on Noël qu'il vient !

Il faut réviser jusqu'à ses images poétiques les plus familières.

Ici, à Rio, la Noël tombe en plein été austral et le simple fait d'exister est un véritable bonheur.

C'est à Rio que j'ai appris à me méfier de la logique.

Vivre est un acte magique.

L'œil est-il à gauche ou à droite de la main[2] ? demande un proverbe nègre.

Ce n'est pas une énigme. C'est une recette de sorcellerie sous forme de devinette, et il faut répondre : c'est le papillon !

C'est un jeu.

Cela vous apprend à mieux regarder et à pénétrer l'essence mystérieuse des choses.

Un papillon !

C'est une idée, une idée qui vous est soudainement venue à l'esprit et que vous avez laissée s'envoler en secouant la tête comme on fait quand un de ces merveilleux papillons des tropiques qui sortent des forêts vierges circonvoisines s'égare et vient voltiger autour de votre crâne d'étranger comme autour de la fleur la plus rare de ce jardin exotique qu'est le *roof-garden* ou jardin suspendu au sommet de l'hôtel *Gloria*.

L'admirable lépidoptère géant, qui est large comme la main et a des ailes bleues bordées de noir, cherche à se poser, mais son insistance inquiète à la longue et l'on finit par le chasser à grands coups de serviette, et la bête xénophile, et peut-être vorace, chavire par-dessus bord et tombe dans un gouffre de chaleur, éperdue, ivre de soleil et de lumière, vole d'un vol lourd et irrégulier et mou pour aller se perdre dans l'azur, est comme entraînée au large, je ne dirai pas...

De-ci, de-là,
Pareille à la
Feuille morte[3]...

car au Brésil les feuilles des arbres ne sont pas caduques, mais comme une âme en peine et lasse d'errer.

Déjà, chez les peuples de la plus haute antiquité, le papillon était l'emblème de la métempsycose et considéré comme le messager, l'annonciateur d'une mort prochaine, c'est-à-dire du RENOUVEAU.

De toute façon, ici c'est l'été.

Noël.

I

Une qui croyait à la métempsycose, mais qui ne pouvait admettre le dogme de la mort nécessaire comme passage obligatoire et obscur de la transmigration des âmes parce qu'elle y avait échappé une première fois, était une paralytique, une Russe, la comtesse Starosta, une folle, une illuminée, miraculeusement rescapée du naufrage de la *Principessa Mafalda* et qui habitait depuis vingt-cinq ans au dernier étage, immédiatement sous le jardin suspendu de l'hôtel *Gloria*, un appartement dont toutes les fenêtres donnaient sur Rio, sa baie incomparable, les montagnes d'en face, la joue frottée de la lumière du premier matin du monde comme les montagnes qui servent de fond géologique aux toiles de Léonard ou de Mantegna, l'océan écumant, les îles, les pics, les rocs, la pyramide du Pain de Sucre, les mornes voisins, les agaves, les palmiers, la forêt inquiétante d'où viennent les papillons.

« Je ne veux pas mourir, disait-elle. Toutes les âmes sont en nous. Il suffit de choisir celle que l'on veut être. C'est un acte de volonté. On ne meurt pas. On ne se réincarne pas. C'est tout juste si l'on change de peau ! Mais c'est tout de même un miracle. Je l'ai voulu au nom du Saint-Esprit. Regardez-moi, j'ai déjà subi une première métamorphose et n'en suis pas morte. Mais j'exige un deuxième miracle car je veux guérir. Je prie. Je me concentre. Je m'absorbe en moi-même. J'appelle le Saint-Esprit. À bord de la *Principessa Mafalda*, ça s'est fait tout seul, instantanément. Aujourd'hui, c'est plus difficile. Je suis trop souvent distraite de mes pratiques et tirée du yoga par les avions qui évoluent sous mes fenêtres. Il y en a trop. C'est l'œuvre du démon. Ils viennent d'où ? Ils se rendent où ? Cela ne mène nulle part. Je veux vivre. La pauvre chenille devient un brillant papillon. Regardez-moi, regardez ma collection. »

Et elle vous désignait du doigt sa collection des plus beaux papillons du Brésil épinglés aux murs dans des lourds cadres d'acajou.

Elle-même était assurément la pièce la plus stupéfiante de sa collection, une espèce de papillon chimère pris dans un filet, allongée qu'elle était dans son hamac tendu devant la fenêtre ouverte du grand salon, sa silhouette noire, mi-rigide, mi-vivante, les jambes atrophiées, le buste ballant, se détachant au bord du gouffre lumineux au fond duquel gît Rio dans la journée, ses gratte-ciel abstraits émergeant d'une buée de chaleur et d'où monte la nuit, avec les lampadaires électriques qui s'allument tous d'un seul coup et les constellations qui s'élèvent les unes après les autres de la mer, la Croix du Sud, la pleine lune, le tam-tam assourdi mais grondeur des *macumbas* que célèbrent les sorciers nègres partout dans les collines environnantes.

Alors, elle faisait apporter des cierges de cire noire qui dégageaient une odeur d'encens en se consumant, et elle absorbait une drogue qui avait la consistance du miel et avalait un grand verre d'une infusion brûlante.

« C'est pour lutter contre le gel, j'ai froid ! »

disait-elle avec son accent slave qui lui mettait des roucoulements passionnés dans la gorge. « Je crois au miracle ! Regardez, je suis comme une larve à mi-chemin de la résurrection, une chrysalide. Déjà, je ne puis plus mourir. Je vois le Saint-Esprit... »

C'était peut-être une aventurière et elle devait faire des adeptes car toutes les nuits il montait des centaines de personnes chez elle et l'on menait gros jeu dans ses salons. Il fallait bien que quelqu'un payât la note d'hôtel de la comtesse miraculée, que diable ! La vie est chère à Rio.

II

Et voici ce qui lui était arrivé lors du naufrage de la *Principessa Mafalda*, en 1927 :

Le transatlantique du Nord venait de doubler le cap Frie et déjà le branle-bas battait son plein sur le pont en vue du débarquement. Les panneaux étaient ouverts. On hissait des cales les automobiles de luxe toutes neuves, que l'on débarrassait de leur housse et dont on faisait le plein pour qu'elles soient prêtes à rouler. On groupait les bagages des passagers de premières sur le deck, leur attribuant un numéro d'ordre pour la visite de la douane.

Les familles étaient assemblées dans les salons, les enfants habillés, les mamans tirées à quatre épingles, les femmes de chambre surveillant les bagages à main, les nounous bichonnant le petit trésor qui leur était confié, les papas compulsant une dernière fois leur portefeuille pour voir s'ils avaient bien tous leurs papiers en ordre : passeport, feuilles de débarquement, déclarations. D'autres payaient leur note, distribuaient les pourboires au personnel hôtelier, garçons de cabines, maîtres d'hôtel empressés, serveurs. Des couples dansaient au bar. On buvait du champagne. On prenait congé.

L'orchestre du bord jouait un dernier tango quand on vint signaler à la passerelle une avarie dans les turbines. Il faisait un calme plat. Le temps était radieux. Il était entre 10 et 11 heures du matin. On n'était plus qu'à une douzaine, une quinzaine de milles de Rio de Janeiro. La côte était en vue. On était entouré d'une dizaine, d'une douzaine de navires qui tous pointaient vers le port, venant de tous les angles du cadran. Le commandant ne pouvait pas croire à l'imminence du danger. Une turbine tournait encore. On prendrait du retard, certes, et c'était ennuyeux, mais il était convaincu de pouvoir conduire son beau navire à bon port et de ne pas rater son entrée, à toute petite allure mais sans avoir eu besoin d'avoir recours à l'aide de personne, ce qui est un point d'honneur pour un marin. Et ce fut la catastrophe. Soudain, des torrents d'eau envahirent les fonds, noyèrent les chaudières, et le transatlantique prit immédiatement une gîte dangereuse.

Et ce fut la panique, une panique qui dura jusqu'à 5 heures du soir, allant *crescendo*, dépassant toutes les bornes du crime et de l'horreur tant que le navire flottait et jusqu'à ce qu'il sombrât en se retournant sur lui-même et glissât par la poupe dans l'abîme. Par un entêtement imbécile qui lui obnubilait l'esprit, le commandant n'avait pas envoyé un S.O.S. aux autorités du port si proche ni même un sans-fil à l'agent général de la compagnie pour lui demander l'aide d'un remorqueur, de même qu'il avait refusé jusqu'à la dernière minute toutes les offres de secours qui lui avaient été adressées par les navires qui l'entouraient et qui s'étaient insensiblement rapprochés du sien, se tenant toute la journée à sa hauteur, prêts à intervenir.

À la fin de la tragédie, quand ils purent enfin mettre leurs canots à la mer, il était trop tard. Ceux des passagers qui n'avaient pas été assassinés ou mutilés par la ruée des soutiers fous de terreur, une équipe de sidis et des lascars embauchés au petit bonheur à la suite d'une grève, qui s'étaient mis à piller les bagages, à couper des doigts et des oreilles, à égorger ou à éventrer pour s'emparer des bijoux que les femmes portaient au cou ou de l'argent qu'elles pouvaient dissimuler dans leur ceinture. Ceux qui sautaient à l'eau étaient dévorés par les requins. La surface de la mer était rouge de sang.

Il y eut des centaines de morts et quelques rares rescapés, un canot ou deux, parmi lesquels la comtesse Starosta. Dès le début de la panique, elle s'était adossée au grand mât, les deux bras noués en arrière, faisant face au danger, le buste offert, les yeux fixés sur un point du ciel, ne voyant rien des horreurs qui se perpétraient autour d'elle, clamant son acte de foi comme un défi : *Au nom du Saint-Esprit, que le Père et le Fils fassent un miracle de Vie !*

Et elle s'était sentie frappée au ventre et quand on l'avait tirée de l'eau, elle était paralysée des deux jambes, des hanches à la cheville, au talon et jusqu'au fin bout des orteils. Les psychiatres attribuaient la paralysie à une commotion du cerveau, mais la comtesse n'y croyait pas : « C'est le froid qui m'a saisie, disait-elle. Je suis russe. Je connais les méfaits du froid. Je ne veux pas retourner dans mon pays d'origine. Laissez-moi vivre ici. Je veux guérir. Et un jour je retournerai au Ciel qui est ma véritable patrie. Ça sera un deuxième prodige. Je fais tout pour le provoquer. Je le veux... »

III

Je reçois à l'instant une lettre par avion m'annonçant la mort de la comtesse Starosta, à Rio ; selon ce que l'on me laisse entendre, elle ne serait pas morte en odeur de sainteté, malgré ses efforts, sa foi et ce qu'elle avait cru être ou devenir.

... C'était le jour de la Noël. Elle était étendue dans son hamac accroché devant cette fenêtre d'angle que vous connaissez bien et par laquelle on serait tenté de se jeter, sinon de sortir du Gloria *pour entrer tout droit en paradis. Rassurez-vous, notre chère comtesse ne s'est pas suicidée. Mais cela n'allait pas du tout et elle se sentait faiblir. À un moment donné, elle se découvrit le ventre, l'exposa en pleine lumière et murmura imperceptiblement : « Au nom du Saint-Esprit, que le Soleil me fasse fondre ! Je me sens glacée... Regardez... je m'envole !... » Tout*

le monde avait les yeux fixés sur la fenêtre ouverte ; si la pauvre avait eu une âme, même aussi fragile et translucide qu'un flocon de neige de son pays, tout le monde l'aurait vue passer, ou tomber dans le vide, ou monter au ciel, car chacun de nous s'attendait à un miracle, depuis le temps qu'elle nous avait ensorcelés. Mais le ciel resta désespérément vide. Il ne bougea même pas une ombre, pas un semblant. Pas un duvet d'oiseau ne voltigeait dans le gouffre, ni aucune plume de colibri ou de vautour. Il ne manquait pas un papillon dans les cadres. Tout le monde a pu le constater. Nous étions plus de trente témoins, dont mon frère Oswaldo et moi – Yan[4].

IV

Une autre année, une autre femme vint mettre en péril les habitudes des sybarites qui demeurent en permanence à l'hôtel *Gloria*.

C'était une certaine baronne de La Verrière, qui passait pour être l'épouse du plus riche banquier de Vienne (Autriche).

C'était une grande bringue blonde, très maigre et très frileuse qui, sur ordre de son médecin, était venue passer la Noël à Rio de Janeiro pour avoir chaud.

Dès le soir de son arrivée, la dame avait révolutionné l'hôtel, faisant arrêter les ventilateurs, fermer les fenêtres de la mezzanine, installer des radiateurs électriques dans tous les coins du bar, dresser des paravents autour de la table où elle se tenait, en cache-nez, une fourrure sur le dos, les pieds sur une chaufferette, piaillant comme une perruche hystérique quand quelqu'un laissait une porte ouverte, réclamant chandails et couvertures chaque fois qu'elle changeait de table, de cosy-corner, de salon, portant sur les nerfs des joueurs de bridge ou de canasta et qui ne pipaient mot, trop galants pour protester, mais qui vouaient cette femme à tous les diables, suant, fondant, trempant leurs grands smokings blancs amidonnés, s'épongeant, s'éventant avec leurs cartes à jouer, les jetons collant aux doigts.

On avait surnommé la créature la Vénus aux fourrures[5], et heureusement que la névropathe déguerpit avant que la semaine fût écoulée, juste à la veille de la Noël, sur un câble de son médecin qui lui enjoignait de se rendre à Djibouti, après enquête, la place la plus chaude du globe... Et c'est alors qu'on apprit avec stupeur que l'homme effacé qui l'accompagnait, qui ne disait jamais rien, qui attendait patiemment sur une chaise, les bras embarrassés de fichus, de lainages, de plaids, de couvertures et de manteaux, et qui sur un caprice de sa compagne se précipitait à genoux pour lui passer des snow-boots fourrés, n'était personne d'autre que le fameux A.-J. Mayer, le roi du marché parallèle en Bourse, un des plus dangereux requins des finances internationales. Tout le monde l'avait pris pour le chauffeur de la dame excentrique.

1952

V

L'œil est-il à droite ou à gauche de la main ?

À la mémoire de Sam Putnam[6]

L'œil est-il à droite ou à gauche de la main ? demande un proverbe nègre.

C'est la lunette que j'emploie pour juger des choses du Brésil, car il y faut un peu de magie.

Par exemple :

Ici, à Rio, les feuilles ne sont pas caduques et la Noël tombe en plein été austral.

« Avez-vous remarqué, Cendrars, que les gratte-ciel d'ici n'ont pas de cheminées ? » me demandait Samuel Putnam, un universitaire de Chicago, venu prendre une vue d'ensemble de la littérature brésilienne pour mieux la situer dans le panorama de l'histoire littéraire des trois Amériques, et que cette absence de cheminées turlupinait et désorientait…

La remarque était pertinente. Nous buvions un whisky sur le *roof-garden* de l'hôtel *Gloria* (« *Gloria in excelsis !* » disais-je en trinquant, tellement j'étais heureux d'être une fois de plus à Rio pour la Noël) ; et de là-haut nous dominions tous les toits de la cité moderne. En effet, aucune cheminée ne salissait le paysage de la baie de Guanabara, qui réfléchissait les immensités bleues de son ciel et de ses montagnes de lumière, et, au contraire de ceux de New York ou de Chicago, aucun des gratte-ciel de Rio de Janeiro n'était empanaché d'un nuage de suie ou d'un jet continu de vapeur.

La ville était plantée là, une capitale orgueilleuse, un décor abstrait.

« Alors, qu'est-ce que vous en concluez ? demandai-je à Sam.

— Je ne sais pas, me répondit-il. Dois-je conclure que la théorie de Taine de l'influence du décor, de l'habitat, de la nature, de l'ambiance géographique sur la littérature nationale d'un peuple est fausse ou périmée, ou dois-je considérer le manque d'une philosophie spécifiquement brésilienne dans le phénomène de la production littéraire de cette nation comme un effet du climat ? Le Brésilien n'a pas besoin de chaleur artificielle. Il ne médite pas au coin du feu. Il fait la sieste. Ce qui explique sa crédulité, son manque de ressort, ses visions, son infantilisme, etc. »

Tout cela n'expliquait rien du tout, et je ne suivais pas le raisonnement de mon ami, un *scholar* typique des U.S.A., féru de logique. Comme nous étions aux approches de Noël, son observation originale me faisait penser aux gosses de Rio, aux gosses des riches qui ne peuvent mettre leurs chaussures dans la cheminée, faute de cheminées dans les gratte-ciel résidentiels du bord de l'eau ; aux gosses des pauvres, ceux des proches et des lointaines banlieues maritimes, ainsi que ceux des *favelas*, cette sauvagerie en pleine ville, qui ont du feu, certes, un feu primitif qui couve sous la cendre dans les cahutes les plus misérables, au sommet des mornes de la capitale comme dans la brousse perdue de l'hinterland, je pensais aux pauvres qui ont du feu à la maison, mais ne peuvent exposer leurs chaussures, car ils n'ont pas de chaussures…

Le problème du chauffage ne se pose donc pas. Tout le monde va pieds nus. Tout le monde est à la joie.

Tant crie-t-on Noël qu'il vient !

Et, à Rio, il vient au cœur de l'été.

*

Sam est mort l'autre année sans conclure, mais il y avait quelque chose dans sa thèse restée inédite. Quoi ? Je ne sais pas au juste. Une idée...

Mais on n'a pas idée de venir à Rio pour y exposer des idées. Il y fait si bon vivre. Le simple fait d'exister est un véritable bonheur... Depuis, je me méfie de la logique.

Noël, 1953

LA VOIX DU SANG

À Pierre et à Annick Berès[1]

Rio. Ils étaient tous venus au bateau : Graça Aranha, le représentant de l'esprit moderne à l'Académie brésilienne, l'auteur de *Canaan*, de *Malasarte*, le théoricien du nationalisme intégral, un esthéticien avec une touche de Barrès, de Renan, de Goethe, et tout pénétré de nietzschéisme, accompagné des grands poètes Ronald de Carvalho, Américo Facó déjà célèbres, et de plus jeunes qui allaient le devenir dès la décade suivante, Prudente de Morais, Guilherme de Almeida et, le dernier-né, Sérgio Buarque de Holanda, qui avait l'âge et la témérité intimidée de Radiguet, sans oublier, bien sûr, Paulo da Silveira[2], le chroniqueur le plus rosse de Rio de Janeiro, une grande gueule de Tupinamba qui m'initia séance tenante à la cuisine afro-brésilienne, en nous invitant tous à déjeuner dans un caboulot du port – et je suis au milieu d'eux, et il y a de quoi se tordre tellement nous faisons démodés (j'ai la photo sous les yeux ; ils ont tous une canne à la main comme leurs ancêtres anthropophages une massue), et ils n'en revenaient pas de me voir si jeune, si jeune, pensez, un auteur arrivant de Paris, quel prestige !... C'était en 1924, j'avais trente-sept ans. Mais ils n'en avaient encore jamais vu un comme moi qui n'en avais pas l'air. Je buvais, je mangeais, heureux de déguster tant de choses exotiques, je riais, je trinquais et je m'étonnais qu'on se soit dérangé jusqu'au bateau, avec des photographes et la presse pour venir rendre hommage au poète. La barbe ! C'était bien la première fois...

*

À São Paulo (36° 23' *de latitude sud et* 43° 27' *de longitude ouest)* où je me rendais et où j'avais été invité, la réception ne fut pas respectueuse pour un sou et d'emblée le groupe des modernistes de São Paulo[3], qui houspillaient et tiraient à boulets rouges sur celui de Rio, Oswaldo de Andrade, Mário de Andrade, l'espiègle Serge Milliet, le grand poète Tácito de Almeida, le fin Couto do Barros, le bon Rubens de Moraes sans malice, Luiz Aranha, le taciturne, Antonio de Alcantara Machado qui allait de l'avant tambour battant et ce pince-sans-rire de Yan, m'accueillit comme un des leurs, ce qui n'empêcha pas Mário de Andrade[4], le pape du mouvement moderniste de São Paulo, dans un grand article où il me saluait et me souhaitait la bienvenue (*Revista do Brasil*, mars 1924), d'enfourcher son cheval de bataille et de pester contre la néfaste influence de la littérature française en général et plus particulièrement de la poésie moderne sur la littérature et la poésie brésiliennes, de crier haro et de féliciter la police de Santos d'avoir fait des difficultés pour me laisser débarquer parce qu'il me manquait un bras ! « La police avait raison, s'écriait Mário. Le Brésil n'a que faire de mutilés. Le Brésil importe de la main-d'œuvre !... »

Ah ! ces jeunes gens de São Paulo, ils me faisaient rire et je les aimais bien. Bien sûr qu'ils exagéraient. Après Baudelaire, Whitman et les poètes de Paris, les Paulistes venaient de découvrir la modernité chez eux. Et ils l'accaparaient. Et ils l'exploitaient. Ils voulaient battre tous les records. Ne construisait-on pas dans leur petite ville de province une maison par heure, un gratte-ciel par jour ? São Paulo allait devenir une capitale, une métropole. Ils voulaient que leur poésie marche à la cadence des riveteuses pneumatiques qui édifiaient les échafaudages d'acier. C'est beau l'enthousiasme. Mais en attendant, mes amis étaient insupportables, car c'était tout de même un cénacle, et écrivains, journalistes et poètes paulistes singeaient de loin ce qui se faisait à Paris, New York, Berlin, Rome, Moscou. Ils honnissaient l'Europe, mais ils n'auraient pu vivre une heure sans le modèle de sa poésie. Ils voulaient être à la page, la preuve : c'est qu'ils m'avaient invité...

C'est Oswaldo de Andrade[5], le prophète du modernisme à São Paulo, qui était venu me chercher à Paris, et trop heureux de rompre avec les corvées et le commerce des manifestations parisiennes où se confinait la poésie – dadaïsme, surréalisme – j'avais saisi l'occasion par les cheveux et j'étais parti dare-dare, convaincu que la poésie d'aujourd'hui n'était pas le fait d'une école exclusive mais battait son plein dans le monde entier et ne pouvant imaginer (même en rêve) qu'on allait vouloir m'enrégimenter de l'autre côté du monde – et dans un pays neuf ! – dans une étroite avant-garde d'esthètes – cubistes, futuristes, expressionnistes – et non m'embarquer dans une généreuse aventure.

Par ailleurs, les Paulistes m'amusaient beaucoup. Ces jeunes modernistes de São Paulo avaient un talent fou, de l'esprit, de la drôlerie, un vocabulaire populaire, argotique, nègre et un sens aigu de la provocation, de la polémique, de l'actualité. Mais qu'en resterait-il au bout de deux, trois décades ? Rien, sinon de la curiosité, quelques romans quasi illisibles, une pincée de plaquettes rares et rarissimes, un ou deux poèmes, des beaux, hors du temps et, quoique inspirés, signés d'un nom solitaire, comme il se doit.

Certes, le décor était dressé, ces gratte-ciel que je trouve toujours trop petits !...

Tel qu'il se pratiquait, tout ce modernisme n'était qu'un vaste malentendu.

Ils le font pour le faire entrer au musée et non pour vivre avec !

*

Heureusement pour moi que le mouvement moderniste pauliste était patronné par Paulo Prado, qui devint mon ami intime et avec qui je devais rester en relation suivie jusqu'à sa mort, survenue en 1943.

J'ai déjà longuement parlé de Paulo Prado dans

Bourlinguer[6]. Pour ne pas me répéter ici, je dirai tout simplement que Paulo Prado était mon aîné de vingt ans, que c'était un homme de la famille d'A. O. Barnabooth, presque aussi riche que le héros de Valery Larbaud[7], mais beaucoup plus racé, fin, lettré, érudisant comme il est de tradition chez un praticien d'une ville aussi célèbre que l'est São Paulo dans l'histoire et la formation du Brésil et que, s'il patronnait d'une façon très active les fougueux modernistes paulistes, voire allait jusqu'à verser de l'huile sur leur feu de joie, c'était pour se délasser du souci des affaires – il s'occupait de café, de finances internationales, de plantations – beaucoup plus que pour faire scandale. Mais il y avait aussi de l'amateurisme dans son cas. Ainsi, c'est lui qui apporta le premier tableau cubiste au Brésil, une toile de Fernand Léger, qu'il accrocha à l'envers dans son salon !... ce qui bouleversa ses neveux et révolutionna plus que n'importe quoi au monde le mauvais goût bien connu des millionnaires de la ville. Cher Paul, enfin il souriait comme un vieux gosse de riche, car il était plutôt pessimiste dans la vie et s'ennuyait souvent beaucoup. (Aujourd'hui, São Paulo est fier de ses deux musées de peinture moderne et s'enorgueillit de ses collections privées d'art abstrait, mais je ne crois pas que le goût des nouveaux riches se soit amendé pour autant : s'ils s'intéressent à la peinture, c'est par spéculation et esprit de lucre, la peinture moderne étant depuis la guerre n° 2 une des seules valeurs européennes sur lesquelles on spécule dans le Nouveau Monde, en Amérique du Nord comme en Amérique du Sud.)

*

Cher Paulo Prado, on ne voyait que moi chez lui. J'y déjeunais tous les jours. J'étais toujours fourré dans sa bibliothèque. Il m'a fait lire tous ses livres, m'initiant à tous ses travaux. Sa conversation était inépuisable, de même que sa patience et son impatience de répondre à mes questions les plus saugrenues, car ma curiosité n'avait pas de cesse. Plus tard, il m'a invité des années de suite au Brésil pour aller séjourner à la fazenda, à San Martinho, à Santa Veridiana, visiter le Nord, Bahia et Pernambouc, l'État de Minas, Ouro Preto, la vieille capitale de l'or et le sanctuaire de l'art baroque de l'Aleijadinho, Sabará, assister au carnaval de Rio et à des pèlerinages populaires, dont celui des lépreux à Pira-Pora, faire des randonnées en auto, parfois fort loin à l'intérieur où les premières routes que l'on construisait et que nous étrennions s'arrêtaient pile en pleine brousse et ne menaient nulle part ; ou c'est lui qui venait en France partager ma vie à la campagne, ou alors j'allais m'installer dans son hôtel aux Champs-Élysées, ou je l'accompagnais dans ses voyages à travers l'Europe, allant l'attendre à Lisbonne ou allant le raccompagner à Londres ou à Liverpool, où il m'est arrivé d'embarquer à la dernière minute pour rentrer chez lui à Hygiénopolis, et notre dialogue reprenait de plus belle (il avait beaucoup voyagé, tout lu, tout vu, connu des personnalités éminentes dans tous les pays et il n'était pas dépourvu d'un certain humour britannique qui m'enchantait), et nous nous remettions à bavarder sans fin, jour et nuit, comme nous en avions pris l'habitude une première fois à la fazenda perdue de son oncle Eduardo, où nous étions venus nous cacher durant la révolution du général Isidoro, Paul étant traqué. Ma présence lui faisait du bien et le dilettante s'était remis à écrire. C'est Prado qui m'a initié à l'histoire du Brésil et m'a inculqué l'amour de son peuple et de son pays, dont je devais subir l'influence au point que je considère le Brésil comme ma deuxième patrie spirituelle.

*

En 1928, frisant la soixantaine, Paulo Prado publia *Retrato do Brasil* (*Le Portrait du Brésil*), un essai unique en son genre d'histoire et de psychologie, un livre se composant de quelques chapitres seulement : la Luxure, la Cupidité, la Tristesse, un livret sans rhétorique et sans romantisme (ce qui est une date au Brésil), une synthèse qui ouvrait la voie à ce nouvel humanisme moderne dans lequel les sociologues et les anthropologues brésiliens d'aujourd'hui se sont engagés avec tout un arsenal scientifique fait de références et de citations, dont, avec une décade d'écart, c'est-à-dire vers 1934, Gilberto Freyre avec son maître-livre *Casa Grande e Senzala* (*La Grande Maison et la Cour des Esclaves*)*, petit ouvrage qui n'est pas une thèse, ni un traité, ni un compendium, mais

* Ce livre vient de paraître en traduction française sous le titre de *Maîtres et Esclaves* (éd. Gallimard, 1953). (*Note de B. C.*)

un acte de communion et une façon absolument nouvelle d'écrire l'histoire en faisant participer le petit peuple, gens de couleur, *caboclos*, métis, à la formation de la race, à la constitution de la nation, à la fondation de la famille brésilienne, généreuse vue de l'esprit, un film, un documentaire moderne qui sert d'illustration à toute la vie actuelle et qui n'en oublie pas un détail, citant, Dieu merci, jusqu'à des recettes de cuisine.

« Votre petit livre est un chef-d'œuvre, disais-je à mon ami Paul Prado. Vous avez écouté la voix du sang. J'ai l'impression que vous êtes à la recherche du temps perdu.

— Comment ça du temps perdu, Blaise ?

— Oui, comprenez-moi bien, Paul. Nous autres, modernes, sommes plus sensibles à la géographie humaine qu'aux tableaux de la nature des tropiques, comme un Chateaubriand ou un Alexandre von Humboldt. C'est l'homme qui nous intéresse, d'où notre besoin de prendre des photos. Le Brésil est un pays jeune. Vous avez la chance de ne pas avoir un passé livresque, car que sont trois, quatre siècles d'histoire dans cet immense continent sauvage et prolifique ? Juste le temps aux vers des bibliothèques de dévorer les archives et aux hommes de défricher quelques clairières et de s'y reproduire. Songez que sur la plage de San Vincente vous voyez encore des arbres sous l'ombrage desquels les Portugais qui débarquaient en 1532 sont venus tirer leur première flemme et s'émerveillaient de leur découverte. Vous n'avez qu'à vous pencher sur la mer ou, à la fazenda, étendu dans le hamac de la véranda, vous laisser bercer par les appels mystérieux, diurnes et nocturnes, de la forêt vierge. Vous n'avez qu'à vous laisser aller, couler au fond de vous-même, écouter la voix du sang, tout est vivant en vous de votre propre famille, vous possédez tout cela : les *conquistadores*, la chasse à l'homme, les mines d'or, les esclaves, les belles Indiennes et les fécondes Négresses dont les relevailles annuelles étaient un capital sûr, sans rien dire des enfants de toutes les couleurs nés depuis la liberté du ventre et l'émancipation des Noirs de la colonisation, plus la grande pagaïe d'aujourd'hui des immigrants, des prolétaires de tous les pays, des chômeurs intellectuels (Bernanos, Stefan Zweig[8]), des sans-patrie, des personnes déplacées d'office comme on appelle par euphémisme ces malheureux parias, tout cela grouille dans l'épaisseur du sang et au rythme de ses pulsations. Permettez-moi de rire des plans quinquennaux à la mode et de me moquer de l'économie dirigée, cette panacée universelle. Il n'y a que le sang. La voix du sang. Hier est garant de demain. C'est la vie. Du désordre. Du temps perdu. Je ne puis penser autrement. Foin des théories ! C'est ça la civilisation : l'établissement de l'homme dans un climat. Vaille que vaille. Et tout le reste est littérature... »

*

C'est curieux, je n'arrive pas à évoquer un seul souvenir de ce que fut l'attitude des modernistes de São Paulo à l'égard de leur grand patron lors de la parution du *Retrato do Brasil*, si bien que je ne saurais dire quelle fut leur réaction ou leur prise de position devant ce premier portrait moderne du Brésil que leur tendait Paulo Prado, livre qui fut longuement discuté dans tout le pays (un scientifique comme Gilberto Freyre cite abondamment cet essai d'un dilettante) et qui eut une si profonde influence dans le Nord, à Bahia et à Pernambouc, les deux mamelles des belles-lettres et des arts brésiliens (Gilberto Freyre est pernamboucain d'origine). Je me demande même si les théoriciens du modernisme pauliste ont lu le livre et regardé le portrait ? En tout cas, s'ils en ont parlé, je n'en ai rien retenu. À moins qu'ils aient procédé par tir indirect au moment de leur grande offensive contre les nouveaux romanciers « nordistes » qu'ils traitaient de régionalistes et de pompiers et chargeaient de ridicule en menaçant de les liquider.

Hors de São Paulo, point de salut !

J'avoue que de 1924 à 1928 j'avais un peu perdu de vue mes jeunes amis batailleurs et que de 1928 à 1934 je me détournai d'eux, leur mouvement étant devenu une affaire de propagande, avec un bureau central, des revues, des journaux, des éditions, des expositions, des conférences, et comme de la propagande à la tyrannie il n'y a qu'un pas, le pape pauliste, Mário de Andrade, lançait tous les jours des manifestes comportant des exclusives de plus en plus nombreuses, et le prophète Oswaldo de Andrade, moins formaliste, tenait toutes les nuits des palabres, palabres qui dégénéraient en confusionnisme où l'on finissait par ne plus s'y reconnaître, séances où l'on faisait un tel boucan de bal nègre qu'on ne s'y entendait plus. Malgré exploits d'huissier et scandales, je ne saurais dire ni quand ni comment tout cela s'est terminé, si cela s'est terminé, ce dont parfois je doute encore car cela a très bien pu tomber entre les mains de fonctionnaires diligents et silencieux... En tout cas, cela ne compte plus aujourd'hui ou plus guère, la vie est ailleurs, et la modernité ! Ce que les Paulistes ne peuvent pas admettre.

Et pourtant tout lasse, tout passe, tout casse. Mário est mort en 1938, je crois. D'autres membres de cette phalange théorique qui devait bouffer le monde entier sont entrés dans les affaires ou font de la politique locale. D'autres jeunes gens se sont mariés. Le seul qui ne se soit pas dégonflé est le prophète. Oswaldo vaticine encore ici et là mais, comme à Mexico l'ancien Montparno, le peintre Diego Rivera dans la révolution d'extrême gauche, il s'est embourgeoisé dans la bohème d'avant-garde, le pire des romantismes*.

*

Je me souviens que la dernière et la plus violente des manifestations du mouvement moderniste de São Paulo (probablement son chant du cygne) fut sa déclaration de guerre et l'offensive que l'état-major pauliste déclencha dans tous les journaux de son obédience contre « l'invasion des

* J'apprends qu'Oswaldo est mort brusquement en 1955. (*Note de B. C.*)

Nordistes », pour casser les reins à des jeunes écrivains modernes à l'annonce de la parution du *Cycle de la canne à sucre* de José Lins do Rego ; de *Terre violente, Le Pays du Carnaval, Cacao, Jubiabá* (*Bahia de tous les Saints*), *Sueur* de Jorge Amado ; de *L'Angoisse, Vies gâchées* de Graciliano Ramos ; un petit-bourgeois en proie aux difficultés de la vie moderne ; un travailleur de la terre, victime de la crise mondiale et des nouvelles conditions économiques qui place toute son espérance dans le triomphe de la classe prolétarienne ; un fils de famille qui narre la décadence d'une société de planteurs et de gros propriétaires terriens ruinés par la révolution qu'apportent dans les conditions du travail l'emploi du machinisme et l'exploitation à outrance de la monoculture régie, non plus par des besoins locaux, mais par la concurrence sur tous les marchés du monde ; trois jeunes romanciers du Nord qui ont suivi la voie inaugurée par mon ami Paulo Prado et qui ont, comme lui, laissé parler la voix du sang, ce qui leur a permis d'écrire des romans vrais et de sortir le roman brésilien de ses maladies infantiles où il se complaisait souffreteux : le pittoresque, l'exotisme, l'enchantement tropical, le leurre paradisiaque.

Le résultat en est qu'aujourd'hui le Brésil est entraîné dans le grand circuit de la littérature mondiale moderne et que les romanciers des trois dernières décades, un José Lins do Rego, un Jorge Amado, un Graciliano Ramos y figurent au même titre que les Hemingway, les John Dos Passos, les Steinbeck, les Américains des U.S.A., qui étaient venus faire un stage d'apprentissage à Paris. Ce qui me fait bien augurer de l'avenir de l'Amérique du Sud et plus particulièrement du Brésil, dont j'attends la toute dernière génération d'écrivains avec impatience. Ceux de demain...

*

Menino de Engenho est de 1932. *Doidinho* de 1933. *Bangué* de 1934. En 1935, Paulo Prado, en me donnant à Paris *O Ciclo de Cana de Assucar* de José Lins do Rego, me déclarait :

« Vous vous souvenez, Blaise, de ce que vous me disiez un jour du temps perdu ? Je finis par croire que vous aviez raison. Je vous apporte un auteur qui a retrouvé le temps. C'est notre Proust. Un jeune. Lisez-le... »

*

Lisez donc *L'Enfant de la plantation* *.

Je me sens incapable de vous dire comment cela est écrit. Il n'y a pas de phrases et à peine des mots, et encore ceux qui sont employés sont d'un usage tellement courant et sont tellement effacés comme des pauvres sous qu'on a peine à croire qu'ils puissent receler assez de valeur pour exprimer ce qu'une âme d'enfant a de plus précieux à dire et constituer un trésor. C'est tout juste si tout n'est pas effacé d'une terre ardente qui irradie de la tristesse sous le bonheur de vivre, d'exister.

* Aux Éditions des Deux-Rives, Paris, 1953. (*Note de B. C.*)

Je ne sais pas comment cela se fait, mais, quand je lis ces pages, des oiseaux sautent d'une ligne à l'autre. Mon sang bat plus vite. Tout le Brésil est dans ce livre transparent.

1953

L'ÉQUATEUR
(Sur les côtes du Brésil)

À Salvador et à Suzanne Reyes[1]

« C'est le Paradis terrestre !... »

Combien de fois n'ai-je pas entendu pousser cette exclamation autour de moi quand, à bord d'un paquebot en vue des côtes du Brésil, descendant mollement dans le Sud, tous les passagers massés à tribord, penchés sur la lisse au point d'ajouter imperceptiblement à la gîte du beau navire – une fois, c'était à bord du *Gelria*, un Hollandais tout blanc, un steamer de ligne aussi fin qu'un yacht, dont le roulis était célèbre, une autre fois, à bord du géant des mers, le *Normandie*, dont le corps énorme et aérodynamique se berçait à plaisir dans l'alizé du Sud-Est, une dernière fois, à bord d'un cargo des Chargeurs Réunis qui bourlinguait entre les îles selon mon désir[2] – tous les passagers, pour la plupart des touristes en croisière, braquaient leurs appareils, mitraillaient « le Paradis » à bout portant, leurs exclamations admiratives se doublant du déclic des Kodak, des Leica, du ronronnement des Pathé-Baby, des Rolleiflex, de tout un brouhaha délirant, enthousiaste et enchanté, en proie à une exaltation allant *crescendo*, et durant des jours et des nuits, de Natal à Porto Alegre, c'est-à-dire sur deux, trois mille milles marins, le barman et le coiffeur du bord développaient autant de kilomètres de pellicule et faisaient des affaires d'or, tout le monde leur demandant de tirer des photos au format des cartes postales illustrées que l'on mettrait par centaines dans la boîte aux lettres à la prochaine escale, à destination de la vieille Europe.

« C'est le Paradis terrestre !... »

Une magnificence. L'Équateur. Les plus beaux paysages du monde. Les plus colorés. Tout est monté d'un cran. La lumière est si intense qu'elle fait peur aux peintres (et seul Manet, alors midshipman à bord d'un navire-école qui avait fait relâche dans la baie de Guanabara, sut la rapporter de là-bas pour la faire exploser dans les toiles des impressionnistes et des fauves...). Enfin nos yeux vont jusqu'au soleil ! Le simple fait d'exister est un véritable bonheur. C'est une révélation. Même les pauvres émigrants qui viennent dans ces parages font pencher leur rafiau en se ruant à tribord pour ne rien perdre du spectacle. La Terre promise... Le Paradis...

La mer est indigo, le ciel bleu, bleu perroquet, avec matin et soir des cumulus de nuages qui fusent, s'effondrent, se fendent, se cassent, se vident comme d'immenses poteries craquelées qui s'émietteraient en tombant à la renverse et laisseraient couler leur contenu : de la couleur dégoulinante qui fait des taches d'huile avant de se pulvériser dans l'atmosphère rayonnante, les feux du crépuscule, les feux de l'aube...

La création. Des caps en accore qui avancent fort avant dans la mer océane et contre lesquels viennent se fracasser les vagues du large ; des baies profondes où viennent mourir les rouleaux de l'Atlantique. Les crêtes de granit de la Serra do Mar si étrangement découpée ; des montagnes allongées, couchées, vautrées, au profil fuyant ou, la tête relevée, génial. Ramifications condyliennes et tourmentées. Tours de porphyre. Colonnes piriformes. Cônes abrupts comme celui du Pain de Sucre, et les Normands de Villegaignon avaient surnommé le « Pot-au-Beurre » cette projection d'une parfaite trigonométrie !... Mais que reste-t-il sous les tropiques de la France antarctique ou équinoxiale, ce rêve d'un paradis terrestre et de paix fait par un huguenot en exil ? L'île du même nom qui porte les bâtiments de la Direction des Douanes dans le port de Rio de Janeiro et, au bout du cap Frie, les ruines d'un fort élevé par des pirates français au début du XVIIe siècle, abstraction faite des quelques rares métis à peau sombre, des *curibocas*, oubliés dans la brousse saccagée du littoral où l'on venait jadis couper le pau-Brazil ou bois rouge et qui ont encore aujourd'hui les yeux bleus et les moustaches à la gauloise...

Écueils, rocs et rochers en lisière. Tables inclinées, en équilibre instable. Falaises. Cubes entassés. Murailles perpendiculaires. Arborescences. Palmiers. Cactées. Immenses blocs nus. Tohubohu. Vertigineuses aiguilles creuses, cariées, chantournées, d'un pittoresque archifou comme la chaîne romantique des Orgues ou le Doigt de Dieu qui penche. Et du haut des éboulis dégringolant jusqu'à la mer, la forêt vierge, funèbre, hostile, menaçante, mystérieuse, noire de chlorophylle.

Quel relief !

Le soleil est à pic.

Impression de force, de puissance et de gloire, mais aussi un sentiment d'absurde à l'aspect de cette cathédrale végétale dont la façade luxuriante, les fûts géants couronnés de feuillages, les nefs sauvages, les arcades béantes, les ogives qui se ramifient à l'infini, les portails multipliés dans toutes les directions donnent tous également sur le vide et sont étrangement déserts.

C'est trop grandiose.

On cherche l'homme.

Il n'y en a pas et cela vous emplit de nostalgie.

Sous le crêpe touffu des grands arbres du bord de l'eau scintillent des plages éblouissantes de sable blond ou de nacre, et, en bordure des conches, des baies, des criques ainsi que très loin au large, éparpillées ou distribuées comme des balises, les îles, les îles serties de guano ou blanches d'écume.

La chaleur est atroce. Dans les chenaux, l'eau est de l'étain en fusion et l'on attrape des coups de soleil par réverbération.

On se penche en avant, on fouille, la main sur les yeux ou le binoculaire.

Je cherche l'homme et je n'en vois pas, même pas un Robinson.

Une poussière d'îlots, des îles basses ou bossues, en chapelet, en archipel ou solitaires ou jumelées par des bancs ou des récifs, des îles envahies par une végétation exubérante, un fouillis de jungle, lianes, branches, palmes, touffes de bambous, fourrés d'épines, broussailles aux feuilles luisantes qu'écrase un vieux solitaire tordu ou que domine le squelette d'un arbre mort couvert de plantes parasitaires.

Pas une hutte.

Autrefois, les plages du continent et des îles grouillaient d'Indiens qui gesticulaient.

Le bateau passe...

. . . .

Îles
Îles
Îles où l'on ne prendra jamais terre
Îles où l'on ne descendra jamais
Îles couvertes de végétation
Îles tapies comme des jaguars
Îles muettes
Îles inoubliables et sans nom
Je lance mes chaussures par-dessus bord car je voudrais bien aller jusqu'à vous[3]...

. . . .

Un déclic... et c'est soudain la nuit, palpitante, qui bat comme une voile, la nuit qui change d'armure.

Déjà les grosses étoiles australes criblent la surface des eaux phosphorescentes.

Un soupir vient de la terre. Un râle, du large.

C'est un lamantin qui plonge sous l'étrave. C'est un cachalot qui s'ébroue et chasse au grand large.

Une brise vient du continent.

Un air embaumé monte des lagunes derrière les îles et poisse tout à bord, cordages et rambardes. C'est « le bol de lait créole ». On l'aspire et on l'avale. C'est une drogue.

Comme sur l'étamine du drapeau brésilien, la nouvelle constellation, la Croix du Sud, vient s'inscrire dans l'orbe bleu de la nuit profonde.

1951

CHASSE À L'ÉLÉPHANT

(Notes inédites d'un chasseur d'images)

Au docteur Robert Wolfsohn

I

AU SOUDAN

J'arrivais d'Égypte et du Haut-Soudan. J'avais tourné un film sur les éléphants avec Jicky[1], mon photographe, un as, le meilleur des opérateurs. On en avait tué le moins possible, car nous ne tournions pas tant un film de chasse qu'un documentaire sur la vie des éléphants. Mais, de temps en temps, il me fallait tout de même en tirer un. On ne peut faire autrement et la fuite est impossible quand, affolée par votre présence ou inquiétée par le déclic de l'appareil de prise de vues, la bête fonce sur vous et charge. Alors, il n'y a pas une seconde à perdre. Pan !... entre l'œil et le trou de l'oreille, ou d'arrière en avant, dans la même ligne, à 10, 20, 30 centimètres du trou de l'oreille, le coup de face qui foudroie le cerveau étant excessivement rare, et, neuf fois sur dix, il faut doubler instantanément. Souvent, on bute dessus, car pour pouvoir photographier utilement un éléphant il faut s'en approcher à 10, 9, 8, 7, 6 mètres, tellement le terrain est difficile et sont hautes les herbes ou la brousse épaisse. On ne les voit pas. Mais on entend très bien leur digestion, les borborygmes du ventre. Si la bête bronche, on tire. Ce sont les vieux solitaires que l'on piste et que l'on traque qui sont le plus dangereux, mais aussi les grandes femelles irritées qui ont mauvais caractère ou celles qui, protégeant leur progéniture, font les braves. Il y a parfois des bandes d'une vingtaine d'individus de toutes tailles. J'aurais bien voulu tourner un couple en train de coïter, mais je n'en ai jamais découvert. On dit que la femelle se met à genoux sur ses pattes avant, offrant sa cible au mâle. On dit qu'un *bengala* d'éléphant pèse dans les cent kilos. On dit… Mais que ne dit-on pas ?…

C'est ainsi qu'à Marseille, n'ayant fait dans la journée que dédouaner mes massacres, mes dépouilles, mes trophées du Soudan, en m'installant, le soir, dans le wagon-lit qui « montait » à Paris, je trouvai, marquant ma place, un journal phocéen qui publiait ma photographie avec la légende : « Cendrars est fier de cet impressionnant doublé réalisé au cours d'une chasse dans le Haut-Soudan. »

Il n'y a pas de quoi être fier d'avoir tué une femelle et son petit mais, le comble, c'est que ce n'est pas moi qui trône sur les cadavres abattus et que cette photo est un faux, un document truqué, manifestement un contretype et qui a été retouché pour mettre bien en évidence (cela se distingue à l'œil nu) l'amputation du chasseur afin de créer confusion entre l'inconnu et moi, qui suis « amputé du bras droit » comme le signale mon permis de chasse*...

Je constate le faux, mais je ne proteste pas. Si le document n'est pas vrai, il aurait pu l'être... car moi aussi j'ai tiré une femelle suivie de son petit, lui logeant trois balles dans la tête, en plein de face. C'était une grande femelle jalouse qui me fonçait dessus, et je ne réussis même pas à l'achever, la bête ayant fait demi-tour pour tomber dans un marécage, où elle se débattait furieusement, se relevait, retombait, repartait comme une folle, écrasant tout sur son passage, son petit pataugeant autour d'elle, criant de peur. Je ne pouvais faire un pas de plus, à cause du terrain où j'enfonçais déjà jusqu'aux genoux. Je vis les deux bêtes atteindre la rive opposée et disparaître en forêt. C'était un malheur et je n'étais pas fier de moi...

Quand j'avais tiré, nous étions à la lisière d'une petite clairière et le soleil de 10 heures éclairait en plein le mur de feuillages d'où émergeaient, à sept mètres, le poitrail et la tête de la grande femelle en colère qui, en un instant, nous fonçait droit dessus à travers le fourré. Une tête énorme me dominant, la trompe tendue, les oreilles battantes, il ne m'avait fallu qu'une demi-seconde pour l'ajuster. Quelle photo sensationnelle eût pu prendre un homme de sang-froid se tenant à côté de moi ! Mais voilà, même la photo devait être ratée. Quittant le camp à l'aurore, j'avais confié le

* Voir cette photo dans *La Revue des voyages*, n° 6, automne 1952. (*Note de B. C.*)

grand Kodak à mon pisteur nègre, Jicky ne pouvant m'accompagner ce matin-là, souffrant d'une crise de foie, et, le soir, je rentrai au camp bredouille et mortifié. Sombre journée…

II

LE BAHR-EL-ZERAF[2]

Il n'y a pas de hautes herbes le long des rives dénudées. Des vastes étendues de terres basses se perdent au loin. Des îles affleurent la surface de l'eau. Des grands crocos se chauffent au soleil. Des milliers d'oiseaux couvrent les bancs de sable ou de boue.

En amont, le pays se modifie peu à peu. Il y a maintenant une brousse assez claire parsemée d'arbres rachitiques. Il y a des petits oiseaux ravissants de couleur, et des bandes de pintades. Le soir, à plusieurs reprises, on entend rugir un lion dont on aperçoit la silhouette sur la rive gauche. J'ai tué ce matin un grand varan d'un mètre et demi qui a fait le régal de l'équipage de la *mourkop*, la barcasse à deux mâts trapus aménagée pour la chasse.

Toujours le même paysage de plaines inondées. Le pilote arabe a aperçu des éléphants. L'intérêt est grand. Tout le monde est sur le pont. Pour chacun de nous, c'est la première fois que va se montrer l'empereur des animaux. Les éléphants sont à trois cents mètres environ ; on en voit deux gros, un moyen, trois ou quatre petits. Pendant le déjeuner, on signale dix têtes d'hippos qui nagent devant nous.

Le thermomètre ne varie guère. Vers quatorze heures, il y a régulièrement de 33 à 38°. La tenue est costume kaki, bonnes chaussures, guêtres et pas de chemise. On fait honneur à la bonne cuisine du bord et aux bouteilles de turin brun. Le soir, à table, on ajoute seulement au costume un veston blanc. Milans et vautours passent en nous frôlant de l'aile. Après dîner, le bateau va se placer au milieu du fleuve pour éviter autant que possible les moustiques.

Les rives se déroulent couvertes de papyrus et d'euphorbes géants. Le voyage est lent en suivant les méandres du fleuve. On voit beaucoup d'antilopes et de gazelles peu sauvages ; parfois des girafes qui galopent, irrésistiblement comiques ; parfois un vieux buffle chagrin, un échassier philosophe, un mufle d'hippopotame. Je crois feuilleter le livre d'images de mon enfance. Mais il manque le rhinocéros.

III
AU KENYA

Je sais bien qu'aujourd'hui un panonceau est planté en pleine solitude, là où nous campions, Jicky et moi, il y a plus de vingt-cinq ans, et que la route pour autos Ouganda-Nairobi passe à proximité.

National Park, réserve des animaux sauvages,

chasses aux fauves organisées, luxueux hôtels sur les pentes du mont Kenya, en bordure des champs de neige éternelle par zéro degré de latitude, à pic sous l'équateur. C'est devenu un pays de grand tourisme avec attraction sanitaire : une barrière, le contrôle de la mouche tsé-tsé ! Un Africain en uniforme stoppe la voiture qui passe et « pulvérise » les passagers de D.D.T. C'est à mourir de rire…

Le panonceau planté dans la solitude annonce : *They have right of way !* Mais qui donc a la priorité de passage ? Pardine, les éléphants. Ah ! bon. Et je me réjouis qu'il y en ait toujours autant. Il paraît que l'autostrade est pleine d'empreintes, grandes et petites, et que c'est par bandes que les bêtes traversent la route et vont ravager les plantations. Mais…

Mais c'est pourquoi je ne puis donner mes photographies jaunies, piquées, ni tirer parti des beaux films de Jicky pour illustrer le présent récit, ces films usagés, rayés, étant perdus pour le commerce et aujourd'hui inutilisables à force d'avoir été projetés dans tous les cinémas du monde. D'ailleurs, Jicky est mort il y a longtemps et tout cela paraîtrait suranné, et nous ridicules à bord d'une vieille Ford en panne dans la vase d'un marigot, au bout d'une méchante piste cahotante dans laquelle nous nous étions imprudemment aventurés…

Ce qui ne date pas, ce sont mes poèmes sur la chasse à l'éléphant qui ne sont le produit ni du chasseur d'images ni du cinéaste, mais du poète, d'authentiques photographies verbales :

Je n'aperçois le bel animal qu'un instant
Maintenant je l'entends patauger pesamment régulièrement
Il froisse les branches sur son passage
C'est une musique grandiose
Il est tout contre moi et je ne vois rien absolument rien
Tout à coup son énorme tête se dégage des broussailles
Plein de face
À six mètres
Me dominant
Le grand mâle exécute une marche à reculons avec rapidité
À ce moment la pluie se met à tomber avec un fracas qui étouffe le bruit des pas[3]*.*

À demain, vieux frère, car, comme dit un proverbe nègre : « Un jour de plus ne fait pas pourrir l'éléphant[4]. »

1952

UN HOMME HEUREUX

À Raymond Dumay[1]

À Rome, j'étais entouré de femmes, des princesses, des marquises, des femmes de généraux, d'officiers, de soldats, des orphelines de guerre et des fiancées, des veuves, des grandes putes et des filles atroces, des infirmières, des actrices, des danseuses, des ouvrières, des demoiselles de magasin, des dactylos, des étudiantes, des hurluberlues tapageuses et des jeunes mères qui avaient faim, des grosses, des maigres, des enfants, des vieilles, des beautés rares, des franches laiderons, des petites-bourgeoises, et jusqu'à une naine qui avait une barbe de sapeur.

Je trouvais des déclarations, des propositions, des offres de service, des demandes d'emploi, des bulletins d'hygiène, des diplômes délivrés par des instituts de beauté de Berlin et de Londres, de Vienne et de Budapest, des vieux passeports, des enveloppes avec une adresse, des cartes de visite, des rendez-vous, des bouquets de fleurs, des petits cadeaux, des boucles de cheveux, des photographies nues ou habillées, avec ou sans mensurations, des certificats de bonne vie et mœurs, des *curriculum vitae*, des confessions, des lettres de tapage, de l'argent, des prières, des menaces chez le portier de mon hôtel et chaque homme que je rencontrais avait au moins une femme à caser, une nièce, une sœur, une cousine, une amie, une connaissance, sa bonne ou sa maîtresse, une inconnue « qui a eu des malheurs, vous savez, mais qui a beaucoup de talent », et tous ceux que je ne connaissais pas ou avec qui je n'avais pas à faire directement me téléphonaient pour m'annoncer la découverte d'une nouvelle étoile ! Quand je raccrochais, c'était la demoiselle du téléphone elle-même qui me rappelait pour me dire : « Et moi aussi, je voudrais tourner, monsieur. Donnez-moi une chance... »

Comme je ne suis pas fier et que je veux que chacun puisse courir sa chance dans la vie (moi-même je faisais du cinéma pour gagner de l'argent ; gagner de l'argent doit être fait en gaieté et sans envie, sinon cela ne vaut pas la peine de se donner tant de tracas et de se mettre de si formidables responsabilités sur le dos ; je n'ai jamais pu comprendre pourquoi les hommes d'affaires se prennent si furieusement au sérieux, au point que leurs conseils d'administration ressemblent plutôt à des synodes protestants qu'à une réunion de bons vivants et de joyeux bougres en train de révolutionner la planète tout en buvant, fumant, pariant, lançant et acceptant nombre de défis ; spéculer, brasser des affaires, faire de la publicité, aborder carrément des problèmes qui transforment l'aspect séculaire d'un pays, créer des besoins nouveaux jusque dans les plus lointains villages, imposer des nouveaux produits, avoir prise sur l'élégance et l'hygiène de millions de gens, bouleverser les idées et les mœurs, s'entourer des beaux joujoux de la technique moderne ; exercer un prestige mondial est du grand sport, que diable ! du sport en plein air, au grand jour ; il n'y a aucune raison de se faire une tête d'hypocrite pour se réserver une place autour du Veau d'or ; Dieu merci ! il n'y a plus de franc-maçonnerie possible ; une fois pour toutes l'argent est impur, ça ne fait pas l'ombre d'un doute et il est si rigolo aujourd'hui qu'il circule et appartient à tous), je répondais à tout le monde et, expédiant les convocations par centaines à la poste, je trouvais encore le temps (tant le temps est élastique quand on ne s'ennuie pas) d'ajouter à ma journée de travail une vingt-cinquième heure que je débitais en fractions de minute pour recevoir chacun, chacune en particulier. Bavarder un quart de seconde avec une femme est un délassement. Trois mots suffisent, un clin d'œil, un peu d'amabilité. À quoi bon être sur les dents ? Avec pour un sou d'organisation dans son travail et un peu de bonne volonté, on peut toujours se réserver un semblant de pause, même dans les pires coups de feu.

Et quelles profondes découvertes humaines ne faisais-je pas !

Non, je ne tombais pas de la lune. Je sautais de mon travail et retombais sur mes pieds. On avait coupé la lumière. L'électricien changeait les charbons. Une artiste en profitait pour refaire son maquillage. L'opérateur rechargeait sa boîte de pellicule. Pan ! pan ! pan ! on plantait des clous. On changeait le décor. On préparait un gros plan sur velours. On réglait un nouvel éclairage tamisé. Je sautais de mon travail à pieds joints pour tomber dans la réalité. Derrière un portant m'attendait une jeune fille tremblante et confuse. Ou c'était une vieille radoteuse recouverte d'une carapace de faux bijoux qui m'envoyait des postillons sous son face-à-main. Ou une pauvre danseuse dans une robe d'emprunt. Ou une morphinomane en deuil. Une coquette. Une grande femme brune. Une frôleuse. Une maquerelle jaune avec des yeux de nuit. Une grand-mère qui m'offrait ses petites-filles et les pinçait sournoisement dans le dos pour qu'elles se tiennent droites. Une boxeuse. Une femme qui devait avoir un cancer au sein. Des coucheuses. Une bécasse. Un papillon. Une vache. Une petite diablesse enragée et des jolies filles par milliers. Aucune ne pouvait servir.

Flash ! Avec des décharges de magnésium dans les yeux, je les déshabillais instantanément. Toutes avaient mis leur plus belle robe pour venir me voir, celle-ci s'était tiré les cheveux, celle-là se cachait les oreilles, toutes portaient la bouche conventionnellement en cœur. Mais je n'enregistrais pas ces charmes, ces séductions, ces attifages, ces afféteries, j'allais surprendre leur personnalité. « Lumière ! on tourne ! Montrez-moi votre bec-de-lièvre, mademoiselle, et vous, petit pied-bot, boitez ! »

Il n'y a pas de raison pour qu'on ne débrouille pas dès aujourd'hui à l'écran l'écheveau complexe d'un caractère humain comme on tourne au ralenti ou à l'accéléré la germination, la croissance, l'épanouissement, la floraison et la mort des plantes. L'objectif est prêt à emmagasiner la configuration, la constitution, la constellation la plus intime des cellules. Avec un éclairage latéral au cent millionième, il arriverait même à surprendre la saturation du micelle comme le téléobjectif a déjà ramené à notre portée le grand drame des taches solaires. Pourquoi ne saisirait-il pas sur le vif la vie cérébrale, les réactions chimiques du cerveau, le bain d'argent de l'association des images, la sur- ou sous-exposition d'une idée-force et les merveilles de l'afflux du subconscient, ce révélateur.

Ce sont les jolies filles, les sportives, les mondaines, les professionnelles, les stars qui ont tué le cinéma. Les costumiers, les perruquiers, les maquilleurs. Les commanditaires, les auteurs de scénarios, les snobs. Tous ceux qui veulent faire riche ou sensationnel et qui veulent voir quelque chose et en avoir pour leur argent et font de la surenchère. Combien une humble servante qui lave la vaisselle *en ne pensant à rien* est plus photogénique, à condition qu'elle se laisse surprendre à son insu par l'objectif, que toutes les métamorphoses pénibles d'une Mary Pickford qui *n'arrive pas à s'oublier* malgré les cent cinquante mille volts qui l'aveuglent. Je donne toutes les vedettes du monde pour un animal à l'écran, car ce n'est pas l'individu qui vit sous nos yeux, mais la race dans toute son ingénuité, et l'espèce. Ce n'est pas la robe, ni les bijoux, ni la couronne historique de la reine qu'il faut cinématographier, mais sa métrite ou l'ulcère qui ronge son âme ou sa langueur d'insatisfaite ou son inquiétude de jouisseuse ou cette insupportable attente qui constitue neuf fois sur dix la vie des femmes.

La grandeur du cinéma est toute en surprises, grâce aux correspondances entre l'irréfléchi, l'inerte, l'indéchiffrable, l'informe, l'informulé, qu'il est seul à pouvoir rendre (les peintres n'ont encore aucune notion de tout cela) et les aspects les plus connus (les peintres diraient les plus plastiques) de l'existence. Tout est à une autre échelle, sur un autre plan. Le regard est un végétal, le cœur est un animal et le visage humain se classe dans la minéralogie. Ce que l'astrologie a mis des siècles à échafauder : les horoscopes, les lignes de la main, l'interprétation des songes, les bosses du crâne, la forme des ongles, les chiffres et les formules magiques du cœur, les évocations noires de la sensibilité, la conjuration des sens, les fantasmes de l'imagination, le symbolisme de l'esprit, l'analogisme du langage, l'inassouvissement faramineux des désirs, le cinéma est prêt à nous en donner la preuve dès demain matin.

Il ne suffit donc pas de faire de l'acrobatie, ou de savoir nager, ou d'avoir battu des records d'altitude ou de vitesse en aéroplane ou à motocyclette, ou d'avoir une garde-robe bien assortie, ou d'être la protégée d'un banquier, ou d'avoir des beaux seins pour être photogénique. Pour être photogénique, il faut avoir de la gueule, de la personnalité et de la branche, savoir être secret et vivre en communion intime avec la vérité de son âme. Il paraît que j'ai répondu un jour à un jeune esthète qui venait me demander ce que c'était que la photogénie : « La photogénie, monsieur, c'est un mot cul-cul-rhododendron, mais c'est un grand mystère[2] !... »

1929

POMPON

À Raymone.

… Pompon est cette petite Française (l'être le plus pur, le plus transparent, le plus fragile, le plus porcelaine que je connaisse) qui se tira un coup de revolver dans le ventre pour tuer le fruit de ses amours, le jour où abandonnée par son amant (un jeune homme d'une des plus grandes familles des États-Unis qui depuis a fait sa carrière dans la politique municipale de New York City) elle s'aperçut qu'elle était enceinte. Quelques amis et moi (tous fervents du basket-ball où nous l'avions connue), nous nous étions occupés d'elle dans cette tragique circonstance et comme, quelques semaines plus tard, je devais partir à Rome, où j'allais faire du cinéma pour le compte d'une compagnie anglaise, j'emmenai Pompon avec moi, guérie, mais inconsolable.

Jamais je n'ai vu souffrir un être humain autant que cette petite fille.

Et souffrir en silence.

Durement.

Aussi, je ne l'abandonnai point.

Malgré les terribles fatigues et les innombrables

déceptions de mon nouveau métier de metteur en scène, j'allais chercher Pompon dès que j'avais une minute de libre et chaque fois que je pouvais disposer d'une demi-journée – je luttais contre les déboires à coups de pourboires ; il y avait toujours quelque chose qui flanchait ; un décor qui n'était pas prêt ; on me coupait le jus ; je n'avais pas mon ampérage pour les scènes de nuit ; les costumes n'étaient pas arrivés, car on me boycottait un peu mon travail, comme cela se doit dans tout studio italien à l'égard d'un metteur en scène français, ce qui me donnait par compensation quelques loisirs ou alors, je les devais à Dourga, la danseuse hindoue, ma principale interprète, qui souvent ne pouvait pas tourner, malade qu'elle était d'une mystérieuse maladie qui lui « marbrait » les seins, les épaules, tout le bas du visage comme à coups de crayon de feu, des marques livides qui apparaissaient en noir sur les gros plans pour lui ravir tous ses moyens, des plaques, des rougeurs, des atolls sanguinolents que je n'arrivais pas à effacer malgré mes soins, les maquillages ingénieux, mes éclairages truqués, tout un jeu de petits boutons ardents qui défiguraient son fier profil d'Orientale (pauvre Dourga, en a-t-elle dépensé des trésors de coquetterie et de constance pour ruser avec sa maladie et m'en a-t-elle assez fait faire du mauvais sang, sans parler de tout l'argent que je perdais chaque jour qu'elle ne travaillait pas, que reste-t-il de sa beauté ? la malheureuse, elle devait mourir peu de temps après avoir terminé mon film *La Vénus noire*, et moi détruire le film avant de quitter Rome !) – donc, chaque fois que je pouvais disposer d'une demi-journée, j'enlevais Pompon dans la Minerva mise à ma disposition, une voiture aussi longue qu'un wagon-lit, et nous parcourions tous les deux la campagne romaine.

Je ne voulais pas la laisser seule, aussi, de toute façon, nous dînions tous les soirs ensemble, soit aux abords du studio, de l'autre côté du champ de courses, ou chez les petits traiteurs du centre, bruyants, enfumés, sentant bon la chipolata, ou, à l'autre extrémité de la ville, dans ce restaurant fameux, les *Castelli dei Cesari*, où le poulet aux poivrons est si bien réussi, l'Est-Est-Est frais à souhait, la vaisselle ébréchée, les nappes tachées de vin et la chic clientèle romaine en bras de chemise.

Le débraillé si général en Italie est plus particulièrement sensible à Rome, où les ruines, comme les hommes, gisent déboutonnées au soleil, font la sieste dans l'herbe pouilleuse et n'arrivent pas, même sous le plus auguste des clairs de lune (plus ridicule et plus théâtral que réellement grandiose pour un homme habitué aux projecteurs des studios, un million de bougies Sunshine), à faire oublier la misère qui les ronge, ni leur laisser-aller fatidique. Ici, tout tombe en poussière, est malade, succombe à une lente poussée. Les crachats du Corso, ainsi que les voix des hommes qui jouent la nuit à la morra dans l'enceinte du Colisée sont plutôt signe d'une vitalité épuisée que simple incurie du Sénat.

C'est la race même qui est mortellement atteinte, se corrompt et croupit dans ce climat ; sa stagnation est un état de langueur, un état de délectation morose, un état frileux, non pas un penchant naturel à la nonchalance qui laisse libre cours à une certaine fantaisie que l'on pourrait heureusement prendre pour simple désordre ou une façon honnête de se laisser tout bonnement vivre (comme les Nègres de Bahia, cette Rome noire) ; elle est l'effet d'une jalouse et fielleuse mélancolie, due à une maladie endémique, à l'impaludisme.

Rome n'est plus grande aujourd'hui, elle est affligée d'éléphantiasis.

Tout y semble frappé de stupeur.

Voyez ces monuments qui chancellent.

Voyez cette campagne moite, puante, rugueuse, drapée comme un mendiant, ce grand corps mou à l'abandon, criblé de taches de vérole ou gonflé comme par des poches de pus, ce roi lépreux chassé hors des remparts, couché au travers de toutes les avenues, qui rend par ses plaies le lait de l'Antiquité, qui souille sa couronne, qui mire son masque léonin dans le Tibre, qui laisse traîner ses mains malades dans toutes les sources, et dont l'exhalaison empoisonne la nature.

Il geint.

Les cloches sont fêlées et leur voix est dolente qui arrive de la ville et monte en l'air avec la voix des troupeaux qu'on mène à l'abattoir et la trompe des taxis de nuit. Tout saigne dans le soleil couchant. Le ciel sent la sueur, le bélier enflammé, l'herbe aux chats. Il s'empourpre et il en tombe de la rouille, de la cendre, de la fleur de soufre, du jus de belladone, un grand frisson et la fièvre, avec les yeux verts comme deux citrons.

Les coassements s'éveillent en même temps

que les étoiles et les arômes amers de l'absinthe. Est-ce Néron transformé en crapaud qui cherche une femme enceinte pour lui sauter dans la bouche ?

La première venue.

Il l'attend.

Il s'est embusqué aux abords d'une fontaine où les jeunes paysannes dont le ventre s'arrondit, les filles à soldats, les vieilles esclaves violées, les premières chrétiennes louftingues ont coutume de venir boire.

Quelle sera sa proie et sa nourrice ?

Il regarde la lune qui s'assombrit et il songe.

Il songe à cette bouche pleine d'eau dans laquelle il va sauter. La femme aura un frisson d'horreur, un hoquet de dégoût, elle fera des efforts désespérés pour le vomir. Déjà il se hâte, déjà il se glisse pour se laisser tomber dans son ventre. La femme s'évanouit d'horreur, n'arrivant pas à l'éructer.

Quand elle retrouve ses sens, elle a perdu l'esprit.

Grossesse nerveuse.

Néron ne bouge pas, il enfle.

Il songe au triste fœtus dont il a usurpé la place, il songe au petit enfant dont il a revêtu la peau, dont il se nourrit, qu'il digère.

Le ventre de la femme se tend à craquer.

Néron.

Il a voulu courir ce risque, connaître cette extrême volupté de mourir dans le ventre d'une femme anonyme ou de tuer sa mère d'emprunt avant de revenir volontairement au monde. Il attend tranquillement son heure.

Opération césarienne qui sera pratiquée de l'intérieur par un nouveau-né ayant déjà vécu.

L'antéchrist.

Rome crève de ne pas le mettre au monde.

La Croix a beau tendre ses bras desséchés haut en l'air, elle est obligée de descendre profondément sons terre pour prendre racine et se consolider.

La Ville éternelle n'est pas dans ses monuments de marbre et d'airain, mais, à rebours, dans ses catacombes qui s'éboulent. Le nombril de l'univers est un trou ; ce n'est pas un dôme, mais un antre. Il faut se laisser glisser, s'abandonner, se laisser entraîner par sa propre pesanteur pour atteindre le centre du monde et contempler, non pas la momie imputrescible des empereurs, ni le masque apologétique des papes, mais bien le visage ardent des sorcières qui gravitent dans les flammes. Seule la Rome des sibylles, seule la Rome des démoniaques, seule la Rome des nécromants a jamais été grande, d'une grandeur souterraine et nocturne, peut-être l'œuvre d'une taupe ocellée, mais assurément l'œuvre d'une taupe aveugle, enfouisseuse et cachée, et tout ce qui s'est dressé orgueilleusement à la surface de cette ville a été secrètement rongé par cette bête, et s'est abattu.

Ici, tout craque, tout se délabre, s'effrite, s'écaille, tombe en poussière, forme un monticule de débris, et, sous ce dépôt, vont et viennent les bêtes sagaces, les bêtes soyeuses, les bêtes magiques qui roulent leurs excréments en boule. Étranger, si tu veux vivre, n'avale jamais l'hostie, ni le code, mais croque une de ces boulettes noires dont tu ignores les ingrédients et la pharmacopée, et qui sont un aphrodisiaque terrible, un mortel philtre d'amour, un poison qui paralyse l'intelligence.

Alors, tu agiras comme dans *La Légende dorée*, en sacrifiant tout, sauf ton acte.

Ton acte gros de conséquences.

Pour toi ou pour un autre.

Ce n'est pas forcément un acte de foi.

Qu'importe !

N'aie pas peur de marcher dans les ténèbres ou de glisser dans du sang.

On ne sait jamais ce que l'on fait, on ne sait jamais où l'on va.

La vie est dangereuse.

Notre chauffeur klaxonnait pour rentrer en ville. En passant sous le grand lampadaire de la Piazza del Popolo, je voyais soudainement Pompon entrer en pleine lumière pour retomber aussitôt dans la nuit et ainsi de suite, tout le long du Corso et de la via Tritone, prendre du relief et se creuser d'ombres sous chaque lampe à arc en arrêt. Selon la vitesse de la voiture, j'avais parfois plusieurs images de Pompon en noir et blanc qui persistaient simultanément et avec plus ou moins de durée dans ma prunelle, comme si je l'avais perçue à travers un obturateur déréglé. Ou alors, c'était moi qui n'arrivais pas à faire le point assez vite.

Pourtant, quand je l'avais déposée à son hôtel, en rentrant chez moi ou en retournant au studio, je n'emportais d'elle qu'une seule image : celle d'une petite fille qui se consumait de désespoir.

Pourquoi devenait-elle méchante ?

Voulait-elle se faire du mal ou était-ce un remords qui la hantait ?

J'aurais dû l'aimer pour la tirer d'affaire ; mais je ne me sentais pas le courage de lui jouer cette comédie ; je ne ressentais pour elle qu'une immense pitié fraternelle (et c'est ça que Pompon ne m'a jamais pardonné par la suite).

Dans nos randonnées en auto, nous ne nous adressions jamais la parole.

Je trimbalais Pompon avec moi comme on emporte un livre en promenade (c'est une présence muette qui peut donner une teinte à vos pensées ou vous dérider un instant ; on n'est pas obligé de le lire ; aujourd'hui, je me fais accompagner par un chien, c'est moins troublant, je jette trop facilement un livre par la portière).

Pompon restait fermée, elle se taisait farouchement.

Elle était seule dans l'auto, fluette et encore un peu pâle, toute ramassée sur elle-même, sans un bout de ruban, sans un fichu qui flottait, nette, précise, propre, tirée à quatre épingles, d'une élégance sobre et peut-être un peu dure sous son petit chapeau profilé comme le bouchon du radiateur. Immobile dans son coin, elle disparaissait dans la profonde carrosserie de l'automobile comme une perle dans un écrin.

À quoi pouvait-elle bien penser, le regard perdu devant soi sur la route et les mains reposant sur son ventre ?

Sa tête était toujours un peu inclinée sur la droite.

Elle se laissait emporter.

Jamais elle ne se plaignait quand le chauffeur allait trop vite.

Parfois, quand nous arrivions sur un obstacle, je la voyais se tendre, se mordre les lèvres. Peut-être que son ventre lui faisait mal dans les cahots et qu'elle pensait à ce trou, à ce petit trou de la balle du revolver qui l'avait perforée pour tuer le fruit de ses entrailles... je ne sais.

Jamais elle ne dérangeait ses jambes soigneusement allongées.

Je l'admirais.

En revanche, au restaurant, j'avais le droit de la voir de plus près. Le chianti, le grignolino, le falerno (tout le vin que je buvais à Rome m'a permis de livrer l'énorme somme de travail que je fournissais alors quotidiennement et d'avoir du cœur lors de la débâcle finale) me mettaient de bonne humeur. Je regardais Pompon droit dans les yeux.

Elle ne pouvait plus détourner la tête.

Je la tenais.

Je voyais son cou enfler. Un tic imperceptible faisait trembler le gras de son menton. Ses lèvres s'avivaient. Ses joues devenaient incandescentes. Je voyais ses dents humides se découvrir, son front plus têtu qui se rapprochait du mien. Je la sentais faiblir et résister, mais elle n'arrivait pas à fermer les yeux... sous ses paupières tendues, j'observais ses pupilles qui mollissaient, qui durcissaient, qui se rapetissaient pour s'éloigner, qui accouraient grandissantes comme pour appeler au secours..., la couleur de ses yeux se cendrait..., une goutte de sueur lui coulait sur la tempe...

Je lui prenais la main.

« Alors, Pompon, cela ne va pas encore mieux ?

— Oui... non... vous êtes bien gentil, Cendrars, excusez-moi, je ne puis pas parler.

— Qu'est-ce que je puis faire pour vous, Pompon, petite fille ?

— Rien... rien... »

Elle était inquiète, prête à se sauver, palpitante comme une biche.

« Ah ! si seulement je pouvais pleurer », soupirait-elle.

Elle se prenait la tête. Son pied me frôlait.

Elle était folle à la pensée que j'allais l'interroger.

Alors, je détournais les yeux. En effet, il est presque toujours impossible de parler. Je commandais une nouvelle bouteille de vin. Dieu, ce qu'il est difficile de venir en aide à un être humain. J'entamais un nouveau plat. J'aurais voulu lui faire comprendre que rien de ce qu'elle ressentait ne m'était étranger. À quoi bon, c'est l'éternel malentendu, aucun sentiment ne se partage, pas plus la sensation que la sensibilité, la parole qu'un baiser. On n'est pas fait pour vivre en société. On n'a pas de semblable. On est toujours seul. Je buvais une grappa. J'épluchais un fruit. Je plaisantais en napolitain avec le garçon. Quand j'avais bien bu et bien mangé, je la regardais en souriant et je lui tendais la main. Il n'y a que les malheureux pour être aussi égoïstes et méfiants. Déjà, Pompon avait regagné son calme, sa douleur, sa mortification. Elle était plus lointaine que jamais et tellement absente qu'elle mettait un grand moment avant de répondre à mon sourire et de me donner sa main, hésitante...

Cette main était glacée.

« Allons, Pompon, faites un effort, que diable ! buvez ce verre, cela vous fera du bien, c'est un vin fameux qui a le goût du raisin et de la terre calcinée, il pousse au pied du Vésuve... C'est du lacryma christi... »

J'insistais. Je bavardais. Pompon se laissait entraîner. Je remplissais plusieurs fois son verre, car j'adore les femmes qui boivent. Elle le faisait avec grâce, par condescendance, pour me faire plaisir, avec beaucoup de crainte au début et sans jamais perdre son air de madone amenuisée, mais si triste... même quand elle y prenait goût.

« Vous ne voulez toujours pas m'accompagner au studio ? Vous savez, j'ai des scènes avec un éléphant cette nuit. Il s'appelle Roméo, il est aussi voleur que rigolo ; nous sommes déjà très copains ; il m'écoute bien mieux que son gardien. Venez donc, Pompon, ça sera amusant. Non ?... »

Non, elle ne voulait aller nulle part, ni voir personne, et surtout pas fréquenter le studio, où tout est à une autre échelle, sur un autre plan.

On y touche la réalité.

. . . .

La grandeur du cinéma dans l'avenir sera de nous redécouvrir des hommes, nous-mêmes, de nous redémontrer, de nous remontrer à nous-mêmes, de nous nous refaire voir, de nous nous faire accepter à nous-mêmes, sans rancœur et sans dégoût, tels que nous sommes, avec la vie de nos ancêtres et celle de nos enfants en nous, sans chiqué, en dehors de toute convention, en pleine fatalité, en plein atavisme, en pleine évolution, comme les bêtes ivres ou bonnes ou raisonnables ou méchantes. Ce que l'astrologie a mis des siècles à esquisser, les horoscopes, les lignes de la main, l'interprétation des songes, les bosses du crâne, la forme des ongles, les chiffres et les formules magiques du cœur, les évocations noires de la sensibilité, la conjuration des sens, les fantasmes de l'imagination, le symbolisme de l'esprit, l'analogisme du langage, l'inassouvissement faramineux des désirs, le cinéma est prêt à nous en livrer la clé dès demain. Sa seule justification, c'est de nous arracher la peau et de nous montrer nus, écorchés, dépouillés dans une lumière plus réfrigérante que celle qui tombe de l'Étoile d'Absinthe.

C'est l'évidence même, toujours inavouée, qu'il met en relief.

L'homme.

Tel qu'il est.

La seule réalité.

On le touche du doigt.

Il ne suffit donc pas de faire de l'acrobatie, ou de savoir nager, ou d'avoir battu des records d'altitude et de vitesse en aéroplane ou en motocyclette, ou d'avoir une garde-robe bien garnie, ou d'être la protégée d'un banquier, ou d'avoir des beaux seins ; pour être photogénique, il faut avoir de la gueule, de la personnalité, être secret et vivre en communion intime avec la vérité de son âme.

Il paraît que j'ai répondu un jour à un jeune esthète qui me demandait ce qu'était la photogénie : « La photogénie, monsieur, c'est un mot cul-cul-rhododendron, mais c'est un grand mystère. »

Mais tout est mystère et cul-cul-rhododendron aujourd'hui, les phonos, la science, les télescopes qui canonnent les tours d'ivoire, les danses nègres, Henry Ford, le métro, l'avion, les assurances sur la vie, les rentes viagères, l'anglais en vingt-quatre leçons, les déplacements, les villégiatures, tout ce qui est journellement à vendre dans les journaux, les livres qui paraissent, les crimes politiques, les assassinats, les découvertes, les explorations, les inventions, le cubisme, l'art toltèque, la Genèse babylonienne, l'histoire inédite de l'Atlantide.

Nous savons trop de choses, nous avons trop de choses, tout nous est trop facile, trop aisé, nous voyageons trop rapidement dans le passé, dans le futur, en haut, en bas, à gauche, à droite, obliquement, en arrière. J'ai sous les yeux, en feuilletant distraitement un illustré, la photographie de la nébuleuse amorphe N. G. C. 6992 GYGNI. Je sais où aller voir le cerveau de Goethe dans un bocal. Tout est par trop indolore pour que l'homme ne bute pas enfin sur soi-même et ne reste en panne, un beau matin, en nouant sa cravate.

Un coup d'œil dans la glace. Quelle révélation ! Non ! c'est moi, ça ?

Lumière ! On tourne !

Écarquillez les yeux, vous êtes penché sur un petit miroir biconvexe, vos doigts crispés font crever un point noir qui vous sort de la tempe. Gros plan. Personne ne vous voit. On tourne !

Lumière !

C'est le cinéma ! Un rien dans les ténèbres. Une mouche qui caque à l'écran, des chevaux sauvages dans les prunelles, les cheveux du vent, cent mille homme comme des feuilles d'herbe, tes mains craquelées comme les cratères lunaires avec le gros intestin sous l'ongle. C'est moi, ça, tout ça ? — C'est toi ! — Mais je ne me reconnais pas ? — Enfin !

Regarde, mais regarde bien, l'objectif l'a tellement enflé que ton visage est comme un abcès.

C'est toi.

C'est la maladie.

C'est la maladie qu'est la vie.

De la pourriture vivante.

Les taches solaires.

(Les pensées sont peut-être les taches solaires de la matière grise.)

C'est toi la vie.

Toi-même.

Toi.

Nouveauté d'aujourd'hui.

Révélation.

Tu te reconnais ?

Mystère.

Communie !

C'est toi.

Ce sang épais, cette fleur en souffrance, ce diamant comme un ballet, ce sourire plein de détentes et d'à-coups comme la circulation d'une grande ville, cette nouvelle ombre dans la lumière, ce noyau, ce cerne, ce trait noir, cette fente dans l'analyse spectrale, ce haricot, c'est toi. N'hésite pas, bouge ! Tu es mort, bouge ! Tu es enroulé en spirale, détends-toi ! Tu vas revenir au jour dans la vérité du ciné. Bouge ! saute ! et gare à la matrice !...

Ce n'est plus M. Un Tel, c'est toi.

Ce n'est plus Mme Une Telle, c'est toi.

Toi, toi-même, toi, anonyme comme tu l'es pour toi-même, vivant, mort, mort-vivant, églantier, angélique, hermaphrodite, humain, trop humain, bête, minéral, végétal, chimie, papillon rare, un résidu dans un creuset, la racine de l'arc voltaïque, une seconde au fond des abysses, deux nageoires, un évent, mécanique et spirituel, plein d'engrenages et de prières, aérobie, thermogène, pied célèbre, lion, dieu, automate, embryon, phoque avec du peyotl dans les yeux.

C'est toi, toi dans l'instantané.

C'est toi, toi dans l'éternité.

En plein devenir.

C'est toi dans la durée.

Dans l'histoire de l'univers, l'existence des êtres vivants n'est qu'une phase fugitive, et dont nous ne connaissons pas la durée.

Par rapport à la durée de la vie des hommes, l'origine de la vie se perd dans le passé géologique du monde et même les débris fossiles les plus reculés sont loin de nous mener aux origines.

La fin de la vie se perd également dans le futur des temps...

Regarde, le temps, c'est toi ; la vie, c'est toi ; tu es la durée.

Éphémère de toujours, tu ne te reconnais pas ? Enfin !

C'est toi, toi aujourd'hui.

. . . .

Ah ! si Pompon l'avait voulu, quel drame, quels drames (au singulier et au pluriel) je n'aurais pas tourné et tournés avec elle ! Je l'aurais prise sous les feux du studio, je l'aurais maintenue dans le champ de l'appareil, je l'aurais plantée au bout d'un projecteur comme on épingle un insecte et j'aurais braqué sur elle tous mes objectifs : le 170, *Dallon-Téléphoto*, qui vous capte un individu et le ligote brusquement comme au lasso ; le 120, *Dallmeyer*, qui le dope, le leurre et le transforme en patient ; le 100, *B-&-L-Tessar*, qui l'endort comme au chloroforme et le désanime ; le 75, *Carl Zeiss-Matched*, qui fend et écartèle les muscles ; le 50, *Vérito*, qui griffe et pince les nerfs ; le 28, *Ultrastigmate*, qui lit, qui colore les pensées, et le 12, *Goerz-Hypar*, qui compénètre insensiblement votre victime, pour se substituer à sa personnalité. Alors, intervenant en toute hâte avec mon Akeley-Camera, comme un chirurgien armé de son bistouri ou un bourreau chinois de son grand sabre et d'un jeu subtil de couteaux chauffés à blanc, en pratiquant de larges coups de panoramique incisive, et en me servant avec dextérité des diffuseurs, des tamiseurs, d'un jeu complet de lampes et d'éclairages truqués, j'aurais bien su le mettre rapidement au jour, l'extérioriser, le désespoir de Pompon. À elle, cela lui aurait fait du bien comme si on l'eût débarrassée d'un kyste ; elle aurait pu se remettre à vivre, à jouir de la vie ; en tout cas, elle aurait pu gagner beaucoup d'argent et, qui sait, devenir rapidement célèbre (ce qui ne l'aurait pas empêchée de souffrir, mais plus pour elle seule, comme une égoïste).

Je le lui disais souvent :

« Pompon, si tu le voulais, tu serais encore mieux que Lilian Gish (la Gish de *Broken Blossoms*) ou que Louise Fazenda (la femme la plus prodigieuse révélée par l'écran). »

Mais Pompon, butée dans son cauchemar, ne voulait pas entendre parler de faire du cinéma. Alors, ne pouvant plus supporter son mutisme, son humeur lourde et chagrine, et voulant à tout prix faire quelque chose pour elle pour la tirer de là, l'amuser, la distraire, je l'installai dans une boutique via Veneto, une boutique de modiste, *Au Chapeau de Paris*, boutique moderne qui fut bientôt le rendez-vous de toutes les élégantes romaines.

Chiffonner de mignons petits feutres, assortir, nuancer de tendres rubans, semblait rendre Pompon heureuse, mais cela ne devait pas durer, car, à peine quelques mois plus tard, le jour de l'entrée des fascistes à Rome, une Chemise noire se détacha de la troupe qui défilait via Veneto, sortit du rang pour venir enfoncer d'un coup de matraque la vitrine de la petite boutique française. Pompon eut la tête scalpée par la glace qui lui dégringola dessus.

Quand elle sortit de la maison de santé, Pompon était défigurée. Un éclat de verre lui avait fendu perpendiculairement le front, le nez, les lèvres, le menton. Elle avait le faciès d'un bouledogue.

. . . .

... Depuis, Pompon est devenue une artiste considérée...

. . . .

Je me remémore tout ce bref passé (que de choses cette année-là : Pompon, la mort de Dourga, le krach de la *Banco di Sconto*, la destruction de mon dernier film, la perte de mon premier million gagné depuis la guerre, et, par carambolages, deux, trois voyages consécutifs en Amérique, un travail acharné durant des années, toutes sortes d'entreprises, des hauts, des bas, la perte d'un deuxième million, d'un troisième, quatrième, cinquième, gagnés à la force du poignet, etc., sans parler de mes livres que je n'écrivais pas). Je revois tout cela en montant l'escalier, nougat, coquillages, stuc, de ce grand immeuble moderne qu'habite aujourd'hui Pompon avenue Victor-Hugo. J'essuie les banquettes à chaque palier, je fume une cigarette, je m'assois sur chaque marche. J'ai le temps. L'atelier de Pompon est au huitième.

Quelle horreur que ce studio nouveau-style-décoratif-nouveau avec ses poupées et ses miroirs. Quand j'entre là-dedans, j'ai toujours l'impression que je vais glisser et tomber, car j'entre de plain-pied dans un cauchemar, et j'ai toujours envie de me fiche par la fenêtre. Mais il n'y a pas de fenêtre chez Pompon, la fenêtre elle-même a été remplacée par un immense miroir qui reflète les autres miroirs et dédouble les immondes poupées suspendues qui se balancent et qui frissonnent entre les ampoules allumées, dans un courant d'air qui vient on ne sait d'où et qui vous glace malgré les bouches de chaleur, les radiateurs et les brûle-parfum. C'est dans cette haleine qui vient peut-être de l'au-delà-des-tables-tournantes, c'est dans ce décor épouvantablement nu, c'est devant ces miroirs qui multiplient par centaines de mille sa tête de chien que Pompon imagine et confectionne, avec toutes espèces de morceaux d'étoffes, de tissus, de soies, de peaux de chagrin, de crins, de cheveux ou de poils humains, les poupées qui ont fait sa renommée. Jamais personne ne monte chez elle, sauf le grand couturier du quartier des Champs-Élysées qui s'est entiché de ses poupées, qui a fait son succès, qui l'a lancée et qui commande à Pompon des personnalités-parisiennes-charges en série…

J'ai bien le temps de fumer encore une cigarette…

Une cigarette, c'est la durée du trajet en autobus des Batignolles à la gare Montparnasse ; c'est, quand cela va, cinq-six pages à la machine à écrire ; c'est, quand on est inspiré, un poème entier ; ce n'est parfois même pas un vers ; c'est, à bord, lézarder au soleil ; c'est une bonne étape à cheval ; c'est un paquet d'étincelles en avion découvert ; c'est la pause quand on fait du 140 en auto ; c'est tuer les moustiques en pirogue ; c'est ce qui vous manque le plus à l'affût au tigre.

Une cigarette…

Ce vieux scaferlati ! En ai-je fait des voyages à la côte, guettant le passage des long-courriers français, montant à bord, faisant la traversée de Santos à Rio, et, par le suivant, de Rio à Santos, uniquement pour me ravitailler en cigarettes bleues ordinaires, lors de mon dernier séjour au Brésil, alors que je fumais tant et tant que j'étais toujours démuni.

Que représentait alors pour moi cette cigarette qui durait des nuits entières sans calmer mon insomnie ?

Je fumais dans mon hamac, d'autres solitaires fumaient en se balançant dans les hamacs du ciel, au point que la nuit en était tout étoilée et que par moments d'épaisses volutes nébuleuses roulaient sur les champs de canne à sucre. Les musiques des Nègres venaient par bouffées des collines. Les mulets de la plantation comptaient lentement le temps. Il y en avait un qui brayait toutes les heures. Il y avait quelques rares cris de rapaces nocturnes ; par petits coups de la brise dans les eucalyptus ; la fuite trottinante d'un tatou ; une forte odeur de sève. Un serpent, dont on avait tué la femelle dans la journée, venait parfois rôder dans le jardin et sifflait par intermittence. Je rallumais une cigarette (c'était toujours la même), au ciel on rallumait des cigares. Puis c'était l'aube. Je courais me jeter tout nu dans la piscine, tandis que l'envol des perruches bruyantes s'abattait dans les cultures. D'autres oiseaux s'éveillaient dans les figuiers sauvages, dans les arbres du Carême, dans la forêt, jacassaient, piaillaient. Un *sabiá* sifflait sur le gros bourgeon d'un palmier. J'allais choisir au verger l'ananas qui avait mûri dans la nuit…

Une cigarette…

Ô mon amour ! Comme Gérard de Nerval[1], je ne prononce pas ton nom. C'est toi qui parles. Je viendrai t'entendre ce soir au théâtre. De derrière les feux de la rampe, ta voix me parviendra, toute chargée de nuit et d'étoiles, et je t'écouterai déclamer des vers comme durant mes longues insomnies brésiliennes… et je serai capable d'allumer machinalement une cigarette et de me balancer comme dans un hamac dans mon fauteuil d'orchestre… Alors, l'agent de service me chassera et je sortirai, comme cela m'arrive souvent, sans rien dire…

… D'ailleurs, je repars cette nuit…

L'ascenseur doré monte lentement avec un bel oiseau en cage. Je le suis des yeux. Contre les barreaux, une femme lisse ses plumes, son bec, son sourire. À chaque étage, quand elle passe, des pékinois aboient dans les tapis des appartements. L'ascenseur redescend à vide, je l'arrête au passage et monte d'une traite chez Pompon.

. . . .

Castets-des-Landes (Au Trinquet), mars 1925.
Rio (Copacabana), mars 1927.

SI J'ÉTAIS...

À Robert de La Vaissière[1]

I

SI J'ÉTAIS GRETA GARBO

La venue de Greta Garbo[1] à Paris me remet en mémoire les histoires d'un monde qui n'existe plus : le cinéma des années 30.

J'étais alors en Amérique à la recherche d'un agent littéraire qui fût honnête. Un oiseau rare.

On me dit : « Il n'en existe qu'un aux États-Unis. C'est l'agent de Greta Garbo. Il se nomme Lévy. »

J'arrive donc à Hollywood et me voilà en train d'avaler des pages de Bell, l'indicateur des téléphones.

À grand renfort de whisky, chaque nuit je dégustais ma tartine d'annuaire. Trois cents pages de Lévy ! Mes bouteilles se vidaient, mais ma prospection ne rendait pas.

C'est alors que j'eus une illumination. Je me dis : « Un vrai Lévy n'écrit pas son nom à la mode d'Israël. Il l'accommode à la sauce du pays qu'il occupe. Lévy, en U.S.A., ça doit s'orthographier comme ça se prononce. L.A.W.E.E. »

Je cherche donc à Lawee et je tombe sur mon homme. Ça m'a éclairé tout de suite sur la psychologie du bougre. Honnête, sans doute, puisqu'on me l'avait assuré, mais surtout intelligent, en un mot, un véritable *talent scout*, bien capable d'avoir inventé – comme on me l'a affirmé par la suite – la légende de Greta Garbo, la femme secrète, la femme silencieuse, la femme du rêve éthéré, une Greta abstraite, métaphysicienne, une espèce d'Ulalume, un beau papillon de nuit venant se brûler les cils à la bougie d'Edgar Allan Poe…

Greta est scandinave, n'est-ce pas ?… Sa publicité est devenue sa seconde nature.

Pauvre Greta Garbo, condamnée à incarner sa légende publicitaire. *Un sphinx sans énigme*, disait déjà Swedenborg, en parlant de métempsycose.

Si vous passiez à Hollywood à cette époque-là, il y avait une entreprise touristique semblable au *Paris by Night* qui vous faisait visiter en autocar la *Nuit étoilée* et vous menait au domicile des stars. On vous montrait leur chambre, on pouvait toucher leur baignoire, on emportait des petits souvenirs, les dents de sagesse de Mae West, la petite moustache de Charlot montée sur un élastique.

*

À Beverly Hills, le clou de cette tournée était Greta Garbo à son balcon, accoudée, rêveuse, saluant distraitement de la tête ou de la main ou que rien ne distrayait de la lecture d'un livre dans laquelle elle était plongée, la figure éclairée par en dessous. En bas, les fanatiques criaient bravo ! applaudissaient… et, tout à coup, la divine disparaissait, basculant avec les projecteurs pour revenir à la prochaine tournée des fan's.

C'était un mannequin de cire de sa taille exacte et qu'un valet de chambre manœuvrait comme une marionnette. Tout le monde s'y laissait prendre… et elle-même, l'inimitable Garbo, qui, déjà, avait lancé la mode des lunettes noires pour pouvoir jouer son rôle incognito dans la rue, ne s'y reconnaissait plus, car tout le monde s'était mis à porter des lunettes noires et les trottoirs de Winestreet étaient encombrés de gens qui se jouaient la comédie de se prendre au sérieux en voulant se faire passer pour des stars incognito faisant elles-mêmes leur marché !

Ce bluff !…

Pauvre mannequin romantique de Greta.

Quelques années plus tard, Nils[2] et moi, nous l'avons aidée à disparaître pour de bon lorsqu'elle fuyait la meute des reporters et des photographes lancés à ses trousses et à celles de Léopold Stokowski à travers l'Europe galante, d'Helsinki à Capri. De cela, je ne dirai rien, l'histoire ne nous appartient pas. Mais je repense à Nils, un garçon extraordinaire, beau comme un dieu et malicieux comme un bon petit diable. Greta était sa grande copine et c'est lui (Nils était peintre de Montparno) qui recommanda à Greta d'abandonner les lunettes et de se maquiller l'intérieur de la bouche en noir, non pour se donner un genre malsain, mais pour mieux passer incognito. Ce qu'elle fit et ce qui réussit au-delà de toute espérance. Personne ne la reconnut jamais, comme si elle avait porté un masque, alors qu'elle l'avait avalé !… Pauvre chère et merveilleuse Greta !

*

Oui, si j'étais Greta Garbo, je ressortirais mon mannequin de cire. À l'âge atomique, il y a moyen de le perfectionner. Avec un petit cerveau électronique je le ferais parler, compter, réciter des sonnets de Góngora ou de Mallarmé. Je l'installerais sur la terrasse du Crillon, place de la Concorde. Il saluerait la foule. Il pourrait aussi recevoir les journalistes et répondre à toutes les questions. Histoire de changer de peau, de genre, d'esprit. Un rajeunissement total de ma publicité personnelle. Enfin, pour ce que j'en dis !...

Tout le monde sait que je suis Blaise Cendrars.

Greta Garbo va interpréter la Duse selon D'Annunzio...

Ave... Salve...

1951

II
SI J'ÉTAIS CHARLIE CHAPLIN

Si j'étais Charlie Chaplin, il y a longtemps que j'aurais quitté l'Amérique pour venir vivre en France, tout à fait en douce, et m'installer avec ma gentille petite famille de squatters par exemple au château de Versailles, et l'on aurait bien vu ce que cela aurait donné. Certes, cela eût fait du raffut, mais pas plus que le raffut de Saint-Polycarpe. Cochon en tête, le fameux chef du syndicat des électriciens de Paris qui, à la veille de la guerre de 1914, allait déménager ses protégés et installait des familles pauvres dans les palais de la capitale, au Sénat, au Grand Palais, sous l'œil goguenard et les applaudissements de la foule, et, une fois, à la tour Eiffel, ce qui déchaîna l'enthousiasme du populaire toujours sensible à un semblant de justice spectaculaire. Voyez Guignol et ses exécutions rapides comme un réflexe, et ses hécatombes et ses assommades : le diable, le juge, le gendarme, le bourgeois, son propre père, tous y passent, et Guignol met les rieurs de son côté.

*

Je propose donc à Charlie Chaplin, aujourd'hui qu'une fois de plus Hollywood veut lui casser les reins, que le château de Versailles tombe en ruine, que Charlie Chaplin a l'intention de verser le montant de la recette de la première de *Limelight* à Paris à une œuvre de bienfaisance, la charité vraie commençant par soi-même, je lui propose de ne pas retourner aux États-Unis où de nouveaux embêtements l'attendent, de verser le mois prochain la recette de *Limelight* à la caisse d'entretien et des replâtrages du château de Versailles, voire d'abandonner à l'avenir ses droits d'auteur à une œuvre en faveur des vieux comédiens et de s'installer tranquillement avec Oona et ses quatre enfants : Géraldine (sept ans et demi), Michael (six ans), Joséphine (trois ans), Victoria (huit mois), de ne pas s'en faire, de flâner dans les dépendances du château et dans le grand parc délabré, de rêvasser à cœur perdu devant les statues, les jets d'eau du passé, de ne rien lire, de roupiller dans un bosquet s'il en a envie, de laisser le public de France se débrouiller en sa faveur, intervenir, faire pression sur les politiciens, la Ligue des familles nombreuses, les Partisans de la paix, les Amis du cinéma, tous ces gogos que l'on fait marcher et qui marcheraient enfin pour une bonne cause, et puis... n'en parlons plus !...

*

Et Charlot de se réveiller un beau jour et de se remettre au travail et de tourner un film qui lui viendrait du cœur, un film sur les rois fainéants, ou sur les rois conquérants, ou sur les rois amoureux, ou sur le peuple-roi, peu importe, ça serait toujours un film de ses propres mésaventures, les avatars du roi du rire, ce vagabond.

Qui s'en plaindrait ? Pas moi. J'ai ri toute la nuit en imaginant des gags.

Foin des classiques... Versailles a inspiré Molière et Louis XIV, le Roi-Soleil, lui a soufflé ses meilleures farces.

Imaginez ce que cela donnerait si Charlot se laissait aller à écouter les fantômes désabusés et mélancoliques qui errent parmi les pièces d'eau, ou sous les frondaisons du parc, ou se tiennent derrière la porte dans les petits appartements, lui, dont le rire réaliste est tout empreint de tristesse et de mélancolie natives, lui, le roi-soleil de l'humour noir, l'enfant du ghetto, instable comme tous ceux de sa race, inquiet, fiévreux, nostalgique, somnambule, scrutateur, observateur, moqueur, le vagabond chassé de partout et toujours prêt à revenir avec le sourire et les larmes aux yeux, le clown qui reçoit des coups de pied au cul et des tartes à la crème, lui, Charlot.

*

Fi d'un vain orgueil. Au point où nous en sommes de désordre et de confusion, qu'il entre donc et se fixe dans le palais des rois.

Chaque époque a son grand homme.

Si Molière était le comédien du roi, Charlie Chaplin est le roi des comédiens, car il est le seul à nous avoir fait rire du XXe siècle et de nos malheurs.

Merci, Monsieur.

1952

CHARLOT

À Jean-Louis Barrault[1]

I[2]

C'était en 1915, au bois de la Vache, par une nuit d'automne pluvieuse et détrempée. Nous pataugions dans la boue, en sentinelles perdues, dans un entonnoir de mine qui se remplissait d'eau, quand Garnier, dit Chaude-Pisse, le premier permissionnaire de l'escouade, vint nous rejoindre, radinant tout droit de Paris. Toute la nuit il ne nous parla que de Charlot. Qui ça, Charlot ? Je crus que Charlot était une espèce de copain à lui, un frangin ou un beau-frère de la main gauche, et toute la nuit il nous fit bien rigoler avec ses histoires.

À partir de cette nuit-là et de huit en quinze jours, chaque fournée de permissionnaires nous ramenait de nouvelles histoires de Charlot et, nous autres, pauvres bougres qui attendions toujours notre tour de partir en perme, nous nous faisions drôlement enguirlander quand nous posions des questions pour savoir ce qu'il y avait de neuf à Paris.

« Non, mais des fois, t'as besoin de savoir Paname ? R'gardez-le donc, c'salé, qui n'a pas vu Charlot ! La ferme, hein ?... »

Nous nous taisions.

Tout le front ne parlait que de Charlot. À la roulante, au ravitaillement, à la corvée d'eau ou de pinard, le téléphoniste au bout du fil, la liaison du P.C., le vaguemestre qui apportait les babillardes, et jusqu'à ces babillardes elles-mêmes, d'un copain à l'hosto ou d'une marraine de guerre distinguée, ne nous parlaient que de Charlot.

Qui ça, Charlot ? J'en restais rêveur. J'aurais bien voulu connaître ce nouveau poilu qui faisait se gondoler le front.

Charlot, Charlot, Charlot. Charlot dans toutes les cagnas et, la nuit, l'on entendait rire jusqu'au fond des sapes. À gauche et à droite, et sur toute la ligne de feu, on se trémoussait. Charlot, Charlot, Charlot.

La ligne d'en face, en revanche, restait dure. En dressant l'oreille, nous entendions de notre petit poste avancé le *Wer da ?* des sentinelles allemandes. Charlot était français.

Un jour, ce fut enfin mon tour d'aller en permission. J'arrivai à Paris. Quelle émotion en sortant de la garde du Nord, en sentant le bon pavé de bois sous mes godillots et en voyant pour la première fois depuis le début de la guerre des maisons pas trop chahutées. Après avoir salué la tour Eiffel, je me précipitai dans un petit cinéma de la place Pigalle.

Je vis Charlot.

Charlot, c'était lui... Non, pas possible... Charlot,

c'était lui... En tout cas, j'ai bien cru le reconnaître sous le maquillage... lui... un pauvre petit Juif qui venait souvent Kensington Road boire le thé dans notre chambre d'étudiant en fin de journée et qui, le soir, recevait des coups de pied au cul, un clown parmi d'autres clowns, dans un brillant music-hall où Lucien Kra, le futur éditeur des surréalistes, triomphait comme champion du monde de diabolo et où, moi-même, je jonglais des deux mains car, alors, j'avais encore mes deux mains... C'était vers 1909, je crois, au London-Pavillon, si je ne me trompe pas... J'avais d'abord pris Charlot pour un autre, mon ami Joseph Perlberg, qui lui ressemblait beaucoup, comme moi étudiant en médecine, avec qui je lisais Schopenhauer dans la journée, un sioniste, aujourd'hui maire de la Sedjérah près Nazareth, alors que je suis devenu le poète Blaise Cendrars, que Lucien Kra est mort en déportation en Allemagne en 1943 et que le petit Juif qui venait souvent boire le thé dans notre chambre à Londres est devenu le grand, l'immortel Charlie Chaplin.

Charlot !

Quelle soirée !

Je riais aux larmes.

Je crois bien que l'on donnait *Charlot au Caf'conc'*, un film cocasse où Charlot tient simultanément deux rôles, celui d'un ouvrier pochard au poulailler et celui d'un jeune baron en ribote au premier rang des fauteuils d'orchestre, et qui charrie les musiciens et leur fait des niches, les instrumentistes faisant corps avec leur instrument, de véritables caricatures vivantes comme seul E.T.A. Hoffmann avait su en typer jusqu'à ce jour. Je riais comme quatre…

« Hé ! soldat, on ne rit pas comme ça, c'est la guerre ! » me dit en me frappant sur l'épaule un digne monsieur de l'arrière.

Je me retournai pour lui envoyer mon poing en pleine figure.

Dieu ! quelle bagarre !…

Et je terminai ma nuit de permission au commissariat de Pigalle.

II

Le plus drôle c'est que, depuis cette fabuleuse rencontre de ma jeunesse, je n'ai jamais revu Charlot en chair et en os.

En 1936, étant de passage à Hollywood, je pensais avoir l'occasion d'aller lui rendre hommage et je m'en réjouissais. Mais Charlot, qui venait de terminer *Les Temps modernes*, son premier parlant, ne voulut pas me recevoir parce que, me fit-il dire : « … avant la représentation de mon film, je me sens comme sur la chaise électrique et, après la représentation, le courant continue à me chatouiller désagréablement à l'épigastre… » Il était dans un tel état nerveux que je n'ai pas insisté.

C'est, d'ailleurs, un grand nerveux.

Il est gaucher et on se l'imagine bègue. À l'écran, je n'ai jamais entendu sa voix qu'une seule fois, justement dans *Les Temps modernes*, où son comportement, sa virtuosité ailée sur les patins à roulettes et sa façon hystérique de débiter la rengaine de *Je cherche après Titine* me faisaient penser à un personnage de Chagall, le *Violoneux sur le toit*, un être chimérique, poétique, acrobatique, instable, déséquilibré, insaisissable, en voie de lévitation, tel que Chagall l'a peint souvent avec nostalgie et qui sert de leitmotiv au peintre chaque fois qu'il évoque son enfance et le ghetto de Vitebsk.

Charlot n'a rien d'un Anglais. Il est beaucoup plus proche de Tchekhov que de Dickens. Seul un solide Normand comme Fernand Léger a su faire son portrait. Et encore, il l'a construit. C'est un aplat, sur une feuille de contreplaqué. Il l'a fait découper à la scie et monter avec des ficelles aux jointures. On tire et il s'agite comme un polichinelle de bazar. Je me demande pourquoi le Charlot de Léger ne figure pas au musée des Beaux-Arts de Los Angeles. J'aurais voulu lui voir ajouter un dispositif, fil ou ruban sonore, qui permettrait d'entendre sa voix, mais, à la réflexion, je crois que Léger a eu raison. Le véritable prodige de Charlot, c'est qu'il soit muet. Et c'est bien par là qu'il est le roi des comédiens de tous les temps et beaucoup plus grand que Molière. En quelque quarante ans il a tourné près de quatre-vingts films sans parler, nous faisant mourir de rire, ébranlant le monde avec rien. Un mime. Et cela ne s'était pas vu depuis l'Antiquité. D'où son prestige.

On ne peut douter d'une époque qui a produit un tel génie. Il n'en restera rien. Rien que la Gloire. C'est gratuit. La pellicule est une matière essentiellement destructible qui sert de support à l'actualité. Il n'y a pas de lendemain. C'est notre grandeur et notre destin. Le XXe siècle, le plus héroïque, le plus pathétique de tous les siècles, mais aussi le plus conscient. Tant pis et tant mieux. Le propre de l'homme, c'est de disparaître. Hâtons-nous de rire de tout. Merci, Charlot !...

III

Comme tout monarque, Charlot, le roi du muet, avait son sosie et, celui-ci, je l'ai beaucoup connu. Il s'appelait Benjamin Nouvel-An[3] et était le propriétaire d'une salle de cinéma, proche de la gare de Lyon, où, de 1916 à 1930, j'ai vu défiler à peu près tous les films de Charlot.

C'était un ancien bouillon, un local en bois qui ressemblait à l'intérieur d'une grande caisse à piano et qui en avait la résonance quand Charlot y déclenchait le fou rire. Le public qui riait si fort, avec un bruit de locomotive entrant en gare, se composait presque exclusivement de cheminots en vadrouille et de filles en cheveux. On trinquait avec tout le monde. Une consommation donnait droit à un numéro du programme et il fallait en prendre plusieurs pour pouvoir voir le programme jusqu'au bout. On y donnait toujours des documentaires et des actualités qu'on ne voyait dans aucune autre salle de Paris. Les films de Charlot passant en extra, il fallait prendre une double consommation supplémentaire pour pouvoir y assister en fin de séance. Pour moi, c'était toujours deux cerises à l'eau-de-vie. Ah ! si Charlot l'avait su, il serait venu trinquer avec nous tous pour applaudir avec les cheminots délirants au triomphe de son sosie, M. Nouvel-An, le directeur de ce cinéma-bistro unique en son genre.

J'aimais beaucoup l'homme. Les jours de matinée, je l'invitais souvent à déjeuner. À la ville, c'était un personnage triste, taciturne, à l'œil fixe, à l'œil d'oiseau, de vautour, un grand type dégingandé qui buvait sans rien dire ; mais chez lui il était déchaîné : jonglant avec cinquante instruments de musique dont il jouait de tous à la fois, il faisait un vacarme, un tintamarre réjouissants. Dans ses imitations des bruits, c'était un véritable virtuose, c'est pourquoi son programme se composait de films d'actualités et de films documentaires qu'il choisissait lui-même, ce qui lui permettait de donner libre cours à son talent et à sa fantaisie. Il faisait le vent, la pluie, le clair de lune, la nuit, l'orage, la tempête, le bruit des machines, le télescopage d'un train en marche, le ronflement d'un moteur d'avion, le brouhaha de la foule dans la rue, la sortie du métro, l'incendie, la sirène, tous les animaux, mâles et femelles, tous les oiseaux à volonté, la mer ou l'océan, et imitait comme pas un le téléphone, sa sonnerie, sa friture, son dialogue coupé ou une bataille de revolvers.

Pour les films de Charlot, il improvisait des sketches vertigineux et irrésistibles. Sa voix imitait toutes les contorsions, toutes les acrobaties de Charlot et de ses comparses, et dans les moments pathétiques, quand l'action marquait un temps d'arrêt pour laisser apparaître en gros plan sur l'écran la face consternée de Charlot, figé, hébété, foudroyé, avec le sourire si triste, à retardement, désarmé qu'il a devant les méchancetés du sort, quand il est désemparé, qu'il tombe de son haut, que la vie lui a rogné les ailes, M. Nouvel-An trouvait des mots d'un drôle qui vous tiraient les larmes et vous faisaient palpiter d'émotion. Le petit chapeau, le large pantalon, la petite canne, la fuite, la chute, les glissades, l'équilibre instable, la soif, la faim, l'amour, chacune des particularités de Charlot avait sa voix propre, son intonation spéciale, son accent et son timbre. Il y avait des grimaces, des gifles, des coups, d'affreux retours sur soi-même, un étonnement angélique dans les intonations que M. Nouvel-An savait prendre ; sa voix arrivait même à rendre la démarche, les pieds en dehors, les godasses inénarrables de Charlot.

Son chef-d'œuvre était le sketch qu'il brodait sur *Charlot noctambule* où, sans aucune parole, sans aucune phrase, sans un seul commentaire, rien qu'avec des bruits, le grincement de la serrure quand il y introduisait la clé, le tic-tac de l'horloge, le glissement des tapis, le craquement des meubles, le bris de la vaisselle, la chute d'un objet, la désarticulation de l'escalier, des hoquets, des frôlements, des soupirs, l'écho des pas furtifs et une soudaine galopade, il arrivait à vous faire partager le détraquement mortel, le désespoir, l'impuissance, la terreur de l'ivrogne. Il est vrai que ce petit bout de film, où il ne se passe rien d'autre que le retour d'un pochard chez lui et les difficultés qu'il éprouve pour ouvrir sa porte et monter les escaliers, entrer dans sa chambre, se coucher, rester tranquille, et que Charlot joue tout seul, tenant le public en haleine durant une bonne demi-heure, est le chef-d'œuvre de Charlie Chaplin. Il n'est jamais allé plus loin dans le dédoublement de son propre personnage. C'est un cas unique de morbidesse psychologique. Un pur acte gratuit. De l'autopunition.

Charlot à l'affût de lui-même se singe. C'est aussi puissant que *Le Horla* de Maupassant. Et cela fait peur. Et cela fait rire, mais d'un rire nerveux, angoissé, malade, que M. Nouvel-An soutenait jusqu'au malaise.

M. Nouvel-An aura été le précurseur, je dirai même l'inventeur véritable du cinéma parlant et du film sonore. Il est mort l'autre année, et comme Benjamin n'avait pas de famille, j'ai été le seul à suivre son enterrement. À Bagneux. Dans la fosse commune. C'est tout dire pour un amuseur de foules.

IV

Le franchissement du mur du son n'est pas une tragédie réservée aux seuls aviateurs, pilotes des bolides supersoniques d'aujourd'hui ; les plus grandes vedettes de l'écran d'argent ont dû franchir ce mauvais pas qui menait du muet au parlant et plus d'un créateur y a laissé sa gloire sinon sa peau quand, vers 1930, le cinéma s'est résolument engagé dans cette voie dangereuse : un costaud comme Douglas Fairbanks, une frêle et délicieuse créature comme Lilian Gish, Rio Jim, qui a immédiatement renoncé pour aller vivre sur son ranch, solitaire et oublié, et des dizaines et des dizaines d'autres dont on ne parle plus, des comédies de Mack Sennett aux épopées de Griffith.

Après *Charlot soldat, Une vie de chien, The Kid, Les Lumières de la ville, La Ruée vers l'or,* après dix ans d'hésitation, contraint et forcé par les progrès de la technique, Charlie Chaplin s'est trouvé dans l'obligation d'ouvrir la bouche pour la première fois dans son film *Les Temps modernes* ; et cela a donné lieu, comme je l'ai dit, à la récréation d'une vieille rengaine 1900 (comme Stravinsky avait fourré *Elle avait une jambe de bois* dans la musique de *Petrouchka) Titine,* une plainte, une complainte ahurissante, débitée inconsciemment comme une idiotie et, malgré ses notes gaies, comportant une malédiction informulée, absolument aux antipodes de la Belle Époque et de son insouciance de vivre, la condamnation de l'homme moderne, une chose sans nom, qui ne s'avoue pas et que chacun subit : le progrès avance à reculons, apophtegme que Charlot interprétait avec fugue et virtuosité sur ses patins à roulettes, d'où ses élans et ses retraits inconsidérés qui l'entraînaient si loin.

Je ne doute pas un instant que dans son prochain film, *Limelight,* dont il est le principal interprète, l'auteur, le scénariste, le parolier, dont il a écrit les dialogues et la musique, Charlot n'aille plus loin encore et jusqu'aux dernières limites du rire, de la gratuité et de la folie, là où l'on redécouvre le silence, et que tout le cinéma derrière lui ne redécouvre dans un proche avenir le SILENCE comme à ses débuts, quand le muet était une métaphysique en noir et blanc, agissante, sobre et non pas de la propagande vide de sens, sonore et en couleurs, comme il l'est devenu depuis.

L'art ne se paie pas de mots.

1952

JE MONTE À PARIS POUR LE LANCEMENT DE *BOURLINGUER*

(Printemps 1948)

À Julie du Tremblay[1]

1

L'on ne pénètre pas à Paris en coup de vent ou comme un couteau dans un gâteau.

2

Mes impressions de Paris ?

Les femmes m'ont paru bien belles ce printemps, mais je ne saurais dire comment elles sont habillées ! Je n'ai pas eu le temps de les détailler... Quelle impolitesse de ma part !... Je n'ai pas eu le temps de flâner ni de bavarder.

3

Disques enregistrés (poésie et roman) qui vont être mis dans le commerce, émissions à la radio, interviews avec ou sans photographes, en particulier ou à plusieurs, cocktail-rodéo chez mon éditeur, signatures chez un grand libraire, dîners, déjeuners, séjour-éclair chronométré, minuté, je ne m'appartenais plus, et chez moi, à Villefranche-sur-Mer, un grand malade attendait mon retour avec impatience[2], tout comme ma machine à écrire, mon travail et un grand parc abandonné de ma présence, sans laquelle ce parc n'a plus aucune raison d'être, pas plus que ma machine à écrire, mon travail, mon chien, Raymone, et hors du cercle desquels je ne saurais dorénavant vivre.

4

Ma plus forte impression ?

L'extraordinaire gentillesse des gens de Paris quand on sort comme moi de sa province, en exil volontaire en Provence depuis juin 1940...

5

Ma plus grande émotion ?

Ça a été de me trouver pour la première fois de ma vie en contact avec mes lecteurs chez ce libraire où, durant des heures et des heures, je signais, signais des exemplaires. La queue s'allongeait, et défilaient, de l'autre côté de la table, des gens qui, d'après leurs noms inscrits sur un carré de papier ou leur carte de visite, appartenaient à tous les milieux.

Il n'y avait pas seulement des bibliophiles ou

des collectionneurs, ou des amis peintres, ou des artistes plus ou moins célèbres, ou des curieux, mais aussi des jeunes poètes que je ne connaissais pas, des jeunes écrivains, beaucoup d'étudiants, des gens de banlieue, tel ou tel « lecteur inconnu » avec qui j'avais été en correspondance, et jusqu'à des touristes de passage, devait m'apprendre le *Daily Mail* du lendemain et, à ma grande confusion, une femme avec son enfant dans les bras, une autre avec trois flûtes de pain dans son filet à provisions.

Malheureusement, les lunettes mêmes que j'étais obligé d'arborer pour écrire toutes ces dédicaces m'empêchaient de plonger mes yeux dans tous ces visages et je ne pouvais pas m'entretenir avec un chacun comme je l'aurais voulu, la queue se prolongeant d'amis perdus de vue depuis vingt ans, d'amis de rencontre, d'amis que je croyais être de l'autre côté du monde et qui, comme moi, étaient de passage à Paris, de camarades de cette et de l'autre guerre et, chose émouvante au possible, de nombreuses jeunes femmes et de nombreux jeunes hommes, qui me présentaient qui son jeune mari, qui sa jeune épouse, et qui étaient tous des enfants que j'avais vus naître et pas grandir.

J'ai l'impression que l'on se marie très tôt à Paris.

Ces jeunes gens ont bien raison.

L'amour, la vie, c'est plus fort que tout.

6

La question que l'on m'a le plus souvent posée était de savoir si je trouvais Paris triste ?

Certes, Paris n'est plus le *Gay Paris*, mais Paris est beaucoup moins triste que la province. D'ailleurs, toute la France est triste, ce printemps. Et comment en serait-il autrement après la longue souillure subie ? Moi-même, dans ma solitude du bord de la mer, je ne suis pas gai et malgré mon travail je n'oublie rien. On ne peut pas oublier. L'oubli de l'offense intime est la plus lente des convalescences.

Ce printemps pluvieux de 1948 est symbolique. Mais il ne tombe pas que de l'eau du ciel. Il tombe des larmes. Et les larmes lavent à la longue. Le sourire naît des larmes. La France que j'ai traversée aller et retour en rapide était trempée. Elle était belle, plus belle et tendre que jamais. Les moissons paraissaient prometteuses. J'ai bon espoir. Je pense aux paysans, à tous ceux qui travaillent et non pas aux politiciens qui, dans tous les pays du monde, sèment le vent pour récolter la tempête.

Juin 1948

PAUVRES RASTIGNACS

À Robert Kanters

Que dire à ces jeunes gens qui font leur valise pour venir en septembre, comme chaque année, conquérir Paris, sinon de se dépêcher et de faire vite. Ils seront enchantés et émerveillés.

En 1907, j'avais vingt ans ; aujourd'hui, j'en ai soixante-cinq. Et quand je pense aux autres jeunes gens de mon âge que je rencontrais alors au *Café Fleurus*, j'ai peine à imaginer ce qu'ils sont devenus et je ne me souviens plus ni de leur tête ni de leur nom.

On publiait des petites revues littéraires qui se vendaient sous les galeries de l'Odéon : *La Foire aux chimères, La Corne d'abondance, La Forge, Les Actes des poètes,* et tout le monde participait à un mouvement d'esthétique, *L'Action d'art,* et tout le monde rédigeait des manifestes qui devaient éclater dans le Paris de la bande à Bonnot comme des bombes (nous étions tous plus ou moins anarchistes[1]), « des bombes de beauté », – alors je me suis détaché du groupe et je suis reparti d'où je venais, de l'autre côté du monde, au cinq cents diables... car, déjà, j'avais manipulé des bombes en Russie.

C'est André Colomer, dont on a reparlé au moment de l'affaire de Philippe Daudet, qui dirigeait *La Foire aux chimères* ; c'est son frère, René Dessambre, un génial poète qui écrivait des poèmes qui n'en finissaient pas, des espèces de poèmes hindous où il se noyait dans le panthéisme, qui dirigeait *Les Actes des poètes*, en collaboration avec Stanislas Fumet, le fils du musicien des *Cyclopes*, des *Titans*, un gamin enthousiaste, mais un rien autoritaire, ce qui était ridicule à son âge, il n'avait pas seize ans ; c'est Louis Jouvet, alors étudiant en pharmacie, qui était la cheville ouvrière de *L'Action d'art* ; François Porché, un peu en dehors, faisait aussi partie de ces jeunes gens qui fréquentaient *Le Fleurus* et, quand je rencontre André Thérive[2], le virulent critique, je me dis que j'ai dû le voir déjà à cette époque-là et dans ce milieu-là, à moins que je ne me trompe, mais sa tête me dit quelque chose et me rappelle ces jours anciens. Quant à tous les autres, pechère ! je n'en sais rien, je ne sais pas ce qu'ils sont devenus, nous étions plus de trois cents, probablement qu'ils ont été étouffés par la politique, le mariage, le négoce, l'argent, les affaires, etc., bref, la vie, ou sont tous morts à la guerre en 14 et en 39... Quant aux femmes, qui étaient tout aussi nombreuses et qui elles aussi étaient venues conquérir Paris, je ne me souviens que de trois ou quatre, Jeanne-la-Folle, Blanche de l'Odéon, Etelka, Sisiffe, aucune d'elles n'est devenue célèbre, pas plus parmi les bas-bleus que parmi les étoiles de cinéma ou les étoiles à matelas...

En somme, moi-même, je n'existais pas à l'époque et l'on ne me trouvera dans aucun sommaire ou manifeste puisque je n'avais pas encore trouvé mon pseudonyme : BLAISE CENDRARS.

1952

LE ROMAN
QUE JE N'ÉCRIRAI JAMAIS

À Henri et à Hélène Hoppenot[1]

Le roman que je n'écrirai jamais ?...

Comment le savoir ?

Il ne faut jurer de rien.

Depuis mes débuts, j'annonce trente-trois volumes en préparation. Déjà j'en ai publié plus de quarante à ce jour et, néanmoins, sur la feuille de garde de mon prochain bouquin figurera encore cette mention de trente-trois ouvrages en préparation, le nombre 33 étant le chiffre clef de l'activité et de la vie.

Je pourrais donner des titres. À quoi bon, j'en oublie et j'en invente tous les jours, de même que tous les jours je mène un roman à bout et en amorce mille autres qui m'obsèdent durant des années et prolifèrent dans tous les sens ou se dégonflent et crèvent sur le coup et se vident de toute substance... N'est-ce pas ce qu'entendait Balzac en qualifiant de *congestion de lumière*, plutôt que de paresse, d'enflure ou de paralysie ce grouillement de larves et d'avortons qui ne voient jamais le jour et qui peuvent saccager le cerveau de l'écrivain comme le cancer.

C'est surtout à propos de Balzac que je m'étonne,

maintenant que le beau joujou de la psychanalyse est sorti de la nursery pour devenir un outil de la prospection, une espèce de sonde perfectionnée qui opère à grande profondeur et est à la veille d'enregistrer automatiquement ses découvertes, des vues abyssales à nous donner le frisson, tout un continent englouti, je m'étonne aujourd'hui qu'aucun érudit ou fin lettré n'ait encore eu l'idée de dresser l'inventaire de tous les projets des livres avortés dont Balzac parle et qui pullulent dans sa correspondance.

Un tel inventaire, un catalogue méthodique et raisonné, un atlas, un panorama qui pourrait s'étendre à l'ensemble des auteurs contemporains et que j'intitulerais volontiers *Manuel de la Bibliographie des livres jamais publiés ni même écrits* ouvrirait des horizons nouveaux sur la chose littéraire en fixant pour chaque auteur « ses » thèmes interdits et, plus particulièrement pour Balzac, les deux, trois grands sujets qu'il n'a jamais pu aborder sans que son génie vienne s'y fracasser, s'échouer, se perdre. (Exemple : *La Bataille*, dont Balzac n'a jamais écrit qu'une ligne ; *Les Paysans*, livre qu'il a recommencé une dizaine de fois et dont le gros volume publié est raté, etc.)

Pour revenir à mon cas personnel, la liste des trente-trois volumes en préparation que j'annonce depuis plus de quarante ans n'est ni exclusive, ni limitative, ni prohibitive, le nombre 33 étant le chiffre clef de l'activité et de la vie. Ce n'est donc point une liste noire. Si elle comporte un index, ce n'est pas une mise à l'index. Elle ne comporte pas non plus que les titres des romans que je n'écrirai jamais. L'autre jour, j'ai eu la surprise d'y découvrir *La Main coupée*, ouvrage que je n'ai publié qu'en 1948 et qui y figurait depuis 1919. Je l'avais complètement oublié ! Y figurent également des romans que je vais reprendre et qui paraîtront dans les années qui viennent.

Y figurent encore les dix volumes de *Notre pain quotidien* qui sont écrits, que je n'ai pas signés, mais que j'ai consignés par hasard, au fur et à mesure de mes pérégrinations, dans les coffres-forts de banques en Amérique du Sud et que, si Dieu le veut, on découvrira un jour. (J'ai tout mis en jeu pour assurer leur conservation matérielle.) Y figure encore un lot de poèmes auxquels je tiens plus qu'à la prunelle de mes yeux et que je ne me décide pas à publier, ni par timidité ni par orgueil, mais par amour... Et puis il y a ceux qui étaient écrits, tout prêts pour l'édition et que j'ai brûlés au grand dam de mes éditeurs (par exemple : *La Vie et la Mort du Soldat inconnu*, 5 vol.). Enfin, il y a les bâtards, les larves et les avortons que je n'écrirai probablement jamais.

Lesquels sont-ils ?

Comment les désigner ?

Loin de reculer d'horreur, quand je me penche sur ce grouillement intérieur, j'y puise des forces pour de nouvelles et toujours nouvelles créations. 33 est le chiffre clef de la création et de la vie. Une pile atomique. Appelons-la provisoirement et en en escomptant les résultats d'avance, comme pour l'autre, la pile Zoé : Zoé 33.

P.-S. – En dernière analyse, *le roman que je n'écrirai jamais* est, je le crains fort et comme chaque fois que je suis en transes, justement celui que je suis en train d'écrire, en l'espèce un livre sur la Légion, dont le sujet est une femme à la Légion et que je n'intitulerai pas *Notre-Dame de la Légion*, mais *Emmène-moi au bout du monde !...*[2] car c'est un roman d'amour. De la bagarre ? Bien sûr, mais entre moi et ma machine à écrire.

1951

NOTE POUR ANDRÉ ROUVEYRE SUR LES DANGERS D'UNE NOUVELLE MYTHOLOGIE MODERNE : LA LIGUE DES *VEUVES ABUSIVES*

À la mémoire de De Monzie[1]

En 1947, l'éditeur suisse Pierre Cailler, à Vezenas, près de Genève, publiait un recueil de poèmes : *Ombre de mon amour,* poèmes adressés par l'auteur à son inspiratrice « Lou ». Peut-être qu'André Rouveyre[2], qui semble bien avoir été le seul confident de l'« Enchanteur pourrissant » à l'époque, pourrait-il expliquer comment le chaste et bouleversant poème à force de timidité de Max Jacob, qui avoue en riant jaune un amour dont il n'ose dire le nom, a pu tomber entre les mains d'Apollinaire et servir de prétexte à l'in-12 intégral de Pierre Cailler (avec documents et dessins inédits et un portrait d'Apollinaire par Picasso) et dont plusieurs autres tirages ont été publiés ultérieurement, amputés de certains vers jugés trop libres, et lui prêter jusqu'à son titre ?...

Dans les *Poèmes à Lou,* reproduction en facsimilé des LXXVI poèmes adressés par le poète-soldat à la comtesse de Coligny-Châtillon (Pierre Cailler, Genève, 1955), on peut lire dans l'achevé d'imprimer de cette édition le paragraphe suivant : ... *Dans l'esprit de l'éditeur, elle doit remplacer l'édition trop fautive des poèmes, parue en 1947, sous le titre fantaisiste* Ombre de mon amour, *qu'Apollinaire n'avait jamais indiqué...*

Néanmoins, en date du *31 mars 1955*, on peut trouver dans l'édition en fac-similé des *Lettres à Lou*, grande édition fastueuse, tout à l'honneur de l'éditeur genevois Pierre Cailler, mais édition monumentale détruite à la suite d'un arrangement intervenu entre les différentes personnes intéressées à la non-publication de cette correspondance amoureuse et littéraire, véritable coup de force des *Veuves abusives*, première manifestation collective d'une Ligue mythologique moderne groupant la diabolique maîtresse, l'épouse légitime, la petite fiancée délaissée et des dizaines d'autres, des neutres, que je connais bien, sans rien dire de Mme de B... qui initia Guillaume à l'opium, ni prononcer le nom de Marie Laurencin[3] qui posa jusqu'au dernier jour, absolument sans pudeur, mais se couvrant de ridicule aux yeux des amis du poète, on peut lire de la même main d'Apollinaire une première esquisse intitulée *Ombre de mon amour*. C'est une ébauche. C'est le début avorté d'une correspondance entreprise à l'instigation des *Lettres à l'Amazone* de Remy de Gourmont, son maître et son patron.

Guillaume Apollinaire n'avait pas le respect de la poésie de ses amis qu'il foulait volontiers aux pieds, surtout devant les femmes qu'il désirait émerveiller et séduire. Le « Mal-Aimé » était coutumier du fait. Honni soit qui mal y pense !

DOSSIER

Chronologie

Pour plus de détails, voir la « Chronologie » publiée en tête des *Œuvres autobiographiques complètes* de Blaise Cendrars, Gallimard, Bibliothèque de la Pléiade, t. I, 2013, p. LIII-XCVI.

1887. Le *1er septembre*, naissance de Frédéric Louis Sauser (le futur Blaise Cendrars), à La Chaux-de-Fonds (Suisse), troisième enfant d'une famille bourgeoise d'origine bernoise mais francophone. Georges Sauser, le père, est un homme d'affaires instable et malchanceux ; Marie-Louise Dorner, la mère, sujette à la neurasthénie, s'occupera peu de son cadet qu'on appelle Freddy. Son frère aîné deviendra un éminent juriste suisse sous le nom de Georges Sauser-Hall (1884-1966).

1894-1896. Séjour de la famille à Naples.

1897-1899. Retour de la famille à Neuchâtel puis à Bâle. Pensionnat en Allemagne puis gymnase à Bâle.

1902-1903. Études médiocres à l'École de commerce de Neuchâtel.

1904. En *septembre*, ses mauvais résultats scolaires font envoyer Freddy en apprentissage en Russie, d'abord à Moscou puis, en janvier 1905, à Saint-Pétersbourg, chez un compatriote, l'horloger Henri Albert Leuba. Il s'y trouve lors du « Dimanche rouge », le 9 janvier, un massacre à l'origine de la révolution de 1905.

De ce séjour de plus de deux ans et demi il datera son « apprentissage en Poésie ». Vers la fin, il se lie avec une jeune fille russe, Hélène.

1907. En *avril*, retour à Neuchâtel. Correspondance avec Hélène dont il apprend qu'elle est morte le *11 juin*, victime de brûlures, à Saint-Pétersbourg.

1908. Le *12 février*, mort de sa mère. Ces deux morts si rapprochées le bouleversent.

1909. Auditeur libre à l'université de Berne où il mène des études dispersées (médecine, littérature, musique). Lectures boulimiques (philosophie, histoire des sciences, patrologie latine...). Premiers essais d'écriture, sous l'influence de Baudelaire, Verlaine, Rilke et du symbolisme européen finissant (Dehmel, Przybyszewski, Spitteler, Gourmont).

Rencontre à l'université d'une jeune étudiante polonaise, Félicie (Féla) Poznanska, qui deviendra sa femme et la mère de ses trois enfants. Remariage de son père.

Il apprend la publication à Moscou, en russe, de *La Légende de Novgorode*, plaquette qu'il fera toujours figurer en tête de sa bibliographie et considérée comme perdue. L'exemplaire découvert à Sofia, en 1995, s'est révélé être un faux.

1910. Période de vie bohème aux nombreux déplacements mal connus.

Séjour en Belgique (Bruxelles, La Panne), puis, à la fin de l'année, à Paris jusqu'en *avril 1911*.

1911. En *avril*, départ brusque pour Saint-Pétersbourg, dans la famille d'Hélène. Été solitaire à Strelna, au bord de la mer, où il commence *Aléa*, un roman autobiographique.

Féla l'invite à la rejoindre à New York. Le *21 novembre*, il s'embarque sur le *Birma* à Libau (actuelle Liepaja en Lettonie) et tient un Journal de bord : *Mon voyage en Amérique*, révélé en 1969.

1912. À New York, dont le mercantilisme le rebute, il écrit (ou plutôt ébauche) *Les Pâques*, son « premier poème » qu'il signe d'un pseudonyme, Blaise

Cendrart, puis Cendrars, qui fait allusion au mythe du phénix.

En *juin*, retour à Paris. Il fonde la revue et les Éditions des Hommes nouveaux où, en *novembre*, paraît *Les Pâques*, qu'il envoie à Apollinaire. Sympathies anarchistes.

1913. Cendrars fréquente désormais les milieux d'avant-garde : Apollinaire (et *Les Soirées de Paris*) et les peintres (les Delaunay, Chagall, Léger, Picasso, Kisling...).

Juin : *Séquences*, recueil de poèmes d'influence symboliste qu'il exclura de ses poésies complètes.

Novembre : publication de la *Prose du Transsibérien et de la petite Jehanne de France*. Ce poème-tableau sous forme de dépliant, illustré par les compositions simultanées de Sonia Delaunay, fait date dans l'histoire du livre. Ses *Poèmes élastiques* commencent à paraître en revues. Il écrit *Le Panama ou les Aventures de mes sept oncles*. La figure de Moravagine, son double démoniaque, commence à le hanter.

1914. Jusqu'à la guerre, activités foisonnantes (poèmes, traductions, essais, collaborations avec Apollinaire...). Polémiques sur l'usage du mot « simultané » avec le poète Henri-Martin Barzun.

7 avril : naissance de son fils Odilon.

2 août : l'Allemagne déclare la guerre à la France. Avec l'écrivain italien Ricciotto Canudo et d'autres artistes, Cendrars signe un Appel aux étrangers résidant en France les invitant à s'engager volontaires avec eux dans l'armée française. Ce qu'il fait le *3 août*. Une année au front (Somme, Champagne...), sur laquelle il écrira souvent (*J'ai tué*, *La Main coupée*...). Le *16 septembre*, en permission à Paris, il épouse Féla.

1915. Jusqu'en *mars*, tranchées à Frise puis secteur de Tilloloy (Somme).

Le *15 juillet* : au cours d'une permission, il découvre avec passion les films de Charlot. De *juillet* à *septembre*, dans les Vosges.

27 septembre : mort de Remy de Gourmont, son « maître » en écriture.

28 septembre : il est grièvement blessé devant la ferme Navarin, secteur de Souain, au cours de la grande offensive de Champagne. Amputation du bras droit, au-dessus du coude.

1916. *16 février* : naturalisé français. Seconde opération du bras le *20 février*.

9 avril : naissance de Rémy, son second fils.

Il rencontre Eugenia Errázuriz, grande dame chilienne qui devient son amie et mécène. Elle le recevra souvent à Biarritz, de même que Picasso et Stravinsky.

Décembre : *La Guerre au Luxembourg*, poème avec six dessins de Kisling (chez Dan. Niestlé).

1917. Hiver à Cannes où il travaille aux aventures de Moravagine puis retour à Paris, où il retrouve Apollinaire au Café de Flore.

Au cours de l'été qu'il passe à Méréville (Seine-et-Oise), Cendrars découvre et explore son identité nouvelle de gaucher. C'est un tournant décisif et un renouveau créateur dont témoignent *L'Eubage*, un récit commandé par le couturier-mécène Jacques Doucet, et *Les Armoires chinoises* (récit initiatique gardé secret). Il entreprend *La Fin du monde*, un « grand roman martien », d'où sortiront *Profond aujourd'hui, La Fin du monde filmée par l'ange N.-D.*, écrit la nuit du *1er septembre*, et *Moravagine*. Première ébauche de *Dan Yack*.

À l'automne, le financier Paul Laffitte l'appelle comme conseiller littéraire aux Éditions de La Sirène qu'il vient de fonder. Il y travaillera jusqu'en 1919 et s'y lie avec Jean Cocteau.

26 octobre : il rencontre à Paris une jeune comédienne, Raymone Duchâteau (1896–1986), à laquelle un amour idéalisé va le lier jusqu'à sa mort.

1918. Hiver à Nice où il travaille à *Moravagine*. Revenu à Paris, il se consacre à l'édition.

Juin : *Le Panama ou les Aventures de mes sept oncles* à La Sirène (couverture de Dufy).
À Nice, au cours de l'été, il tourne comme figurant dans *J'accuse* d'Abel Gance.
8 novembre : *J'ai tué* avec cinq dessins de Fernand Léger (à La Belle Édition).
9 novembre : mort d'Apollinaire.

1919. De *mai* à *juillet*, il publie « Modernités », une série d'articles sur les peintres, dans la revue *La Rose rouge*.
Juillet : *Du monde entier* réunit ses trois grands poèmes à la NRF. *Août* : *Dix-neuf poèmes élastiques* (Au Sans Pareil). *Octobre* : *La Fin du monde filmée par l'ange N.-D.*, avec des compositions de Léger (La Sirène).
Il prend ses distances avec les milieux littéraires d'avant-garde (Dada puis surréalisme).
23 décembre : naissance de sa fille Miriam. Il s'éloigne peu à peu de sa famille pour vivre seul.

1920. Il se détourne de l'édition et de la littérature pour le cinéma. Tout au long de l'année, il est l'assistant d'Abel Gance pour le tournage de *La Roue* à Nice et au Mont-Blanc.

1921. *Juin* : *Anthologie nègre* (La Sirène), compilation de contes africains. Première du genre, elle fait date.
Au cours de l'été, il tourne *La Vénus noire* dans les studios de Rome, mal reçu à sa sortie en Italie, début 1923. Cet échec met un terme à sa carrière de cinéaste mais non à ses projets qui resteront sans suite. Le scénario du film est publié sous le titre *La Perle fiévreuse* dans la revue *Signaux de France et de Belgique*.

1922. De *février* à *décembre* : *Moganni Nameh* (version remaniée d'*Aléa*) paraît en feuilleton dans la revue *Les Feuilles libres*.
Au Salon d'automne il rencontre pour la première fois Le Corbusier, né comme lui à La Chaux-de-Fonds en 1887.

1923. *25 octobre* : au Théâtre des Champs-Élysées, les Ballets suédois de Rolf de Maré présentent *La Création du monde*, argument de Cendrars tiré de l'*Anthologie nègre*, musique de Darius Milhaud, décors et costumes de Léger.

Il fait la connaissance de Paulo Prado, homme d'affaires et écrivain brésilien, qui l'invite dans son pays.

1924. Le *12 janvier*, embarquement sur le *Formose* pour le Brésil. Ce départ marque une rupture avec les milieux de l'avant-garde parisienne. Cendrars va découvrir son « Utopialand ».

Amitiés avec les modernistes de São Paulo : Tarsila do Amaral, Oswald de Andrade, Mário de Andrade. D'une visite à la *fazenda* du Morro Azul, qui lui inspirera « La Tour Eiffel sidérale » en 1949, il date son « apprentissage de romancier ».

Parution de *Kodak* (documentaire), poèmes « découpés » en secret, notamment dans *Le Mystérieux Docteur Cornélius*, roman-feuilleton de son ami Gustave Le Rouge.

19 août : retour en France, où *Feuilles de route, I. Le Formose*, son dernier recueil de poèmes, paraît au Sans Pareil.

À la fin de l'année, dans sa « maison des champs » du Tremblay-sur-Mauldre, près de Versailles, il écrit en quelques semaines son premier roman, *L'Or : La Merveilleuse Histoire du général Johann August Suter*.

1925. *Mars* : *L'Or* (Grasset) offre au poète d'avant-garde un premier succès de grand public.

Cette vie romancée fait de lui, dans les années 1920, un romancier de l'aventure au style novateur.

Conférence à Madrid sur la littérature nègre.

1926. Du *7 janvier* au *6 juin*, deuxième voyage au Brésil. Rencontre tendue avec Marinetti à São Paulo.

Moravagine paraît enfin (Grasset), cependant qu'il entreprend un nouveau roman « américain » : la vie de l'amiral John Paul Jones, héros de l'indépendance.

Septembre : *Éloge de la vie dangereuse*, suivi en octobre de *L'ABC du cinéma* (aux Écrivains réunis).

Décembre : *L'Eubage. Aux antipodes de l'unité (*au Sans Pareil).

1927. *12 février* : mort de son père en Suisse. Cendrars se retire à La Redonne, une calanque près de Marseille, pour travailler au *Plan de l'Aiguille.*
12 août : troisième et dernier départ pour le Brésil.

1928. *28 janvier* : retour en France, où il entreprend un nouveau roman, *La Vie et la Mort du Soldat inconnu.*
Juillet : *Petits contes nègres pour les enfants des Blancs* (Éditions du Portique).

1929. *Février* : *Le Plan de l'Aiguille* paraît au Sans Pareil, suivi en *septembre* d'un second tome, *Les Confessions de Dan Yack.*
Décembre : *Une nuit dans la forêt,* « premier fragment d'une autobiographie » (Éditions du Verseau), amorce les Mémoires des années 1940.

1930. *Janvier* : séjour à Monpazier (Dordogne) où il enquête sur Jean Galmot, député et homme d'affaires mort dans des circonstances controversées. Il y rencontre son ami le romancier américain John Dos Passos.
Avril : *Comment les Blancs sont d'anciens Noirs* (au Sans Pareil).
D'*octobre* à *décembre* : « L'affaire Galmot » paraît dans l'hebdomadaire *Vu.* Ce premier reportage qui marque l'entrée de Cendrars dans la grande presse devient aussitôt *Rhum* chez Grasset. Au Sans Pareil, il dirige la collection « Les Têtes brûlées » qui publiera deux volumes, sur Al Capone et sur l'aventurier suisse Bringolf.

1931. Nombreux déplacements entre Le Tremblay-sur-Mauldre et Biarritz.
Avril : *Aujourd'hui* (Grasset), recueil de proses poétiques et d'essais qui est son art poétique.

1932. *Juin* : *Vol à voiles. Prochronie* (Payot). Ce bref récit au grand retentissement présente le départ pour la Russie comme une fugue.
Pendant deux ans, malade, Cendrars travaille peu.

1934. *Avril-mai* : retour dans la grande presse avec « Les gangsters de la Maffia », un reportage pour *Excelsior*.
14 décembre : rencontre à Paris, villa Seurat, avec Henry Miller, qui lui a envoyé *Tropic of Cancer*.

1935. *29 mai-21 juin* : reportage pour *Paris-Soir* sur le voyage inaugural du paquebot *Normandie* entre Le Havre et New York.
Été : il lance Henry Miller en France par un article sur *Tropique du Cancer* dans la revue *Orbes*.
« Les gangsters de la Maffia » sont recueillis dans *Panorama de la pègre* (Arthaud).

1936. *Fin janvier* : reportage sur « Hollywood 1936 » pour *Paris-Soir*.
Automne : deux adaptations de *L'Or* sur les écrans parisiens. *Sutter's Gold* de James Cruze avec Edward Arnold, qui le déçoit ; *Der Kaiser von Kalifornien* (« L'Empereur de Californie ») de Luis Trenker, cinéaste et acteur italo-autrichien, qui ne fait pas référence au roman dont il s'inspire. Procès en plagiat que la guerre interrompra.
Décembre : *Hollywood. La Mecque du cinéma* (Grasset).

1937. Année de bouleversements dans sa vie privée.
Voyages mal connus en Espagne et au Portugal.
Au début de l'été, Miriam Cendrars vient à Paris faire sa connaissance.
16 juillet : divorce avec Féla.
Le *2 août*, rupture avec Raymone qui a noué une relation amoureuse avec Pierre Guillain de Bénouville, un ami de Cendrars.
Décembre : parution d'*Histoires vraies* (Grasset).

1938. *Février* : rencontre avec Élisabeth Prévost (1911-1986), jeune femme passionnée de chasses et de voyages, avec laquelle il se lie d'amitié. En *mars*, elle l'invite dans son pavillon des Aiguillettes (Ardennes), où elle élève des chevaux de concours. Il y traduit *Forêt vierge* (*A Selva*, 1930), du romancier portugais Ferreira de Castro (1898-1974).
Juillet : *La Vie dangereuse*, deuxième recueil d'« Histoires vraies » (Grasset).

Été : retour aux Aiguillettes jusqu'en janvier 1939.

1939. De *février* à *mars,* travaille avec Élisabeth Prévost à *L'Éperon d'or,* un scénario de film sur le Cadre noir de Saumur qui ne sera pas réalisé.

En *mai,* il propose à *Paris-Soir* de faire un voyage autour du monde à bord d'un des derniers grands voiliers, le *Moshulu,* qui doit partir de Mariehamn (Finlande) chercher du blé à Sydney. Élisabeth Prévost l'accompagnerait comme photographe. Départ prévu mi-septembre.

En *août* : compose *Sous le signe de François Villon,* un recueil de souvenirs, pour les Éditions de la Nouvelle Revue critique.

2 septembre : la déclaration de guerre met un terme aux projets de voyage et de publication et le sépare d'Élisabeth Prévost. Cendrars s'engage comme correspondant de guerre dans l'armée anglaise. Ses reportages paraissent dans de nombreux journaux.

1940. *Février* : séjour à Londres pour visiter les bases militaires. Il y retrouve sa fille Miriam qui assure le service de presse du général de Gaulle.

À Paris, réconciliation avec Raymone.

Mars : *D'Oultremer à Indigo,* troisième et dernier recueil d'« Histoires vraies » (Grasset).

En *mai 1940,* la débâcle désespère le combattant de la Grande Guerre. *Chez l'armée anglaise,* qui réunit ses reportages de guerre chez Corrêa, est pilonné par l'occupant.

14 juillet : il quitte Paris et le journalisme pour Marseille et bientôt Aix-en-Provence, où il demeure jusqu'en 1948.

1941. Pendant trois ans, dans une crise profonde, Cendrars accumule notes et plans sans suite.

Le *27 mai,* il accompagne jusqu'à Lisbonne Raymone, qui s'embarque avec la troupe de Jouvet pour une tournée en Amérique du Sud. À la fin de l'année elle revient travailler à Paris. Cendrars lui écrit tous les jours.

1942. Projets sans suite. Repli amer dans la solitude.

1943. *Février* : l'éditeur Robert Denoël lui propose de publier ses poésies complètes. Accord enthousiaste qui amorce un retour au travail.
Le *21 août*, après trois années de silence, retour à l'écriture à la suite d'une visite du romancier Édouard Peisson, qui ravive les souvenirs de l'été 1917. Songeant d'abord à écrire une vie de Marie-Madeleine, *La Carissima*, il se consacre à *L'Homme foudroyé*, premier volume d'une tétralogie de « Mémoires qui sont des Mémoires sans être des Mémoires ».
3 octobre : mort de Paulo Prado au Brésil.
12 octobre : mort de Féla à Montpellier.

1944. Cendrars rédige *Le Vieux-Port*, puis les *Rhapsodies gitanes*, qui prendront place dans *L'Homme foudroyé*.
Mai : première édition de ses *Poésies complètes* (Denoël), avec l'aide de son ami Jacques-Henry Lévesque, à Paris.
En *décembre*, commence *La Main coupée*.

1945. *Août* : *L'Homme foudroyé* (Denoël) marque le retour de Cendrars sur la scène littéraire.
Visite de Robert Doisneau à Aix pour un reportage photographique.
Le *26 novembre*, mort de Rémy Sauser, pilote dans l'armée de l'air française, dans un accident d'avion au Maroc.
2 décembre : assassinat de Robert Denoël, peu avant le procès intenté à sa maison pour collaboration. Les auteurs du crime ne seront jamais identifiés.
22 décembre : au Théâtre de l'Athénée, Jouvet crée *La Folle de Chaillot* de Giraudoux. Marguerite Moreno tient le rôle-titre et Raymone celui de Gabrielle, la Folle de Saint-Sulpice.

1946. Introduction aux *Fleurs du Mal* de Baudelaire (Union bibliophile de France).
Il entreprend une vie de Joseph de Cupertino, le saint volant du XVIIe siècle.
Le *25 octobre*, voyage en Suisse jusqu'à la fin décembre. Il retrouve son frère Georges.

Novembre : *La Main coupée,* souvenirs de guerre (Denoël).

1947. *Janvier* : Raymone et sa mère viennent rejoindre Cendrars à Aix-en-Provence.
Il travaille à sa vie de saint Joseph et songe à publier *Possession du monde,* qui deviendra *Le Lotissement du ciel.*

1948. *Janvier* : départ avec Raymone d'Aix pour Villefranche-sur-Mer. Le *1er avril,* installation dans le parc de Saint-Segond, où il travaille à *Bourlinguer* puis au *Lotissement du ciel.*
En *juin,* retour à Paris pour le lancement de *Bourlinguer* (Denoël). Grand succès.
Juillet : visite à Saint-Segond de Doisneau que Cendrars invite à faire avec lui un album sur la banlieue de Paris.

1949. Travaille au *Lotissement du ciel* qui paraîtra le *20 juillet* (Denoël).
De *juillet* à *août,* il rédige *La Banlieue de Paris* qui paraît en *octobre,* avec cent trente photographies de Doisneau, simultanément à Paris (Seghers) et à Lausanne (La Guilde du livre).
27 octobre : Cendrars et Raymone se marient civilement à Sigriswil, village originaire de la famille Sauser, dans l'Oberland bernois. C'est, à un jour près, l'anniversaire de leur rencontre le 26 octobre 1917.
Voyage au Luxembourg, en Hollande et en Belgique. Court séjour à Paris puis retour à Villefranche-sur-Mer.

1950. *Mars* : retour définitif à Paris. Au cours des années 1950, nombreuses interventions à la Radiodiffusion-télévision française (RTF), à l'invitation de son ami Paul Gilson (1904-1963), qui dirige les services artistiques.
Le *1er septembre,* il s'installe 23, rue Jean-Dolent, dans le XIVe, en face de la prison de la Santé.
Octobre : il entreprend *Emmène-moi au bout du monde !...,* un « roman-roman » dont la rédaction va prendre cinq ans.

16 octobre-30 novembre : diffusion à la RTF de treize entretiens radiophoniques avec Michel Manoll, qui connaissent un grand succès.

1951. Cendrars se partage entre le « roman-roman » et « Des hommes sont venus... », préface à un album de photos de Jean Manzon sur le Brésil.

25 décembre : *Noëls du monde entier,* émission de Nino Frank présentée par Cendrars et Raymone, sur Paris-Inter.

1952. Cette année-là, Cendrars publie les deux chapitres inédits de *Sous le signe de François Villon* : en *mars,* la « Lettre dédicatoire à mon premier éditeur » dans *La Table ronde* ; en *octobre,* « Partir » dans *La Revue de Paris*. Mais le volume annoncé chez Denoël, puis proposé à Seghers, ne paraîtra pas.

Avril : *Blaise Cendrars vous parle*... (Denoël), version très remaniée des entretiens avec Manoll.

Juin : *Le Brésil,* avec cent cinq photographies de Jean Manzon (Monaco, Les Documents d'art).

Mort d'Eugenia Errázuriz au Chili.

1953. Henry Miller passe le Nouvel An avec Cendrars et Raymone.

Avril : *Noël aux quatre coins du monde* (Cayla). Compose *La Rumeur du monde,* un volume de compilation resté inédit.

Du *31 juillet* au *21 août* : voyage en Suisse (Lausanne-Ouchy, Neuchâtel).

17 décembre : *Blaise Cendrars sur les traces d'Amedeo Modigliani à Montmartre,* film de Jean-Marie Drot.

1954. Du *9 juin* au *5 août,* nouveau séjour en Suisse à l'invitation de La Guilde du livre.

Août : il passe huit jours sous la pluie avec Raymone, dans la ferme de Fernand Léger en Normandie.

28 octobre : enregistrement au magnétophone d'un entretien avec Léger et le galeriste Louis Carré pour l'exposition « Le paysage dans l'œuvre de Léger ».

1955. Le *15 janvier* : diffusion de *Serajevo,* pièce radiophonique (écrite avec Nino Frank), dans « Les annales de la violence ».

17 août : la mort de son vieil ami Fernand Léger affecte profondément Cendrars.

14 septembre : point final à *Emmène-moi au bout du monde !...*

30 septembre : départ avec Raymone pour la Suisse. Enregistrement de *L'Or* à Radio-Lausanne. Retour à Paris le *17 octobre*.

17 décembre : diffusion de *Gilles de Rais*, pièce radiophonique (écrite avec Nino Frank) sur la chaîne nationale. À la fin de l'année, préface à *Instantanés de Paris* de Robert Doisneau (Arthaud).

1956. *Janvier* : *Emmène-moi au bout du monde !...* paraît chez Denoël après cinq années de travail difficile. La réception controversée de ce roman testamentaire est mal vécue par Cendrars.

Mars : *Entretien de Fernand Léger avec Blaise Cendrars et Louis Carré sur le paysage dans l'œuvre de Léger* (Galerie Louis Carré).

Du *8* au *22 avril*, voyage à Marseille.

Avril : *Moravagine*, édition augmentée (Grasset).

9 juin : départ pour Lausanne avec Raymone. Retour à Paris le *6 juillet*.

21 juillet : à trois heures du matin, Cendrars est victime d'une attaque cérébrale. Partiellement paralysé, il va entreprendre avec détermination une importante rééducation.

1957. Tout au long de l'année et jusqu'en 1961, problèmes de santé.

Janvier : *Trop c'est trop* (Denoël), recueil « presse-papiers » de nouvelles et d'articles, mis au point avant son attaque.

16 mars : Cendrars achève *J'ai vu mourir Fernand Léger*, son « premier texte valable » depuis sa maladie, écrit-il à son frère. Nadia Léger, veuve du peintre, lui demande de faire des coupes, il refuse.

Avril : il accompagne Raymone en tournage et passe un mois à La Ferme Saint-André, Biot (Alpes-Maritimes). Déplacements à Nice, Cagnes, Cannes... Retour à Paris vers le *15 mai*.

23 mai : publication de *Du monde entier au cœur du monde,* « première édition définitive et complète » des poésies sous le titre refusé par Robert Denoël en 1944.
1er juin : *Le Divin Arétin,* pièce radiophonique cosignée avec Nino Frank mais écrite par celui-ci, est diffusé sur la chaîne nationale.
14 juin : départ pour Marseille avec Raymone en tournage. À l'Hôtel Noailles, il travaille à *Marines (Chromos),* un recueil de nouvelles. Retour à Paris le *6 août.*

1958. *À l'aventure* (Denoël), « pages choisies » dans les « Histoires vraies » et les Mémoires.
Été : seconde attaque. Il cesse d'écrire. *Les Pauvres honteux,* son dernier récit, restera inachevé.

1959. *7 janvier* : André Malraux, ministre de la Culture, vient rue Jean-Dolent remettre les insignes de commandeur de la Légion d'honneur à celui qu'il tient pour un des plus grands poètes de son temps.
Mars : *Films sans images* réunit ses trois pièces radiophoniques, écrites avec Nino Frank (Denoël).
1er mai : conversion à la religion catholique suivie d'un mariage religieux avec Raymone à l'église Saint-Dominique, 20, rue de la Tombe-Issoire (Paris, XIVe arrondissement). Paul Gilson et Marcelle Braque, la femme du peintre, sont ses témoins.
25 août : emménagement dans un rez-de-chaussée au 5, rue José-Maria-de-Hérédia (Paris, VIIe arrondissement), près de l'Unesco. Cendrars est désormais grabataire.

1960. Parution chez Denoël du premier tome des *Œuvres complètes* dont les huit volumes s'échelonneront jusqu'en 1965.

1961. *17 janvier* : la Ville de Paris décerne à Cendrars son Grand Prix littéraire.
21 janvier : mort de Blaise Cendrars à son domicile, 5, rue José-Maria-de-Hérédia. Après des obsèques à l'église Saint-François-Xavier (Paris, VIIe), il est enterré au cimetière des Batignolles. Paul Gilson est son exécuteur testamentaire.

1968-1971. *Œuvres complètes* au Club Français du Livre en quinze volumes, accompagnés hors tomaison d'un volume d'*Inédits secrets* découverts par Miriam Cendrars.

1975. Création du fonds Blaise Cendrars à la Bibliothèque nationale suisse (Berne), à l'initiative de Miriam Cendrars. En *1991*, ce fonds est intégré sur place dans les Archives littéraires suisses.

1980. Au *début de l'été*, mort d'Odilon Sauser à Villeneuve-Saint-Georges.

1986. *16 mars* : mort de Raymone à Lausanne, où elle est enterrée.

1987. Le centenaire de la naissance du poète donne lieu à de nombreuses manifestations internationales qui marquent le début d'une reconnaissance nouvelle de son œuvre.

1994. Les cendres de Cendrars sont transférées au cimetière du Tremblay-sur-Mauldre (Yvelines), près de sa « maison des champs ».

2001-2006. « Tout autour d'aujourd'hui » (TADA), première édition critique des *Œuvres complètes* chez Denoël, en quinze volumes.

2011. Le cinquantième anniversaire de la mort de Cendrars est inscrit en France aux Célébrations nationales. *Partir*. Poèmes, romans, nouvelles, Mémoires, Gallimard, coll. « Quarto ».

2013. Les *Œuvres autobiographiques complètes* de Cendrars (2 vol.) entrent dans la Bibliothèque de la Pléiade, accompagnées d'un *Album Cendrars*.

2017. Entrée dans la Bibliothèque de la Pléiade des *Œuvres romanesques*, précédées des *Poésies complètes* (2 vol.). *Octobre* : lancement de *Constellation Cendrars*, revue annuelle commune à l'AIBC et au CEBC, par les Classiques Garnier.

2018. *21 juin* : mort de Miriam Cendrars, fille et biographe du poète, à Kerliou, sa maison de Bretagne.

2020. *L'Homme foudroyé* est inscrit au programme de l'agrégation de lettres.

Bibliographie

I. ÉDITIONS DE BLAISE CENDRARS

A. ŒUVRES COMPLÈTES

Œuvres complètes, coll. « Tout autour d'aujourd'hui » (TADA), dir. Claude Leroy, 15 vol., Paris, Denoël, 2001-2006 :

I. *Poésies complètes*, avec 41 poèmes inédits.

II. *L'Or – Rhum – L'Argent*.

III. *Hollywood. La Mecque du cinéma – L'ABC du cinéma – Une nuit dans la forêt*.

IV. *Dan Yack*.

V. *L'Homme foudroyé – Le Sans-Nom*.

VI. *La Main coupée – La Main coupée* (1918) – *La Femme et le soldat*.

VII. *Moravagine – La Fin du monde filmée par l'Ange N.-D. – L'Eubage*.

VIII. *Histoires vraies – La Vie dangereuse – D'Oultremer à Indigo*.

IX. *Bourlinguer – Vol à voile*.

X. *Anthologie nègre – Petits Contes nègres pour les enfants des Blancs – Comment les Blancs sont d'anciens Noirs – La Création du monde*.

XI. *Aujourd'hui – Jéroboam et la Sirène – Sous le signe de François Villon – Le Brésil – Trop c'est trop*.

XII. *Le Lotissement du ciel – La Banlieue de Paris*.
XIII. *Panorama de la pègre – À bord de* Normandie *– Chez l'armée anglaise – Articles et reportages*.
XIV. *Emmène-moi au bout du monde ! … – Films sans images – Danse macabre de l'amour.*
XV. *Blaise Cendrars vous parle… – Qui êtes-vous ? – Le Paysage dans l'œuvre de Léger – J'ai vu mourir Fernand Léger*.

Du monde entier au cœur du monde. Poésies complètes (*DME*), préface de Paul Morand, Claude Leroy éd., *Poésie* / Gallimard, 2006.

Œuvres autobiographiques complètes (*OAC*), dir. C. Leroy, Paris, Gallimard, Bibliothèque de la Pléiade, 2 vol., 2013 :
I. *Sous le signe de François Villon – L'Homme foudroyé – La Main coupée.*
II. *Bourlinguer – Le Lotissement du ciel – J'ai vu mourir Fernand Léger – Entretiens et et propos rapportés – Écrits de jeunesse.*

Œuvres romanesques précédées des *Poésies complètes* (*ORC*), dir. C. Leroy, Paris, Gallimard, Bibliothèque de la Pléiade, 2 vol., 2017 :
I. Poésies complètes : *Du monde entier au cœur du monde – Autres poèmes* – Œuvres romanesques (1917-1929) : *Profond aujourd'hui – J'ai tué – La Fin du monde filmée par l'Ange N.-D. – L'Or – Moravagine – Éloge de la vie dangereuse – L'ABC du cinéma – L'Eubage. Aux antipodes de l'unité – Dan Yack* – Textes épars (1910-1917) : *Au pays des images – Aléa – Sine titulo – Le Théâtre des mains – Les Armoires chinoises*.
II. Œuvres romanesques (1930-1957) : *La Vie secrète de Jean Galmot [Rhum] – Histoires vraies – La Vie dangereuse – D'Oultremer à Indigo – Emmène-moi au bout du monde !… – Trop c'est trop* – Textes épars (1927-1959) : *John Paul Jones ou l'Ambition – La Vie et la mort du Soldat inconnu – L'Argent. Histoire mirobolante de Jim Fisk – Sur la rivière des léopards – Lampion. Histoire d'un*

bandit brésilien – La Sonate au clair de lune – Vigo, un bel éclat de rire – Les Pauvres honteux.

B. TROP C'EST TROP

Publications préoriginales

L'édition originale de *Trop c'est trop* en 1957 est suivie de la bibliographie suivante établie par Cendrars :

La Grande Copine. – Préface aux *Dessins de guerre (1915-1916)* de Fernand Léger, par Douglas Cooper, un album contenant 44 dessins inédits, Berggruen, Paris, 1956.

Le Ve Arrondissement. – Le Nouveau Femina, Paris, juin 1955. (Numéro spécial sur Paris.)

Mort subite. – Le Nouveau Femina, Paris, juillet-août 1955. (Avec un dessin inédit de Fernand Léger.)

Utopialand (Le pays qui n'est à personne). – Le Brésil change de capitale, Marco Polo, n° 9, juillet 1955. (Illustration : photos de reportage.)

Etc., etc. (Un film 100 % brésilien). – a) *Une superproduction 100 %, Cinémonde,* avril 1929[1]).
b) *À coups de mitrailleuse, Marco Polo,* n° 6, avril 1955. (Illustration : photos de reportage.)

Noël aux quatre coins du monde. – a) *Un caporal de la Légion, Revue de la Pensée française,* n° 6, Montréal, juin 1951. (Portrait inédit d'Albert Rièra.) b) *Les Sept Étranges Noëls de B. C., Paris-Presse-L'Intransigeant,* 22 et 23 décembre 1951. c) *Noëls du monde entier,* Radio-Télévision française, émission de Noël (production Nino Frank, mise en ondes d'Albert Rièra ; interprètes : Raymone et B. C.), Paris, 25 décembre 1951. d) *Noëls du monde entier, Mon Programme,* 26 décembre 1951. e) *Noël aux quatre coins du monde, La Revue des Voyages,* n° 7, hiver 1953. (Illustration : photos de reportage.). f) *Noël aux quatre coins du monde,* ill. de Bernard Bardouin, *Société française de*

1. *Sic* pour *Cinémonde,* n° 494, 7 avril 1938.

Matériel agricole et industriel, décembre 1954. h) *Hôtel Gloria, France-Dimanche,* décembre 1954. i) *Noël aux quatre coins du monde,* collection *Les Amis de l'Originale,* n° 15, Robert Cayla, libraire-éditeur, Paris, 1953. j) *Hôtel Gloria, Carrefour,* juin 1954. k) *Hôtel Gloria, Livres de France,* n° 3, mars 1956.

La Voix du sang. – a) Préface au roman brésilien de José Lins do Rego : *L'Enfant de la plantation,* traduction française de J.-W. Reims, Éditions des Deux-Rives, Paris, 1953. b) *La Voix du sang, Les Nouvelles littéraires,* 19 mars 1953.

L'Équateur. – *Sur les côtes du Brésil, La Revue des Voyages,* n° 2, automne 1951. (Illustration : photos de reportage en couleurs.)

Chasse à l'éléphant (Notes inédites d'un chasseur d'images). – a) *La Revue des Voyages,* n° 6, automne 1952. b) *Bulletin de l'Automobile-Club,* avril 1954. (Illustration : photos de reportage en couleurs.)

Un homme heureux. – a) Extrait d'*Une nuit dans la forêt* (eaux-fortes de Charles Clément), Au Verseau, Lausanne, 1929. b) *Le Monsieur qui fait du cinéma, La Gazette des lettres,* 15 avril 1952.

Pompon. – a) *Bifur,* n° 1, 15 mai 1929. Fragments d'*Une nuit dans la forêt* (eaux-fortes de Charles Clément), Au Verseau, Lausanne, 1929. b) *Si j'étais Greta Garbo, Opéra,* 3 au 9 octobre 1951.

Si j'étais Charlie Chaplin. – *Charlot, Paris-Presse-L'Intransigeant,* 31 octobre 1952.

Charlot. – *Charlie Chaplin, Album-Figaro,* n° 38, octobre-novembre 1952. a) *La Naissance de Charlot,* extrait d'*Aujourd'hui,* Grasset, 1931. b) *Monsieur Benjamin Nouvel-An,* extrait des *Confessions de Dan Yack,* Éditions Au Sans Pareil, 1929.

Je monte à Paris pour le lancement de Bourlinguer. – *Paris en coup de vent, Carrefour,* 16 juin 1948.

Pauvres Rastignacs. – *Ils sont arrivés, La Gazette des lettres,* 15 septembre 1952.

Le Roman que je n'écrirai jamais. – *La Gazette des lettres,* 15 juin 1951.

Compléments

« Noëls du monde entier ». Évocation radiophonique par Blaise Cendrars et Raymone, RTF, 25 décembre 1951. *ORC*, t. II, p. 875-887.

« Noël aux quatre coins du monde », *La Revue des Voyages*, n° 7, hiver 1953, p. 7-16 ; 72-73. Contient : « Noël en Nouvelle-Zélande ; en Chine ; chez les Indiens du Nouveau-Mexique ; avec ceux de la Terre promise ; à New York ; à Bahia ; à la Légion ; en forêt des Ardennes ». Avec 19 photos dont une photo de B.C. sur le sol extraite de *J'accuse*.

« Le roman que je n'écrirai jamais », s.l., 1989, une plaquette de 12 p. sous couverture verte. Hors commerce.

Éditions

Trop c'est trop, Paris, Denoël, 1957. Avec un portrait de Cendrars par Georges Bauquier en frontispice. Achevé d'imprimer du 11 janvier. 269 p. Nouveau tirage le 10 avril.

Trop c'est trop, dans *Œuvres complètes*, Denoël, t. VIII, 1965, p. 135-310.

Trop c'est trop, dans *Œuvres complètes,* Le Club français du livre, t. XV, 1971, p. 3-168. Achevé d'imprimer du 10 juin. Préface de Raymond Dumay (« Saint Blaise parmi les pauvres »). Témoignage de Tarsila do Amaral, témoignages divers recueillis par Aracy A. Amaral, témoignages d'Alexandre Eulalio, Sérgio Buarque de Holanda et René Thiollier.

Trop c'est trop, Denoël, « Tout autour d'aujourd'hui », t. XI, Claude Leroy éd., 2005, p. 259-468.

Trop c'est trop, ORC, t. II, Claude Leroy et Jean-Carlo Flückiger éd., p. 723-872.

C. ÉDITIONS SÉPARÉES

Aux Éditions Gallimard

Emmène-moi au bout du monde ! ..., « Folio » n° 15, 1971.

L'Or, « Folio » n° 331, 1973 ; 1998 pour la préface de Francis Lacassin. – « Folioplus » n° 30, dossier par Jean-Pierre

Renard, 1997. – « Bibliothèque Gallimard » n° 135, lecture de Sophie Doudet, 2004.

L'Homme foudroyé, « Folio » n° 467, 1973 ; Claude Leroy éd., 2019.

Bourlinguer, « Folio » n° 602, 1974.

La Main coupée, « Folio » n° 619, 1974.

— *Faire un prisonnier* [chapitre XV de *La Main coupée*], « Folioplus classiques », dossier par Marianne Chomienne, lecture d'image par Sophie Barthélémy, 2012.

Petits Contes nègres pour les enfants des Blancs, ill. de Jacqueline Duhême, « Folio Junior » n° 55, 1978 ; « Bibliothèque Folio Junior » n° 20, 1983 ; « Folio Cadet » n° 224, 1990.

D'Oultremer à Indigo, Claude Leroy éd., « Folio » n° 2970, 1998.

Le Brésil. Des hommes sont venus, photographies de Jean Manzon, « Folio » n° 5073, 2010.

Dan Yack, Claude Leroy éd., « Folio » n° 5173, 2011.

Le Lotissement du ciel, Claude Leroy éd., « Folio » n° 2795, 2011.

L'Amiral, « Folio 2€ », 2014.

Partir. Poèmes, romans, nouvelles, Mémoires, « Quarto », Claude Leroy éd., 2011. Rééd. 2017.

Mon voyage en Amérique, « L'Imaginaire », postface de Christine Le Quellec Cottier, 2015.

Aujourd'hui, Claude Leroy éd., « Folio Essais », 2022.

Trop c'est trop, Claude Leroy éd., « Folio », 2022.

Aux Éditions Grasset, coll. « Les cahiers rouges »

Moravagine, 1983.

La Vie dangereuse, préface de Miriam Cendrars, 1987.

Rhum, préface de Miriam Cendrars, 1990.

Hollywood. La Mecque du cinéma, 2005.

Aux Éditions Zoé, Genève

Coll. « Cendrars en toutes lettres » sous la direction de Christine Le Quellec Cottier :

Blaise Cendrars – Henry Miller, *Correspondance 1934-1959 : « Je travaille à pic pour descendre en profondeur »*, Jay Bochner éd., 2013.

Blaise Cendrars – Robert Guiette, *Lettres 1920-1959 : « Ne m'appelez plus... maître »*, Michèle Touret éd., 2013.

Blaise Cendrars – Henry Poulaille, *Correspondance 1925-1961 : « Je travaille et commence à en avoir marre »*, préface de Doris Jakubec, Christine Le Quellec Cottier et Marie-Thérèse Lathion éd., 2014.

Blaise Cendrars – Raymone Duchâteau, *Correspondance 1937-1954 : « Sans ta carte je pourrais me croire sur une autre planète »*, M. Boucharenc éd., Genève, 2015.

Blaise Cendrars – Jacques-Henry Lévesque, *Correspondance 1922-1959 : « Et maintenant veillez au grain ! »*, M.-P. Berranger éd., 2017.

Entretiens avec Blaise Cendrars – Sous le signe du départ. [Radio-Lausanne et Radio-Genève, 1949-1957], 2 CD audio et un livret de Christine Le Quellec Cottier. Radio Télévision Suisse, Éditions Zoé et Centre d'études Blaise Cendrars (coproduction), Lausanne, 2013.

Chez d'autres éditeurs

En bourlinguant... Treize entretiens de Blaise Cendrars avec Michel Manoll (1950). Coffret de 4 CD, INA / Radio-France, « Les grandes heures », 2006.

Rencontres avec Blaise Cendrars. Entretiens et interviews 1925-1959, Claude Leroy éd., Paris, Éd. Non-lieu, 2009.

2. ORIENTATION CRITIQUE

A. PUBLICATIONS SPÉCIALISÉES

Feuille de routes (FDR), Bulletin de l'Association internationale Blaise Cendrars (AIBC), 54 numéros, 1979-2016.

Continent Cendrars (CC), Bulletin du Centre d'études Blaise Cendrars (CEBC) de Berne, À La Baconnière, puis Champion, 15 numéros, 1986-2013.

Revue des Lettres modernes, série « Blaise Cendrars » (*BC*), Minard, 6 numéros, 1986-2006.

Cahiers Blaise Cendrars (CBC), Collection fondée par le

CEBC en 1959, À La Baconnière, puis Champion, 13 volumes parus dont 1 hors-série.

Constellation Cendrars (CSC), Revue annuelle de l'AIBC et du CEBC, Classiques Garnier, n° 1, 2017.

Site : www.constellation-cendrars.ch

B. ÉTUDES D'ENSEMBLE

1. Monographies

Berranger, Marie-Paule, Du monde entier au cœur du monde *de Blaise Cendrars*, Gallimard, coll. « Foliothèque », n° 150, 2007.

Bienne, Gisèle, *La Ferme de Navarin*, Gallimard, coll. « L'un et l'autre », 2008.

Bozon-Scalzatti, Yvette, *Blaise Cendrars ou la passion de l'écriture,* Lausanne, L'Âge d'homme, 1997.

Briche, Luce, *Blaise Cendrars et le livre*, Éditions L'Improviste, 2005.

Cendrars, Miriam, *Blaise Cendrars. L'or d'un poète*, Gallimard, coll. « Découvertes », 1996.

—, *Blaise Cendrars, La Vie, le Verbe, l'Écriture*, Denoël, 2006.

Eulalio, Alexandre, *A Aventura brasileira de Blaise Cendrars*, São Paulo, Edições Quiron limitada, 1978. Nouvelle éd. revue et augmentée par Carlos Augusto Calil, São Paulo, EDUSP / Imprensa Oficial, 2001.

Flückiger, Jean-Carlo, *Au cœur du texte*, Neuchâtel, À La Baconnière, 1977.

—, *Cendrars et le cinéma*, Paris, Nouvelles Éditions Place, 2017.

Guyon, Robert, *Échos du bastingage. Les bateaux de Cendrars*. Préface de F. J. Temple, Rennes, Éditions Apogée, 2002.

Jaton, Anne-Marie, *Cendrars*, Genève, Éditions de l'Unicorne, 1991.

Le Quellec Cottier, Christine, *Devenir Cendrars. Les années d'apprentissage*, *CBC*, n° 9, 2004.

—, *Blaise Cendrars, un homme en partance*, Lausanne,

Presses polytechniques et universitaires romandes, « Le Savoir suisse », 2019.

Leroy, Claude, *La Main de Cendrars*, Villeneuve d'Ascq, Presses universitaires du Septentrion, 1996.

—, *Dans l'atelier de Cendrars* (2011), Champion Classiques, 2014.

Martens, David, *L'Invention de Blaise Cendrars. Une poétique de la pseudonymie*, *CBC* n° 10, 2010.

Michaud-Larivière, Jérôme, *Aujourd'hui, Cendrars part au Brésil*, Fayard, 2003.

Miller, Henry, *Blaise Cendrars* (trad. Fr. Villié, 1951), rééd. avec une préface de Frédéric Jacques Temple, Saint-Clément-de-Rivière, Fata Morgana, 2013.

Parrot, Louis, *Blaise Cendrars*, Seghers, coll. « Poètes d'aujourd'hui » n° 11, 1948.

Richard, Hughes, *Sauser avant Cendrars*, *Revue neuchâteloise* n° 89, 1979.

Tatu, Laurent et Bogousslavsky, Julien, *Blaise Cendrars ou la légende du légionnaire*, préface de Christine Le Quellec Cottier, Éditions Imago, 2015.

Touret, Michèle, *Blaise Cendrars et le désir du roman (1920-1930)*, *CBC* n° 6, 1999.

t'Serstevens, Albert, *L'Homme que fut Blaise Cendrars*, Denoël, 1972. Réédition chez Arléa, 2004, préface d'Alexandre Nouvel.

Umstätter, Gabriel éd., *Blaise Cendrars au cœur des arts*, Milan, Salvatore Editoriale, 2015.

Veiga, Mariza, *Le Lexique brésilien de Blaise Cendrars*, préface de J. Richer, Nice, Centre du XXe siècle, 1977.

2. Ouvrages collectifs, revues

Risques, n° 9-10 (« Salut Blaise Cendrars ! »), 1954.

Mercure de France, n° 1185 (« Blaise Cendrars 1887-1961 »), mai 1962.

Europe, n° 566 (« Blaise Cendrars »), juin 1976 ; nouv. éd. 1995.

Europe, n° 599 (« Le modernisme brésilien »), mars 1979.

Blaise Cendrars 20 ans après, Claude Leroy éd., Klincksieck, 1983.

Blaise Cendrars, Jean-Marc Debenedetti éd., Veyrier, coll. « Les Plumes du Temps », 1985.

Revue des Sciences Humaines, n° 216 « Blaise Cendrars », 1989.

Blaise Cendrars et la guerre, Claude Leroy éd., Paris, Armand Colin, 1995.

Cendrars, le bourlingueur des deux rives, Claude Leroy et Jean-Carlo Flückiger, Paris, Armand Colin, 1995.

*Brésil, l'*Utopialand *de Blaise Cendrars,* Maria Teresa de Freitas et Claude Leroy éd., L'Harmattan, 1998.

Cendrars au pays de Jean Galmot, Michèle Touret éd., Presses universitaires de Rennes, coll. « Interférences », 1998.

La Fable du lieu. Études sur Blaise Cendrars, Monique Chefdor éd., Paris, Honoré Champion, 1999.

Cendrars et les arts, Maria Teresa de Freitas et Edmond Nogacki éd., Université de Valenciennes, 2001.

BlaiseMédia. Blaise Cendrars et les médias, RITM, n° 36, Paris X-Nanterre, 2006.

Blaise Cendrars. Bourlinguer en écriture : Cendrars et le Brésil, Nadine Laporte & Eden Viana-Martin éd., Vallongues, *Méthode !,* n° 12, 2007, 120 p.

Cendrars à l'établi 1917-1931, Claude Leroy éd., Paris, Éditions Non Lieu, 2009.

Aujourd'hui Cendrars, Myriam Boucharenc et Christine Le Quellec Cottier éd., Champion, *CBC,* n° 12, 2012.

Au cœur du temps. Hommage à Jean-Carlo Flückiger, Christine Le Quellec Cottier et Claude Leroy éd., Champion, CBC, volume hors-série, 2014.

Cendrars et la Grande Guerre, FDR, n° 54, automne 2016.

Mathias Énard sur les grands chemins de Blaise Cendrars, Carnets de Chaminadour, n° 12, Guéret, ALMJAC, 2017.

« Blaise Cendrars », *Cahiers de l'Association internationale des études françaises,* n° 72, 2020.

3. Catalogues

Léger et l'esprit moderne (1918-1931). Une alternative d'avant-garde à l'art non objectif. Musée d'art moderne de la ville de Paris. Catalogue de l'exposition du 17 mars au 6 juin 1982.

Tarsila do Amaral peintre brésilienne à Paris 1923-1929, Catalogue de l'exposition à la Maison de l'Amérique latine, Paris, 14 décembre 2005-20 février 2006.

Dis-moi, Blaise. Léger, Chagall, Picasso et Blaise Cendrars. Catalogue de l'exposition de Vallauris, Nice et Biot, Réunion des Musées nationaux, 27 juin-12 octobre 2009.

Charlie Chaplin dans l'œil des avant-gardes, Musée d'arts de Nantes, Éditions Snoeck, 2019.

AUTOUR DE *TROP C'EST TROP*

Arts plastiques, architecture

Bochner, Jay et Desplechin, Raphaëlle, « Cendrars et Le Corbusier : une amitié de 40 ans », dans *La Fable du lieu, op. cit.*, p. 67-81.

Derouet, Christian, « Fernand Léger, Blaise Cendrars : mythe et mythologie », dans *Cendrars et les arts, op. cit.*, p. 131-144.

Le Corbusier, *Conférences de Rio*. Le Corbusier au Brésil 1936, Yannis Tsiomis éd., Flammarion, 2006.

Léger, Fernand, *Fonctions de la peinture*, Sylvie Forestier éd., Gallimard, coll. « Folio Essais », 1997.

Leroy, Claude, « L'atelier du double. Cendrars et Léger en miroir », *Dis-moi, Blaise, op. cit.*, p. 15-23.

Rey, Henri-François, « Ainsi parlait Cendrars de son copain Léger », *Arts*, n° 489, 10-16 novembre 1954. Repris dans *Europe*, n° 566, juin 1976, p. 214-216.

Touret, Michèle, « Léger et Cendrars : dessins de guerre, paroles de guerre », dans *Blaise Cendrars et la guerre, op. cit.*, p. 187-209.

Brésil

Agier, Michel, *Salvador de Bahia. Rome noire, ville métisse*, Autrement, 2005.

Andrade, Oswald de, *Bois Brésil. Poésie et manifeste*, Antoine Chareyre trad. et éd., Paris, Éditions de la Différence, 2010.

Bastide, Roger, « L'incorporation du Brésil à la poésie française contemporaine », *Poètes du Brésil, Bastidiana*, Hors-série, n° 7, 2003, p. 127-131.

Calil, Carlos Augusto, « Cinéma = Débrouille. Cendroswald productions cinématographiques », dans *Cendrars à l'établi, op. cit.*, p. 163-176.

—, « Le brasier brésilien de Blaise », dans *Cendrars et les arts, op. cit.*, p. 65-74.

Cendrars, Blaise, « Projet de *Société des amis des monuments historiques du Brésil* (1924) » (Fac-similé), dans *Brésil, l'*Utopialand..., *op. cit.*, p. 91-93.

—, « Suggestions pour la réalisation d'un grand film de propagande brésilien » (1924). Présenté par Carlos Augusto Calil dans *Cendrars à l'établi, op. cit.*, p. 177-185.

Cortiana, Rino, « *Des hommes sont venus* : pour une géopoétique du Brésil chez Cendrars », dans *Méthode !, op. cit.*, 2007, p. 57-64.

Freitas, Maria Teresa de, « Portrait de Paulo Prado », dans *Brésil, l'*Utopialand *de Blaise Cendrars, op. cit.*, p. 29-45.

—, « Altérité et exotisme : histoires brésiliennes de Cendrars », dans *La Fable du lieu, op. cit.*, p. 55-65.

—, « Prophète ou mystificateur ? Cendrars devant la critique brésilienne », dans *BC*, n° 5, 2003, p. 133-152.

Hourcade, Pierre, « Réflexions sur la poésie moderniste au Brésil », *Europe*, n° 599, « Le modernisme brésilien », mars 1979, p. 61-71.

Laporte, Nadine et Viana-Martin, Eden, « Cendrars et le Brésil », dans *Méthode !, op. cit.*, 2007, p. 7-10.

Rivas, Pierre, *Littérature française-Littératures lusophones : regards croisés*, Paris, Éditions Pétra, 2016.

Roig, Adrien, « Blaise Cendrars reporter au Brésil et reporter du Brésil », dans *Cendrars au pays de Jean Galmot, op. cit.*, p. 191-206.

—, « Du Tremblay-sur-Mauldre à la découverte du Brésil (1924) », dans *La Fable du lieu, op. cit.*, p. 35-54.

—, « Blaise Cendrars et ses "bons amis" de São Paulo », dans *Brésil, l'*Utopialand *de Blaise Cendrars, op. cit.*, p. 53-71.

Tettamanzi, Régis, « Blaise Cendrars : un Brésil polymorphe », dans *Les Écrivains français et le Brésil. La construction d'un imaginaire de* La Jangada *à* Tristes Tropiques, L'Harmattan, 2004.

Cinéma, photographie

Berranger, Marie-Paule, « Charlot et Charlie. Notes sur un duo dans les avant-gardes », *Au cœur du temps, op. cit.*, p. 125-138.

Flückiger, Jean-Carlo, « Partir pour de bon ("Qui ça, Charlot ?") », *Revue des Sciences Humaines*, n° 216, *op. cit.*, p. 185-193.

—, « Pouvoirs du rire : Cendrars et Charlot », dans *Blaise Cendrars et la guerre, op. cit.*, p. 210-224.

—, « Portrait de l'autre en Charlot », *BC*, n° 5, 2003, p. 91-114.

—, « Charlot 1925 », dans *L'année 1925. L'esprit d'une époque*, Myriam Boucharenc et Claude Leroy éd., Presses universitaires de Paris Ouest, 2012, p. 307-320.

Grivel, Charles, « Cendrars éléphant photographe », *RITM*, n° 26, Paris X-Nanterre, 2002, p. 99-114.

Grojnowski, Daniel, « Poésie et photographie : *Kodak* (1924) », *CBC*, n° 3, p. 37-54.

Masson, Alain, « Cendrars, le cinéma et les films », dans *Blaise Cendrars*, Jean-Marc Debenedetti éd., *op. cit.*, p. 123-142.

Mourier, Maurice, « Quand Cendrars rêve cinéma… », *BC*, n° 1, 1986, p. 87-112.

Pilard, Philippe, « Cendrars : cinéma de rêve et rêve de cinéma », *Sud*, spécial « Blaise Cendrars », 1988, p. 123-132.

Umstätter, Gabriel, avec Vantieghem, Sophie, « Le cinéma du poète. Blaise Cendrars et la lampe merveillleuse », *Blaise Cendrars au cœur des arts, op. cit.*, p. 187-209.

Vanoye, Francis, « Cendrars portatif. Notes sur le cinéma de Cendrars », dans *Cendrars à l'établi, op. cit.*, p. 186-193.

Littérature, journalisme

Boucharenc, Myriam, *L'Écrivain reporter au cœur des années trente*, Presses universitaires du Septentrion, coll. « Objet », 2004.

Caizergues, Pierre, « Cendrars et Apollinaire », *Sud*, spécial « Blaise Cendrars », 1988, p. 72-102.

Campa, Laurence, *Lettres à Madeleine*, Gallimard, 2005.

— *Guillaume Apollinaire*, Gallimard, 2013.

Camproux, Charles, « Blaise Cendrars : *Trop, c'est trop* », *Les Lettres françaises*, 11-17 juillet 1957. Présenté par Pierre Caizergues dans « Le professeur et le poète. Un ami montpelliérain de Blaise Cendrars », *BC*, n° 4, 1996, p. 221-236.

Courrière, Yves, *Pierre Lazareff ou le vagabond de l'actualité*, Gallimard, coll. « Biographies », 1995.

Farasse, Gérard, « Délices des listes », *CBC*, n° 12, 2012, p. 279-288.

Goffin, Robert, *Entrer en poésie*, Poésie 1948, Paris / À l'enseigne du Chat qui pêche, Gand, 1948.

Leroy, Claude, « Le livre que je n'écrirai jamais... La bibliothèque fantôme de Blaise Cendrars », *Le Livre imaginaire, Revue des Sciences Humaines*, n° 266 / 267, 2002, p. 394-411.

—, « Être le roi Arthur ou rien », *Dans l'atelier de Cendrars*, Champion, 2013, p. 55-67.

—, « Régler la note. Le dernier mot de Cendrars sur Apollinaire », *Europe*, n° 1043, mars 2016, p. 69-74.

—, « André Breton et Blaise Cendrars ou Les rejets électifs », dans *La « pensée-Breton ». Art, magie, écriture chez André Breton*, textes réunis par M. Blœdé, P. Caye, J. Chénieux-Gendron et M. Colin-Picon, Paris, L'Œil d'or, avril 2021, p. 255-269.

Pia, Pascal, « Un ami des mots », *Carrefour*, 13 février 1957.

Roy, Claude, « Henry Miller et Blaise Cendrars », *Libération*, 27 février 1957.

—, « Blaise Cendrars », *La Conversation des poètes*, Gallimard, 1993, p. 135-140.

Notes

FRONTISPICE

Georges Bauquier (1910-1997) était pour Cendrars « le bras droit » de Fernand Léger, « l'homme de confiance, son disciple dévoué sur qui reposaient le catalogue et la conservation de toute l'œuvre du Maître pour la postérité, et le seul ami à être au courant de ses affaires, son fils, son frère bien-aimé ». Après la mort de Léger le 17 août 1955, Bauquier épouse sa veuve Nadia Khodossievitch et, en 1960, ils créent le musée Fernand Léger de Biot (Alpes-Maritimes). Son allégeance à Léger a éclipsé la peinture parfois qualifiée de réaliste-socialiste de ce militant communiste. À la fin de 1953, il expose à New York son portrait de Cendrars qui le juge « ultra-naturaliste ». En retour, le poète, qui avait pris « congé des peintres » dans *Aujourd'hui*, préface une exposition de Bauquier en termes mesurés : « Après les libertés plastiques qui dominent notre époque, il est très intéressant d'avoir à étudier un artiste comme Georges Bauquier qui dangereusement a quitté toutes ces libertés pour revenir au sujet. Je le répète c'est dangereux, c'est héroïque. Tôt au tard il faut revenir au sujet avec tous les risques que cela comporte. Georges Bauquier à mon avis est un des premiers à avoir réalisé une série de tableaux dans cette voie ingrate et merveilleuse, je l'en félicite. C'est difficile, car on ne fait jamais assez humain, ni trop humain. La vie doit submerger la peinture. » (Galerie Bernheim-Jeune, 11-30 juin 1955.)

LA GRANDE COPINE

C'est au retour du front que se sont liés le peintre gazé à Verdun et le poète à la main coupée. De 1918 à 1924, Léger illustre trois livres de son ami qui lui dédie le dernier de ses *Poèmes élastiques*, ainsi qu'une « Modernité » dans la revue *La Rose rouge*. En 1923, ils travaillent à *La Création du monde* pour les Ballets suédois de Rolf de Maré. Ils participent à *La Roue* d'Abel Gance (1920-1924), Cendrars comme assistant, Léger se chargeant des affiches. Célébrant la rue, l'affiche, la publicité, la couleur, ils exaltent le bel optimisme des machines et la collaboration des artistes avec les ingénieurs. « Les livres de Cendrars ressemblent aux tableaux de son ami Fernand Léger », constate Claude Roy. Leurs relations se distendent au moment du Front populaire, Cendrars estimant qu'un artiste doit refuser tout engagement politique. Renouant au tournant des années 1950, ils peaufinent l'histoire de leur amitié. L'escapade de Jeanne a eu lieu à la mi-septembre 1916, près de Bar-le-Duc. Mobilisé dans le Génie sur le front d'Argonne, Léger dessine les activités des soldats. Il a confié son atelier à Jeanne Lohy, sa marraine de guerre. Envoyé à Verdun en septembre 1916, il est gazé et réformé. Le 2 décembre 1919, le « sapeur cubiste » épouse sa maîtresse, mais, dès 1926, chacun retrouve sa liberté. Après la mort de Jeanne dont il n'avait pas divorcé, Léger se remarie, en 1952, avec son assistante Nadia Khodossievitch. En vue d'une rétrospective des dessins que « Jane » avait conservés, Léger fait appel à Douglas Cooper, collectionneur et historien d'art, et à Cendrars qui, le 17 février 1955, note dans son *Memento* : « Terminé *Jeanne Léger* pour Cooper. Cela s'appelle *La grande copine*. Cela a duré 24 jours, dont 4 de travail effectif. » Il l'envoie à Léger qui « est d'accord en riant », mais la mort du peintre interrompt le projet. L'année suivante, Douglas Cooper recueille les *Dessins de guerre (1915-1916)* : « Fernand Léger a voulu que ce livre soit dédié à la mémoire de

Jeanne Léger (1895-1950). Je dédie ce livre à la mémoire de mon très cher ami Fernand Léger (1881-1955), décédé avant la parution de l'ouvrage. » À l'ouverture de *Trop c'est trop*, Cendrars recueille une préface qui rend désormais hommage à *deux* disparus.

1. Kiki (Alice Prin, 1901-1953), modèle, peintre et chanteuse, est une figure célèbre du Montparnasse de l'entre-deux-guerres. Kisling et Foujita ont fait son portrait ; Man Ray, son compagnon pendant huit ans, l'a photographiée. Elle a publié ses *Souvenirs* en 1929 (rééd. Hazan, 1999) et vraisemblablement servi de pilotis à la « porteuse de pain au chômage » à qui « Le nouveau patron de l'aviation » est dédié (*Le Lotissement du ciel*, Folio, p. 55).

2. Les relations de Cendrars et Max Jacob n'ont jamais dépassé un compagnonnage distant et ironique, comme le confirme « Noël avec Max Jacob ».

3. Max Jacob évoque sa conversion dans *La Défense de Tartufe* (1919, « Quarto ») et dans *Récit de ma conversion* (1939, *ibid.*). Cendrars fait état des « visions » de Max Jacob dans *La Main coupée* (*OAC*, t. I, p. 767).

4. Bernard Naudin, dessinateur et graveur français, a travaillé comme illustrateur de guerre pendant le conflit, puis comme affichiste dans la publicité.

LE Ve ARRONDISSEMENT

« Le Ve arrondissement » a paru en juin 1955 dans *Le Nouveau Femina*, mensuel du groupe Hachette que venait de lancer Pierre Lazareff, grand ami de Cendrars. Roger Nimier en était le directeur littéraire. Sous le chapeau suivant : « Écrits pour *Le Nouveau Femina*, les souvenirs d'un poète sur son quartier préféré », le texte s'inscrit dans la suite des « prochronies », ces « autobiographies idéalisées » dans lesquelles Cendrars, depuis *L'Homme foudroyé*, recompose son passé dans une perspective légendaire.

1. Michèle Rosier (1930-2017), belle-fille de Pierre Lazareff, est la rédactrice en chef du *Nouveau Femina*. En 1973, elle réalise à la télévision *George qui ?*, avec dans

le rôle de George Sand Anne Wiazemsky qui évoque leur amitié dans *Un an après* (2015).

2. L'épigraphe, absente du *Nouveau Femina*, présente une version fortement condensée d'*Au cœur du monde* et s'achève sur quatre vers inédits. Ce poème daté de 1917 mais commencé l'année suivante est resté inachevé (*DME*, p. 303-313).

3. Le premier séjour de Freddy Sauser à Paris date d'octobre 1910. Après un mois à Versailles, il s'installe à l'Hôtel des Étrangers, 216, rue Saint-Jacques à Paris. Dans *Au cœur du monde*, il donne cet hôtel comme lieu de sa naissance (*DME*, p. 307-311), mais demande à Louis Parrot qui prépare une monographie de préciser « né à la poésie le 1er septembre 1887 à Paris ».

4. Né dans une famille d'origine alémanique, Freddy Sauser a dû « apprendre le français ». Dans une lettre du 12 novembre 1917, Féla Poznanska, sa première femme, évoque des souvenirs de juillet 1910 : « Je te vois à Bruxelles, le soir. Tu étudies dans le gros dictionnaire Hatzfeld et Darmesteter. Tu dis : "Dix ans d'études. Il me faut dix ans. Je trouverai ma langue. Mon style. Une fois que j'aurai commencé. Mais je ne sais rien. Je ne sais pas mon français" » (*Inédits secrets*, Le Club français du livre, 1969, p. 50).

5. Leitmotiv de la *Prose du Transsibérien* : « Et j'étais déjà si mauvais poète / Que je ne savais pas aller jusqu'au bout » (*DME*, p. 45).

6. Restif de La Bretonne (1734-1806), *Les Nuits de Paris*, dans *Paris le jour, Paris la nuit* (Robert Laffont, « Bouquins », 1990, p. 620).

7. « Possible-Impossible » est l'un des *Petits Contes nègres pour les enfants des Blancs* (1928).

8. Le Bar des Faux-Monnayeurs est évoqué dans « Le "*Sans-Nom*" », écrit en 1935 mais alors inédit. Vingt ans plus tard, « Le Ve arrondissement » recoupe cette « prochronie » (*OAC*, t. I, p. 79-92).

9. Dressant à Saint-Pétersbourg, le 14 octobre 1911, la liste de ses manuscrits pour son frère Georges, Freddy inscrit : « Erotikon, Paris, 15 novembre 1910 (en

rédaction) / 36 feuillets in 4°, numérotés de 1 à 36. » Ce manuscrit est perdu.

10. En 1909, Freddy Sauser est auditeur libre à l'université de Berne (médecine, puis lettres et histoire de l'art). Il retourne en Russie d'avril à novembre 1911, d'où il embarque pour New York. Rien ne confirme un voyage au Canada.

11. « Hôtel Notre-Dame », fragment d'*Au cœur du monde*, est repris ici avec variantes (*DME*, p. 305-306). L'Hôtel Notre-Dame est situé rue du Petit-Pont qui prolonge la rue Saint-Jacques.

12. Poème de *Feuilles de route* dont le premier vers est paraphrasé deux lignes plus loin : « Quand tu aimes il faut partir » (*DME*, p. 194).

13. « Le simple fait d'exister est un véritable bonheur » : d'une formule empruntée au *Mystérieux Docteur Cornélius*, roman de Gustave Le Rouge (1867-1938), Cendrars s'est fait une devise qui revient en leitmotiv dans *Trop c'est trop*.

14. Après la débâcle de 1940, Cendrars a quitté Paris pour Aix-en-Provence, d'où il se rend, début 1948, à Villefranche-sur-Mer. Revenu à Paris en mars 1950 pour enregistrer des entretiens avec Michel Manoll, il s'installe le 1er septembre au 23, rue Jean-Dolent, le long de la prison de la Santé.

MORT SUBITE

Mort subite, « Une grande nouvelle inédite de Blaise Cendrars, illustrée par Fernand Léger », a paru en juillet-août 1955 dans *Le Nouveau Femina*. Dans la lignée des « Histoires vraies » publiées dans la presse entre 1937 et 1940, elle présente une forte parenté avec « Le cercle du diamant » (*Histoires vraies*, Folio, p. 103-125). Comme Edith de Berensdorff, la Pisana est une aventurière étrangère, au destin tragique. Pour deux expatriées sans retour, le Brésil aura été une terre de mirage et de malédiction.

1. El comendador João Escrivá (1450-fin du XVe siècle) a publié dans le *Cancionero general de Valencia*, en 1511,

ce poème admiré par Cervantès, Lope de Vega, Thérèse d'Avila, Jean de la Croix ou Octavio Paz.

2. *Cipo* : « nom générique de diverses plantes grimpantes, épiphytes, des forêts tropicales, de la jungle » (Mariza Veiga, *Le Lexique brésilien de Blaise Cendrars*).

3. Grock (Karl Adrien Wettach, 1880-1959) est un célèbre clown suisse.

4. Référence à *Bella* et *Suzanne et le Pacifique*, deux romans de Jean Giraudoux, et à une de ses pièces, *Tessa*. Raymone a appartenu à la troupe de Louis Jouvet, metteur en scène de Giraudoux à la Comédie des Champs-Élysées puis à l'Athénée.

5. On peut hésiter, malgré les dates, entre le roman de Marcel Proust (1921-1922) et surtout la pièce de Jean Giraudoux (1943).

6. Sarah Bernhardt (1844-1923) a fait trois tournées au Brésil en 1886, 1893 et 1905. « La Tour Eiffel sidérale » raconte l'amour torturant du *fazendeiro* Oswaldo Padroso pour l'illustre tragédienne. Après une unique rencontre avec la Divine à São Paulo, il s'est retiré dans sa propriété du Morro Azul (*Le Lotissement du ciel*).

7. *Pardo* : mulâtre.

UTOPIALAND (*Le pays qui n'est à personne*)

« Le Brésil change de capitale » a paru dans *Marco Polo* en juillet 1955. Dirigée par Pierre Escande et commanditée par Le Club français du livre, cette revue mensuelle s'est placée sous le parrainage de Cendrars qui appartient à son comité de rédaction. Il s'étonne d'autant plus auprès de Le Corbusier que son texte ait été caviardé : « J'ai eu la joie de parler de toi dans la revue *Marco Polo*, n° 9, mais ces salauds en ont coupé la moitié. » Nés la même année à La Chaux-de-Fonds, à une rue de distance, le poète et l'architecte ne se sont rencontrés qu'en 1922, au Salon d'automne de Paris. Le Corbusier (Charles-Édouard Jeanneret, 1887-1965) y présentait « La Cité contemporaine », un projet d'habitation pour trois millions de personnes. En 1926, Cendrars s'est entremis auprès de Paulo Prado pour faciliter la tournée de conférences en Amérique du Sud (Brésil et Argentine) que préparait l'architecte. Il n'admire pas sans réserve les conceptions de Le Corbusier. En 1945, *L'Homme foudroyé* lance une diatribe contre « un urbaniste d'avant-garde et fort réputé », auteur d'une cité modèle dont la « modernerie » tourne au cauchemar pour ses habitants. Composé comme une marqueterie, « Utopialand » mêle d'importants extraits de « La Tour Eiffel sidérale » et du *Brésil*.

1. Le jésuite portugais Fernão Cardim a été envoyé au Brésil par la Compagnie en 1583. Il est l'auteur de trois traités réunis en 1925 sous le titre *Traités de la terre et de la population du Brésil*. Leur attribution à Cardim a été établie par l'historien brésilien Capistrano de Abreu (1853-1927), ami de Paulo Prado qui a sans doute signalé à Cendrars le manuscrit cité en exergue.

2. La *teimosa* est une eau-de-vie de canne à sucre ; l'*umbusada*, un « plat préparé avec un fruit du nord du pays, le “umbu”, qu'on fait cuire ; on le transforme en purée et on y ajoute du lait et du sucre » (M. Veiga, *op. cit.*)

3. *Tapera* : « petite habitation misérable, maison vétuste et délabrée » (M. Veiga, *op. cit.*).

4. La momerie désigne une mascarade ou une cérémonie bizarre et, en Suisse romande, la bigoterie.

5. Parti au Brésil en 1553, le jésuite portugais José de Anchieta, surnommé l'apôtre du Brésil, est le premier à avoir établi une grammaire et un catéchisme en tupi.

6. Jean-Baptiste Debret (1768-1848), élève de Jacques-Louis David, est parti en 1816 pour le Brésil où il a fondé l'Académie des arts. Son *Voyage pittoresque et historique au Brésil* illustré d'aquarelles porte témoignage sur la vie quotidienne à l'époque coloniale (1834-1839 ; rééd. *Les Indiens du Brésil*, Éditions Chandeigne, 2005).

7. Le prêtre dominicain Marie-Hilaire Tapie a fondé, en 1927, un couvent à Rio de Janeiro et laisse plusieurs récits de voyages (*Chevauchées à travers déserts et forêts vierges du Brésil inconnu*, 1928).

8. Zoé, « vie » en grec, est le nom donné à la première pile atomique française en 1948. Cendrars en fait

le symbole de l'énergie créatrice dans « Le roman que je n'écrirai jamais ».

9. Euclides da Cunha (1866-1909) est pour Cendrars le « génial auteur de *Os Sertões*, le plus grand livre de la littérature brésilienne moderne et son premier classique ». Militaire républicain sous l'Empire, ingénieur des travaux publics, journaliste, auteur de cet unique roman en 1902, Euclides da Cunha a été assassiné par l'amant de sa femme. Au grand dépit de Cendrars, « une traduction en français de ce beau livre, qui tient de l'épopée, du traité de géographie humaine, de l'essai d'ethnographie, a été publiée sous le titre *Terre des Canudos* par Mme Sereth Neu (I vol., Éditions de la Caravela, Rio, 1947). Je le regrette, car j'allais entreprendre la traduction quasi irréalisable de ce livre difficile sous le titre de *Sauvagerie (L'homme, la brousse et le bled)* ». (*Le Brésil*, 1952, Folio.) Une nouvelle traduction a été publiée sous le titre *Hautes terres. La guerre de Canudos* par Jorge Coli et Antoine Seel qui le présentent comme « une Iliade du nouveau Brésil » (Métailié, 1997).

10. L'*ibadù* ou *ipadu*, du tupi *ipa'du* : cet arbuste proche de la coca est pour Cendrars « la plante de la lévitation » (*Histoires vraies*, Folio, p. 243-244). En 1949, il la célèbre à nouveau dans *Le Lotissement du ciel* (Folio, p. 112-118).

11. L'historien João Capistrano de Abreu est l'auteur de *Capítulos de história colonial* (1907) et de « Os Bacaeris » (1895), un essai sur des Indiens nommés ici « Békaïris », d'où est tirée la citation. Voir note 26.

12. *Girão* : « planche en bois placée à une petite hauteur du sol, soutenue par deux fourches plantées dans la terre et qui sert à garder des assiettes, des casseroles, des légumes, etc. » (M. Veiga, *op. cit.*). *Matadouro* : « abattoir » en portugais.

13. Président de la République du Brésil de 1956 à 1961, Juscelino Kubitschek (1902-1976) a mis en chantier la nouvelle capitale, Brasilia, qui sera inaugurée le 21 avril 1960. Après le coup d'État militaire de 1964, il s'est exilé.

14. Jean Manzon (1915-1990), photographe de presse, fait partie de l'équipe qui en 1938 transforme *Match* en magazine de grande diffusion. Après avoir couvert la

retraite de Dunkerque, il s'installe au Brésil où il travaille au service du gouvernement de Getúlio Vargas et développe le reportage photographique. *Samba fantástico* est présenté au festival de Cannes en 1955. En 1966, Manzon reçoit un Lion d'or à Venise pour *L'Amazone*. Revenu à Paris, il dirige *Paris-Match* (1968-1972), puis retourne à São Paulo où il meurt en 1990. Cendrars et Manzon, qui se connaissent depuis l'avant-guerre, ont publié un album intitulé *Le Brésil* (1952, Folio).

ETC., ETC. (*Un film 100 % brésilien*)

Parution dans *Cinémonde* le 7 avril 1938 (et non en avril 1929, comme l'indique Cendrars dans sa bibliographie). Lancé en octobre 1928, *Cinémonde* connaît le succès en faisant appel à de nombreux écrivains sous l'impulsion de son rédacteur en chef Maurice Bessy. Après une interruption de 1940 à 1946, *Cinémonde* se transforme en magazine grand public et cesse de paraître en 1971. En avril 1955, le récit est repris dans *Marco Polo* sous le titre « Un film tourné à coups de mitrailleuse » et dédié à Georges-Henri (*sic* pour Henri-Georges) et à Véra Clouzot. Il est coiffé d'un chapeau non signé : « "Si La Fontaine avait vécu à notre époque, il aurait fait des dessins animés." Cette affirmation de Blaise Cendrars prouve assez que l'auteur de *Bourlinguer* ne considère pas le cinéma comme un art mineur, indigne d'un écrivain. Blaise Cendrars, qui aime et connaît admirablement le Brésil, eut l'intention d'y tourner un film : "un film du tonnerre de Dieu". Vaste synthèse par l'image d'incroyables beautés, où la jungle, les fleuves géants, la brousse mystérieuse eussent tenu les premiers rôles. » Conforme aux événements en dépit de son tour épico-burlesque, le récit évoque la révolution « positiviste » du général Isidoro Dias Lopes à São Paulo, du 5 au 27 juillet 1924, durant le premier séjour de Cendrars. Réfugié avec les Prado dans leur *fazenda* Santa Veridiana, à Santa Cruz das Palmeiras, il écrit les poèmes de *Sud-Américaines* et cherche à terminer *Moravagine*. Prado avait présenté Cendrars à Washington Luís alors entre deux mandats. Venant de quitter la présidence de l'État de São Paulo, il ne sera élu président du Brésil qu'en 1926. Le projet de film est né de leur rencontre. Le livre de Luís, *Histoire de la capitanerie de Saint-Vincent*, fournissait l'argument ; le poète Oswald de Andrade était chargé du scénario ; producteur et metteur en scène, Cendrars a rédigé le projet de « Grand film de propagande pour le Brésil » sous le titre « SUGGESTIONS pour LA RÉALISATION d'un grand film de propagande brésilien par BLAISE CENDRARS ». Daté de São Paulo, le 1er juin 1924, ce document passe en revue tous les aspects du projet (exploitation, scénario, dialogues, casting, financement international, musique...) et Cendrars s'y présente sous un jour avantageux : « Metteur en scène. Mr Blaise CENDRARS, écrivain et poète, a derrière lui DIX ANNÉES d'activité cinématographique, il a notamment réalisé, en collaboration avec Mr. Abel GANCE, les deux plus grandes productions cinématographiques d'Europe : "J'ACCUSE" grand film de guerre de propagande française et "LA ROUE" grand film sur l'activité sociale d'un grand réseau de chemin de fer. C'est dire s'il est qualifié pour assurer la direction générale et la mise en scène du grand film de propagande brésilien dont il a eu l'idée. » Le projet interrompu n'a pas été relancé en raison sans doute du développement alors rudimentaire du cinéma brésilien, de l'amateurisme de Luís comme d'Oswald de Andrade et des rêves de Cendrars en matière d'affaires et de cinéma. De son voyage de noces au Brésil avec l'actrice Vera Gibson Amado, Clouzot avait rapporté, en 1951, *Le Cheval des dieux* que Cendrars salue comme un « reportage passionnant qui contient de saisissantes photographies d'initiation *candomblé* ». Cette note insérée dans *Le Brésil* a pris la place d'un développement plus réservé, « Un petit-fils de Voltaire chez le Diable » : « Malgré les saisissantes photographies du reportage qu'il a fait à Bahia la Rome des Noirs, le metteur en scène H.-G. Clouzot se plaint d'avoir eu souvent trop d'argent à verser aux féticheurs qui lui ont permis d'assister à certaines réunions et cérémonies du *candomblé* ; à ce trait, je reconnais un petit-fils de Voltaire qui, pas plus que son grand patron ne croyait à Dieu, ne croit au Diable. Son incrédulité native perce en chaque ligne. Alors, qu'est-ce que Clouzot allait faire dans cette galère, sinon satisfaire une vaine, une malsaine curiosité ? [...] Faire un pas de plus, franchir le premier cercle magique, entrer dans la danse, se perdre, s'abandonner, communier avec le vertige est un acte de foi – et c'est peut-être pour ne pas céder à la tentation que Clouzot a pris la fuite car son départ précipité de Bahia ressemble fort à une fuite. Il a reculé, il a même fui, peut-être pour ne pas céder au vertige ou à la tentation. »

1. L'actrice brésilienne Vera Gibson Amado (1913-1960) a intégré la troupe de Louis Jouvet à Rio de Janeiro, en 1941. À Paris, elle a rencontré le cinéaste Henri-Georges Clouzot (1907-1977) qu'elle épouse en 1950. Sous le nom de Véra Clouzot, elle a tourné trois films sous sa direction : *Le Salaire de la peur* (1953), *Les Diaboliques* (1954) et *Les Espions* (1957).

2. Président du Brésil de 1926 à 1930, Washington Luís Pereira de Souza (1869-1957) a été déposé, peu avant la fin de son mandat, par un coup d'État militaire qui porta Getúlio Vargas au pouvoir. Exilé aux États-Unis puis en Europe, il est revenu au Brésil en 1947 et s'est consacré à ses travaux d'historien.

3. Document inédit présenté et publié par Carlos Augusto Calil dans *Cendrars à l'établi 1917-1931* (*op. cit.*, p. 177-185).

AUX QUATRE COINS DU MONDE

Livre dans le livre, les « Noëls » prennent place au cœur de *Trop c'est trop*. Ces douze variations sur la Nativité forment un kaléidoscope que Cendrars a agité pendant six années. Les « Noëls » ont voyagé de la presse à la radio puis à nouveau dans la presse avec modifications et recompositions avant de former un livre autonome. Leur aventure commence le 22 décembre 1951 par une annonce dans *Paris-Presse-L'Intransigeant* : « C'est à Blaise Cendrars que la Radiodiffusion française s'est adressée, cette année, pour faire voyager ses auditeurs à travers les Noëls du monde entier. Qui peut mieux symboliser la grande aventure que le poète du *Transsibérien*, que le romancier de *L'Or*, de *Rhum*, qui courait déjà le monde à dix-sept ans ? On l'a vu en Chine, en Sibérie, sur la Somme avec la Légion, chasseur d'éléphants en Afrique, et brasseur d'affaires au Brésil, jouant aux quatre coins avec l'univers : bourlingueur, vagabond, aventurier et toujours poète. Ses Noëls, naturellement, ne pouvaient être ordinaires. Il en est de tendres, de cruels, d'émouvants, d'épiques : il n'en est point qui ne soient singuliers. Grâce à la courtoisie de la Radiodiffusion française, nous sommes heureux de pouvoir donner aujourd'hui aux lecteurs de *Paris-Presse-L'Intransigeant* la primeur de ces Noëls de Blaise Cendrars qui passeront sur Paris-Inter le 25 décembre. » Deux livraisons du quotidien préparent *Noëls du monde entier* diffusé le 25 décembre et construit sur un dialogue de Cendrars avec Raymone (transcrit dans *ORC*, t. II, p. 873-887). Au début de 1953, Robert Cayla qui tenait boutique d'ancien demande à Cendrars un inédit pour « Les Amis de l'originale », une collection destinée à une société de bibliophiles. *Noël aux quatre coins du monde* paraît dès le mois d'avril, dans un tirage restreint à 475 exemplaires.

Noël en Nouvelle-Zélande

1. Allusion à la carte de Tendre insérée dans *Clélie, histoire romaine* (1654-1660) par Madeleine de Scudéry. Dans un pays imaginaire, les notions chères aux précieux du XVIIe siècle sont transposées en lieux allégoriques. Dès 1929, Cendrars évoque dans *Les Confessions de Dan Yack* une utopie néo-zélandaise qui tient du chromo entre ironie et nostalgie. Empruntés au roman, les deuxième et troisième paragraphes sont prolongés par une rencontre du voyageur avec son double (Folio, p. 352-356).

2. « C'était *La Traviata* » a été ajouté puis corrigé en « C'était *Paillasse* ». En remplaçant l'opéra de Verdi par celui de Ruggero Leoncavallo, Cendrars substitue à l'histoire d'une courtisane repentie celle du bouffon Canio-Paillasse qui finit par tuer Nedda, son épouse infidèle, au cours d'une représentation théâtrale. Ce double drame plongeait dans la perplexité le jeune Michel Leiris qui croyait que « chaque fois qu'on jouait *Paillasse*, le principal

protagoniste poignardait effectivement sa partenaire » (*L'Âge d'homme*, Folio, p. 43-44).

3. Anzac, acronyme d'Australian and New Zealand Army Corps, désigne les Australiens et les Néo-Zélandais qui ont servi dans l'armée britannique pendant la Grande Guerre. Après ses aventures dans l'Atlantique Sud, Dan Yack, citoyen anglais, s'est engagé dans un corps d'Anzacs.

Noël et Nouvel An en Chine

1. En 1932, un autre Ma apparaissait dans *Vol à voile*. Chef d'une caravane chinoise de thé à la foire de Mandjouria, il négocie avec Rogovine, le « patron » du jeune Blaise (*Sous le signe de François Villon*, *OAC* I, p. 36-37). Dans *La Revue des voyages* (n° 7, hiver 1953, p. 9), ce « Noël » est illustré par une impressionnante photographie représentant des cadavres chinois disposés comme des boxeurs au combat. Elle a pu inspirer Cendrars.

Noël avec Max Jacob

1. D'origine suisse, Nino Frank (Jacques-Henri Frank, 1904-1988) s'est installé à Paris en 1925 comme journaliste, critique de cinéma, essayiste et traducteur de l'italien. Après avoir interviewé Cendrars retour du Brésil en 1926, il rassemble pour lui une documentation sur Jean Galmot en vue de *Rhum* (1930). Producteur à la radio dans les années 1950, il travaille avec Cendrars et participe à l'écriture des trois pièces recueillies dans *Films sans images* (1959), qu'il cosigne. Sa femme Simone dactylographiait les textes de Cendrars qui la surnommait « la Tigresse ».

Noël chez les Indiens du Nouveau-Mexique

1. Raymond Manevy a été le collaborateur de Jean Prouvost et de Pierre Lazareff à *Paris-Soir*, où il s'est lié avec Cendrars. Par la suite il a travaillé à *Libération*, à *France-Soir* et à *France-Dimanche* dont il a été le rédacteur en chef. Il est l'auteur d'une *Histoire de la presse 1914-1939* (1945) et de *La Presse de la IIIe République* (1955).

2. Allusion à un livre d'Alexandre Rouhier, *Le Peyotl : La plante qui fait les yeux émerveillés* (1927). Cendrars s'y réfère à plusieurs reprises dans « La dernière chevauchée

des Peaux-Rouges » (1935, TADA, t. XIII, p. 191-202), *Le Lotissement du ciel* (*OAC*, t. II, p. 438-441) ou *Les Rêves perdus de Blaise Cendrars*, une émission de 1953 (*OAC*, t. II, p. 945-948).

Noël avec ceux de la Terre promise

1. D'abord reporter au *Soir* et à *Paris-Midi*, Pierre Lazareff (1907-1972) a dirigé *Paris-Soir* de 1931 à son départ pour les États-Unis en 1940. Fondé en 1923, *Paris-Soir* est devenu dans les années 1930 le premier journal du soir français sous l'impulsion de l'industriel Jean Prouvost. Il tire à plus de deux millions d'exemplaires en 1940. Lazareff a commandé à Cendrars plusieurs grands reportages (le voyage inaugural du *Normandie*, Hollywood La Mecque du cinéma). Après-guerre il devient le patron de *France-Soir* et produit l'émission « Cinq colonnes à la une » pour la télévision.

2. Cendrars intervertit les deux bateaux de son premier voyage à New York. C'est sur le *Birma* qu'il s'est embarqué à Libau en novembre 1911, à l'invitation de Féla Poznanska. Dans la nuit du 29 au 30 novembre, le voyage a été marqué par un ouragan et les avaries subies par le bateau l'ont contraint à faire escale à Terre-Neuve. En juin 1912, il a quitté New York sur le *Volturno*.

Noël à New York

1. Paul Gilson (1904-1963) a dirigé les services artistiques à la Radiodiffusion française de 1946 à sa mort. Sous la direction générale de Wladimir Porché, il a confié un « Bureau de poésie » à André Beucler et des émissions à Philippe Soupault, Loys Masson, Jean Tardieu, Georges-Emmanuel Clancier... Favorisant la musique contemporaine avec Henry Barraud, il a créé le premier magazine hebdomadaire sur les arts plastiques (« L'art et la vie », puis « Comment regarder la peinture » avec René Huyghe) et lancé le « Petit conservatoire de la chanson » de Mireille. Ces responsabilités ont laissé dans l'ombre son œuvre de poète (*Poèmes* ; *Énigmarelle*) et d'essayiste attentif à l'insolite (*Merveilleux*). C'est un intime de Cendrars avec lequel il

a collaboré avant-guerre à Radio-Luxembourg en diffusant des adaptations de *Du monde entier* (1938), de *L'Opéra inachevé* (1939) et de *L'Or* (1939) dans son émission « Banc d'essai ». Après guerre, il l'invite à la RTF pour des entretiens, des adaptations et des émissions de création. Au « Grand Paul », Cendrars a « offert » *Blaise Cendrars vous parle*... (TADA, t. XV, p. 192) et dédié *Emmène-moi au bout du monde !...* Il l'a choisi comme témoin lors de son mariage religieux avec Raymone à Paris (1959) et comme exécuteur testamentaire.

2. Cendrars n'a jamais repris le *Volturno* qui a été détruit en mer, le 9 octobre 1913, par un incendie provoquant la mort de 136 personnes.

Noël à Rotterdam

1. Reprise très abrégée de « Rotterdam. La grande rixe », le neuvième récit de *Bourlinguer* (*OAC*, t. II, p. 229-249).

Noël à Bahia

1. Amie brésilienne de Cendrars, Maria Frias travaillait à l'ambassade de son pays en France.

2. Version remaniée de la troisième partie de « Fébronio (*Magia sexualis*) » (*La Vie dangereuse*, *ORC*, t. II, p. 318-328).

Noël à la Légion

1. Paru dans *La Revue de la pensée française* en juin 1951, sous le titre « Un caporal de la Légion ».

Noël en forêt des Ardennes

1. Les souvenirs ardennais de Cendrars proviennent de ses séjours aux Aiguillettes, la propriété de son amie Élisabeth Prévost, en 1938-1939 (voir *Sous le signe de François Villon*, *OAC*, t. I, p. 840-841).

2. Écrivain et chef de file du mouvement des « Hussards », Roger Nimier (1925-1962) dirigeait la revue *Opéra* et était rédacteur en chef du *Nouveau Femina*. Nimier dresse le portrait de Cendrars dans *L'Élève d'Aristote* (1982, p. 259-260).

Noël au Bœuf sur le toit

1. *Le Bœuf sur le toit* doit son nom à une chanson rapportée du Brésil par Darius Milhaud, qui en a fait un ballet avec Jean Cocteau. Ouvert en 1921 par Louis Moysès au 26, rue Boissy-d'Anglas, le cabaret est à la mode pendant les Années folles et Maurice Sachs s'en fait le chroniqueur (*Au temps du Bœuf sur le toit*, 1939). Cendrars l'évoque dans « Paris par Balzac » (TADA, t. XI, p. 189-202). – Gabrielle Chasnel, dite Coco Chanel, renouvelle le vêtement féminin après la Grande Guerre (pantalon, tailleur) et lance sa marque de parfum (le « Numéro 5 »). Après la Seconde Guerre où son attitude fut controversée, elle fait son retour dans le monde de la couture en 1954. – Anne de Rochechouart de Mortemart, duchesse d'Uzès, accueillait les célébrités du temps dans ses propriétés successives. – Marthe Chenal est une célèbre cantatrice de l'époque. – Le marchand d'art Ambroise Vollard était le voisin de Cendrars au Tremblay-sur-Mauldre. – L'imprimeur et typographe Charles Peignot et sa famille étaient des amis de Cendrars.

2. Figure de la vie mondaine et artistique, Misia Sert (Marie Godebska), surnommée « la reine de Paris », fut l'amie de Proust, Picasso, Cocteau ou Coco Chanel.

3. Version abrégée de la « Ballade des dames du temps jadis » de Villon. De son poète préféré Cendrars a publié *Le Testament* aux Éditions de La Sirène dès 1918. En 1939, il place trois « prochronies » *Sous le signe de François Villon* (*OAC*, t. I, p. 5-137).

Noël à Rio

1. Comédienne et romancière, Madame Simone (Pauline Benda) a été l'amie secrète d'Alain-Fournier en 1913. Membre du jury du prix Femina de 1935 à 1985, elle tenait salon au château de Trie-la-Ville.

2. « L'œil est-il à gauche de la main ? » : allusion à « La Caille et le Crabe » (*Anthologie nègre*, 1921, TADA, t. X, p. 201).

3. Citation remaniée de la « Chanson d'automne » de

Paul Verlaine : « Deçà, delà, / Pareil à la / Feuille morte » (*Poèmes saturniens*).

4. Yan était le surnom de João Fernando de Almeida Prado (1898-1991), peintre, romancier et historien pauliste, sans parenté avec Paulo Prado. Pilotis de Caio de Azevedo dans « La Tour Eiffel sidérale », il est qualifié de « pince-sans-rire » dans « La voix du sang ».

5. Allusion à *La Vénus à la fourrure* (*Venus im Pelz*, 1870), roman de Leopold von Sacher-Masoch (1836-1895) dont le nom a été utilisé par le psychiatre Richard von Krafft-Ebing pour définir le masochisme. Après Hedwiga devant Dan Yack, Mme de Pathmos nue sous sa fourrure a renouvelé pour Cendrars le geste de Wanda, l'héroïne (et la femme) du romancier autrichien (*L'Homme foudroyé*).

6. Écrivain et éditeur américain, Samuel Putnam (1892-1950) s'est installé à Paris à la fin des années 1920. Ami d'Henry Miller, il a traduit Rabelais, Cervantès, Delteil, les *Souvenirs* de Kiki de Montparnasse et publié des Mémoires (*Paris Was Our Mistress*, New York, 1947).

LA VOIX DU SANG

Le 15 octobre 1952, Jeanne Worms-Reims demande à Cendrars une préface pour *L'Enfant de la plantation* [*Menino de Engenho*], roman de José Lins do Rego Cavalcanti (1901-1957) paru vingt ans plus tôt au Brésil et qu'elle vient de traduire. Sous couvert d'une préface, Cendrars retrace sa rencontre, en 1924, avec les écrivains de São Paulo qui, rapporte le poète Manuel Bandeira, attendaient impatiemment ce « possédé de la vie moderne » dont « l'influence fut grande sur les jeunes gens qui en 1922 déchaînèrent le Mouvement moderniste » au cours d'une Semaine d'art moderne restée fameuse. Trente ans après, Cendrars dresse un bilan critique que nuance un témoin, Rubens Borba de Moraes. Toujours à la recherche de l'exotisme, il n'aurait pas trouvé dans les modernistes de São Paulo « des jeunes gens étranges, bizarres, différents, en accord avec la vision fantastique qu'à toute force il voulait avoir du Brésil ».

1. Pierre Berès (Pierre Berestov) était un libraire renommé, collectionneur et expert en livres anciens.

2. Graça Aranha, écrivain d'avant-garde et diplomate, un des organisateurs de la Semaine d'art moderne à São Paulo. – Ronald de Carvalho, poète admiré de Fernando Pessoa (*Luz Gloriosa*) et diplomate, en poste notamment à Paris. – Américo Facó, poète (*Poesia Perdida*) et journaliste, grand ami de Carlos Drummond de Andrade. – Prudente de Morais Neto, journaliste engagé à gauche au *Diário Carioca* et poète. – Guilherme de Almeida, avocat, poète, journaliste engagé, fut un des fondateurs de la revue moderniste *Klaxon*. – Sérgio Buarque de Holanda, historien et sociologue, auteur de *Racines du Brésil* (1936), père de l'écrivain et chanteur Chico Buarque. – Paulo da Silveira, journaliste redouté pour ses talents de pamphlétaire.

3. Voir leur présentation dans « Blaise Cendrars et ses "bons amis" de São Paulo » par Adrien Roig (*Brésil, l'*Utopialand *de Blaise Cendrars, op. cit.*).

4. Mário de Andrade (1893-1945), poète, essayiste et musicologue, est l'auteur du roman *Macunaíma* où apparaît Cendrars (1928). Au cours de deux voyages en 1927 et 1928, il s'est fait l'ethnologue de son pays. Voir *L'Apprenti touriste* (La Quinzaine littéraire / Louis Vuitton, 1996).

5. Chef de file du groupe moderniste, Oswald de Andrade (1890-1954) est l'auteur de *Manifestes anthropophages* (1928-1929), des *Mémoires sentimentaux de João Miramar* (1924) et du recueil *Pau Brasil* (1925). Oswald était alors le compagnon de Tarsila do Amaral (1886-1973) qui a illustré *Feuilles de route* et à qui « La Tour Eiffel sidérale » est dédié.

6. Homme d'affaires, Paulo Prado (1869-1943) a fait fortune dans la culture du café. Mécène du mouvement moderniste, il soutient la Semaine d'art moderne de São Paulo. Il est l'auteur de *Retrato do Brasil*, essai sur la tristesse brésilienne (1928). Sur la suggestion d'Oswald de Andrade, il invite Cendrars au Brésil en 1924. Cendrars l'évoque dans *Bourlinguer* (*OAC*, t. II, p. 333-343) et dédie *Le Brésil* « *À la mémoire de mon meilleur ami, Paulo Prado,*

l'auteur pessimiste de ce livre singulier Retrato do Brasil. / *Fatigué d'avoir raison, il est mort d'ennui.* »

7. *Poèmes par un riche amateur* a été publié sans nom d'auteur en 1908, puis Valery Larbaud l'a remanié sous son nom dans *A. O. Barnabooth. Ses œuvres complètes,* c'est-à-dire un conte, ses poésies et son journal intime (1913). Ce personnage de milliardaire sud-américain est l'un des pilotis de Dan Yack.

8. Georges Bernanos s'est exilé au Brésil de 1938 à 1945. La montée du nazisme a poussé l'écrivain autrichien Stefan Zweig à quitter Vienne pour le Brésil où il s'installe en 1940 et rédige *Le Monde d'hier*. Peu après une visite à Bernanos, désespéré par la guerre, il s'est suicidé à Petrópolis, le 22 février 1942.

L'ÉQUATEUR (*Sur les côtes du Brésil*)

Le 18 avril 1951, Cendrars note dans son *Memento* : « Jardot, d'accord pour *Le Brésil.* » André Jardot, qui dirige Les Documents d'art à Monaco, vient de lui passer commande d'un album avec des photographies de Jean Manzon. Interrompant *Emmène-moi au bout du monde !...*, Cendrars rédige « Des hommes sont venus... », son introduction au volume qui paraît en juin 1952. Entretemps, deux fragments de ce « texte inédit de Blaise Cendrars » ont paru en bonnes feuilles dans *La Revue des Voyages* sous le titre « Sur les côtes du Brésil ». C'est la première collaboration du poète à la doyenne des revues spécialisées dans les voyages et le tourisme. Fondée en 1881 par la société anglaise Thomas Cook & Son, interrompue en 1940, cette revue trimestrielle luxueuse venait d'être relancée à l'initiative de Louis Carló et Jean-Paul Caracalla et se voulait « le rendez-vous des grands écrivains voyageurs ». En 1969, elle est transformée en magazine sous le titre *Connaissance des Voyages.*

1. Diplomate et écrivain chilien, Salvador Reyes (1899-1970) évoque leur amitié dans « Avec Blaise Cendrars de Saint-Segond à l'Antartide » (*Mercure de France*, 1962). C'est avec les Reyes que Cendrars et Raymone se

sont rendus en automobile en Suisse, le 16 septembre 1949, pour se marier.

2. Du Brésil, Cendrars est revenu sur le *Gelria* le 19 août 1924. Il a évoqué un voyage qui l'a marqué dans *Feuilles de route*, « Caralina » (préface à *La Vie et la Mort du Soldat inconnu*), « L'Amiral » (*D'Oultremer à Indigo*, où il est rebaptisé l'*Éric-Juel*), « Le Jugement dernier » (*Le Lotissement du ciel*). – Du 29 mai au 21 juin 1935, Cendrars, envoyé par *Paris-Soir*, a pris part au voyage inaugural du *Normandie* entre Le Havre et New York.

3. « Îles », poème de *Feuilles de route* (*DME*, p. 226).

CHASSE À L'ÉLÉPHANT
(*Notes inédites d'un chasseur d'images*)

Le 20 juin 1952, Cendrars mentionne dans son *Memento* : « *Chasse à l'éléphant* », puis, le 24 : « *L'éléphant*. Envoyé l'article et la photo à *La Revue des voyages.* » « Chasse à l'éléphant. Notes inédites d'un chasseur d'images » y paraît à l'automne suivant. L'article est illustré par douze photographies d'éléphants dont l'une représente un chasseur juché sur deux cadavres d'animaux, avec pour légende : « Cendrars est fier de cet impressionnant doublé réalisé au cours d'une chasse dans le haut Soudan ». Il s'agit de la photo qu'il a lui-même envoyée à la revue pour dénoncer ce « document truqué » découvert dans un « journal phocéen »... Après « Sur les côtes du Brésil », l'année précédente, c'est la deuxième de ses trois collaborations à cette revue luxueuse. Rien n'atteste la réalité biographique de ces « Notes inédites » prises par un prétendu chasseur qui ne s'est rendu en Afrique que le temps d'une brève escale à Dakar et surtout affirmait avoir « horreur » de la chasse. Mais son gibier est d'une autre nature. Les notes de ce « chasseur d'images » résultent d'un montage de poèmes de *Kodak* et d'extraits de *L'Homme foudroyé*. Autrement dit, elles présentent une synthèse de sa lecture de Maurice Calmeyn et des souvenirs de son amie chasseresse Élisabeth Prévost, déjà exploités dans *D'Oultremer à Indigo*. « Chasse à l'éléphant » sera repris dans le *Bulletin de l'Automobile-Club*, en avril 1954.

1. Le photographe Jicky qui apparaît dans « Le Vieux-Port » (*L'Homme foudroyé*) est aussi imaginaire que les chasses auxquelles il est associé. Le premier paragraphe est emprunté au « Vieux-Port » (*L'Homme foudroyé*, Folio, p. 79).

2. Le Bahr-el-Zeraf (« rivière des girafes ») est l'un des noms du Nil blanc. Cette deuxième séquence est une mise en prose du poème « Fleuve / Le Bahr-el-Zeraf » de *Kodak* (*Documentaires*, *DME*, p. 177-178).

3. Extrait de « Chasse à l'éléphant » (*Documentaires*, *DME*, p. 183). Ces « photographies verbales » ont été tirées par collage du livre de Maurice Calmeyn, *Au Congo belge* (1912).

4. Citation de l'un des « Quelques proverbes fân » recueillis dans l'*Anthologie nègre* (TADA, t. X, p. 301).

UN HOMME HEUREUX

« L'heureux homme. Le Monsieur qui fait du cinéma » a paru dans *La Gazette des lettres* en avril 1952. Lancée par quinzaines le 22 décembre 1945, elle devient mensuelle en 1950 sous la direction de Raymond Dumay et Robert Kanters. La relance s'achève le 15 décembre 1952 avec le départ de Kanters appelé à diriger Denoël. Cendrars a contribué à six reprises à la seconde période de *La Gazette des lettres*. Rien n'indique que « L'heureux homme… » est extrait d'*Une nuit dans la forêt*, mais ce « premier fragment d'une autobiographie », paru en 1929, tiré à 496 exemplaires et jamais réédité, était pour ainsi dire inconnu. Cendrars n'a retenu que ce qui concerne son expérience et sa vision du cinéma. Lorsque Michel Manoll lui demande, en 1950, pourquoi il ne fait plus de cinéma, il répond par une pirouette : « Par distraction, Manoll, et à la suite d'un divorce prononcé entre le cinéma et moi pour incompatibilité d'humeur. » Dans l'extrait recueilli, l'exaltation l'emporte étrangement sur le désenchantement qui a gagné peu à peu l'auteur de « L'ABC du cinéma » (*Aujourd'hui*) alors qu'il rêvait d'y faire son œuvre de la main gauche.

1. Romancier et gastronome, Raymond Dumay (1916-1999) a édité avec Nino Frank les *Œuvres complètes* de Cendrars au Club français du livre et préfacé les quinze volumes (1968-1971). Il s'est noyé à La Redonne, le village où Cendrars s'était retiré en 1927 pour travailler à *Dan Yack*.

2. Interrogé par Jean Epstein sur la photogénie, Cendrars avait répondu au cinéaste : « C'est un mot cucu-praline-rhododendron, mais c'est un grand mystère » (*Écrits sur le cinéma*, t. I, Seghers, 1974, p. 32).

POMPON

Comme « Un homme heureux », « Pompon » est un extrait remanié d'*Une nuit dans la forêt* (1929). La dédicace et le témoignage de l'intéressée invitent à voir en Pompon un portrait transposé de Raymone, muse et compagne du poète depuis 1917, qui tourna à Rome dans *La Venere nera* (« La Vénus noire ») sous sa direction. La transposition laisse entrevoir l'envers de leurs relations idéalisées, dans une Rome aux couleurs d'apocalypse. À la même époque, Cendrars en expose l'énigme dans l'amour blanc que Dan Yack porte à Mireille, sa femme-enfant, autre double de Raymone. Dans les deux cas, le cinéma selon Cendrars tient de la cure violente : le tournage contraint l'actrice à se révéler à elle-même dans un démasquage libérateur. Mireille, travestie en Gribouille, mourra de se voir mise à nu ; Pompon qui refuse de se soumettre au traitement le paiera au prix fort selon les souvenirs dramatisés du cinéaste. L'entrée des fascistes dans Rome a eu lieu en effet le 29 octobre 1922, alors que le tournage remonte à 1921. Et Raymone qui n'a jamais été défigurée n'a pas eu d'enfant avec son metteur en scène. Pompon apparaît (avec Mireille) comme un double sacrificiel.

1. La comparaison rapproche l'amour idéalisé de Cendrars pour Raymone, modèle de Pompon, et celui de Nerval pour une autre comédienne, Jenny Colon.

SI J'ÉTAIS...

1. Robert de La Vaissière a été le premier directeur littéraire des Éditions Albin Michel.

I. Si j'étais Greta Garbo

« Si j'étais Greta Garbo » a paru dans *Opéra*, la revue de Roger Nimier, les 3-9 octobre 1951. Dans *Trop c'est trop*, le portrait-charge de « la Divine » forme un diptyque violemment contrasté avec « Si j'étais Charlie Chaplin ». C'est en connaissance de cause que Blaise Cendrars le pseudonyme fait apparaître sous ses deux faces le besoin de légende qui ne fait qu'un pour lui avec celui d'écrire : le masque protecteur est un piège qui enferme. Sous la diatribe se faufile une discrète autocritique.

1. Après l'insuccès de *La Femme aux deux visages* en 1941, Greta Garbo s'est retirée du cinéma. La longue absence de « la Divine » a pris valeur de mythe.
2. Installé en France en 1910, Nils de Dardel ou Nils Dardel (1888-1943), peintre et décorateur suédois, devient entre 1920 et 1924, avec sa femme Thora, le conseiller artistique des Ballets suédois de Rolf de Maré. Cendrars lui a dédié « S. E. l'Ambassadeur », la première nouvelle de *D'Oultremer à Indigo*.

II. Si j'étais Charlie Chaplin

« Si j'étais Charlie Chaplin » a été publié dans le quotidien *Paris-Presse-L'Intransigeant* le 31 octobre 1951. Au jeu des identifications imaginaires, Charlot tient le grand premier rôle chez Cendrars, qui a souvent confondu Charlie Chaplin avec son personnage. Le nombre de ses apparitions dans l'œuvre du poète impressionne par son abondance, sa constance et son empathie. Le catalogue en a été dressé par Jean-Carlo Flückiger qui s'en est fait l'interprète dans ses travaux (« Partir pour de bon ("Qui ça, Charlot ?") », 1989). Au-delà de l'admiration, il s'agit d'affinités électives qui touchent au plus intime. Dans le vagabond de Chaplin, le bourlingueur a rencontré son double. Sa gaucherie, sa violence, son rire, son obstination envers et contre tout, son art du rebond, son errance perpétuelle, le démon du départ et jusqu'à sa transformation en mythe offrent au poète un miroir devant lequel il n'a cessé de s'interroger ou de prendre la pose.

CHARLOT

« Charlot » a paru sous le titre « 40 ans aux feux de la rampe, Charlie Chaplin » dans l'*Album-Figaro*, n° 38, en octobre-novembre 1952. Prenant à la lettre le titre du périodique, Cendrars feuillette son album de souvenirs sous les yeux du lecteur. De 1915, au front, à la sortie de *Limelight* en 1952, il énumère ses rencontres marquantes avec Charlot. Privilège de l'imaginaire au service du mythe personnel, il s'invente même un partenariat de clowns, en 1909, avec celui qui n'avait pas encore créé le personnage du vagabond. Au fil des souvenirs, Charlot prend place dans la famille élective que s'est composée Cendrars, auprès de Schopenhauer, Léger, Perlberg, Chagall, Benjamin Nouvel-An, Stravinsky… « Beau-frère de la main gauche », « gaucher » ou « foudroyé », « le roi du muet » apparaît comme le sosie paradoxal du poète, jusque dans sa condamnation de l'homme moderne dont *Aujourd'hui* vingt ans plus tôt faisait un vibrant éloge.

1. Dans *Souvenirs pour demain*, Jean-Louis Barrault évoque ses rencontres d'enfant avec « un homme au regard aigu, à la trogne de trappeur » qui lui racontait des histoires fantastiques : « Faire fortune et tout gaspiller était sa respiration. C'est Cendrars qui m'a donné le goût de l'aventure et la joie de "bourlinguer" » (Le Seuil, 1972, p. 40-41).

2. La première partie de « Charlot » remanie « La naissance de Charlot », une des « Actualités » d'*Aujourd'hui*.

3. La troisième partie est empruntée aux *Confessions de Dan Yack* (1929) où M. Nouvel-An est présenté par Mireille comme une connaissance de Dan Yack (Folio, p. 323-326).

JE MONTE À PARIS POUR LE LANCEMENT DE *BOURLINGUER* (Printemps 1948)

Le 16 juin 1948, *Carrefour* annonce : « L'ermite de Villefranche a retrouvé la capitale / PARIS EN COUP DE VENT / par / Blaise Cendrars ». C'est à la demande insistante de Guy Tosi, son éditeur, que Cendrars a quitté Saint-Segond pour le lancement de *Bourlinguer* chez Denoël. Il rechigne à interrompre *Le Lotissement du ciel* qu'il a en chantier. Les mondanités et les séances de signatures l'ennuient mais le cocktail va lui permettre de rencontrer enfin Jean Voilier qui prend les rênes de la maison. Sur Paris qu'il a quitté en 1940, il promène le regard d'un Persan à la Montesquieu. Avant de vite retourner à ses écritures.

1. Julie du Tremblay n'était pas originaire du Tremblay-sur-Mauldre mais portait bien ce nom, selon le photographe Alain Rempfer qui l'a rencontrée à la fin des années 1960. Vivant à Monte-Carlo, elle avait indiqué à Raymone et Cendrars à Villefranche-sur-Mer la villa Saint-Segond où se trouvait la petite maison de gardien que la propriétaire, Denyse Chaudoir, a mise à leur disposition. http://alain.rempfer.free.fr/sitear/cendrars/blaise_cendrars.html
2. Peut-être l'écrivain Albert Paraz auquel Cendrars venait de rendre visite au sanatorium de Vence le 28 avril 1948.

PAUVRES RASTIGNACS

En 1952, *La Gazette des lettres* lance une enquête sur le thème : « Ils sont "arrivés"... Dans quel état ? » : « Chaque année, vers le mois de septembre, dans toutes les provinces de France, des jeunes gens bouclent leur valise et partent à la conquête de Paris. Nous avons pensé que rien ne pouvait être plus charitable, sinon plus utile, que de composer un cahier de la *Gazette*, pour aider les jeunes Rastignac dans leur entreprise. Mais rien, pensons-nous, ne peut remplacer la leçon des grands exemples, c'est pourquoi nous avons demandé à quelques personnalités de bien vouloir faire profiter leurs cadets de leur expérience et leur dire comment ils y sont parvenus et, selon la formule consacrée, “où et dans quel état”. » Cendrars transpose en 1907 des souvenirs qui ne sauraient être antérieurs à octobre 1910, date de son premier séjour à Paris, marqué par des sympathies anarchistes que confirme « Le Ve arrondissement ».

1. Le 25 septembre 1912, le « camarade Sauser (écrivain) » a fait une conférence en allemand sur « Schönheit und Anarchismus » (*Beauté et anarchisme*) au Club libéral de discussion qui se réunissait chaque vendredi au restaurant Jules, 6, boulevard Magenta à Paris. En octobre, la conférence a été publiée sous le pseudonyme de Jack Lee dans le n° 1 des *Hommes nouveaux* et traduite en 1969 dans *Inédits secrets* (Le Club français du livre, p. 271-275).

2. André Colomer a fondé avec d'autres poètes anarchisants *La Foire aux chimères* (1907-1908) et *Les Actes des poètes* (1910-1911). Directeur de la *Revue anarchiste*, il soutient que Philippe Daudet, fils de Léon et proche des mouvements anarchistes, ne s'est pas suicidé dans un taxi mais a été assassiné. – Appartenant au même groupe anarchiste que Colomer, René Dessambre a fondé avec lui *L'Action d'art*, en 1913. Il a collaboré à *La Forge* et à *Montparnasse*, dans la mouvance desquels Cendrars a pu le rencontrer. – Fils du compositeur Dynam-Victor Fumet, Stanislas Fumet a fondé *La Forge* à quatorze ans puis, en 1914, *Les Échos du silence*. Journaliste et essayiste, il s'attachait à concilier modernité et catholicisme social et s'est passionné pour Rimbaud, Baudelaire et Claudel. – Raymone faisait partie de la troupe de Louis Jouvet dont Cendrars a fait le pilotis de Félix Juin, le metteur en scène d'*Emmène-moi au bout du monde !...* – François Porché, poète et critique, a été le collaborateur de Péguy aux *Cahiers de la quinzaine* et il nourrissait pour la Russie une passion qui a pu le rapprocher de Cendrars. – André Thérive, pseudonyme de Roger Puthoste, romancier et biographe, était un critique littéraire influent, notamment au *Temps*.

LE ROMAN QUE JE N'ÉCRIRAI JAMAIS

En octobre 1950, *La Gazette des lettres* demande à plusieurs écrivains de « raconter le roman qu'ils ont envie d'écrire, et dont ils savent cependant qu'ils ne l'écriront – peut-être – jamais ». La réponse de Cendrars, qui depuis ses débuts joue en orfèvre de toute la gamme de l'absence, a été publiée le 15 septembre 1952. À la parution de *Trop c'est trop*, la liste des œuvres « du même auteur » tient du morceau de bravoure. Sous la rubrique « Épuisé » prend place l'introuvable *Légende de Novgorod*, 1909. Les annonces sont distribuées en trois rubriques : « sous presse » se trouvent *Sous le signe de François Villon*, *La Rumeur du monde* et *Le Poids de la planète*, qui n'en sont jamais sortis. Sont « en préparation » *L'Avocat du diable*, roman, *La Vie parisienne*, roman, et *Culs terreux et grands Petzouilles*, roman, et leur préparation dure encore. « Sur le chantier » prend place la promesse rituelle de « 33 volumes ». Plus de deux cents projets ont passé dans la bibliographie fantôme de Cendrars. *Notre pain quotidien* est l'un des plus fascinants. Annoncé en 1929 comme « l'équivalent des *Misérables* de Victor Hugo » (*OAC*, t. I, p. 113-114), le roman n'a toujours pas paru en 1945, mais l'auteur de *L'Homme foudroyé* affirme avoir écrit pendant dix ans, dans le château de son amie Paquita, cette « chronique romancée de la société parisienne, comment on vivait à Paris pour se procurer de l'argent et paraître durant l'entre-deux-guerres, la lutte pour la vie, politique, vanité, jouissance, jazz et krach, dix volumes que je n'ai pas signés et dont j'ai déposé anonymement les manuscrits dans les coffres de différentes banques de différents pays de l'Amérique du Sud, au fur et à mesure que je les écrivais et voyageais, manuscrits que l'on trouvera un jour si le cataclysme qui ébranle le monde d'aujourd'hui s'arrête à temps, et que l'on publiera alors avec surprise ou que l'on ne publiera alors pas, ce dont je me fiche pas mal puisque je serai mort et enterré alors depuis longtemps quand on ouvrira, de par la loi, ces coffres-forts dont j'ai jeté les clés en haute mer. » (Folio, p. 370-371). Rien ne confirme qu'ont été entrepris les dix volumes qui auraient passionné l'auteur de *La Vie mode d'emploi*, Georges Perec.

1. Le diplomate Henri Hoppenot s'était lié à Rio, en 1917, avec Darius Milhaud pour lequel il a composé les livrets des *Opéras-minutes*. Sa femme Hélène Delacour était photographe.

2. Successivement : *La Main coupée* de 1918 se réduit à quelques feuillets (*OAC*, t. I, p. 817-821). – Allusion à *Au cœur du monde*, poème lié à la rencontre avec Raymone en 1917. – *La Vie et la Mort du Soldat inconnu* a été abandonné après deux publications en revues (*ORC*, t. II, p. 957-1028). – Conçu en 1949, *Emmène-moi au bout du monde !...* ne paraîtra qu'au début de 1956.

NOTE POUR ANDRÉ ROUVEYRE SUR LES DANGERS D'UNE NOUVELLE MYTHOLOGIE MODERNE : LA LIGUE DES *VEUVES ABUSIVES*

Alors qu'il prévoyait d'achever *Trop c'est trop* par « La Belle Cycliste », un hommage à Fernand Léger, Cendrars l'a remplacé sur les épreuves par la « Note pour André Rouveyre ». Aucun manuscrit du premier projet n'est connu. Seul inédit de *Trop c'est trop*, la « Note » est aussi le seul texte écrit par Cendrars après son attaque cérébrale, le 21 juillet 1956. Il boucle son recueil – et d'une certaine façon son œuvre – sur une anecdote qui tient du prétexte. La « Note » révèle un ressentiment insurmonté qui perce, dès septembre 1913, dans une lettre à Apollinaire : « Je vous ai une fois envoyé *Pâques*. Vous, vous auriez dû me dédier *Zone*. » Plus encore qu'un soupçon d'emprunt, ce qui assombrit en Cendrars le souvenir d'Apollinaire, c'est de ne pas avoir été reconnu par l'aîné qu'il admirait. La « Note » fait entendre que, tous comptes faits, trop c'est trop.

1. Dans *Les Veuves abusives* (1937) Anatole de Monzie, avocat et homme politique français, dénonçait « l'exploitation du nom, des œuvres, des desseins inachevés du mari mort ».

2. Journaliste, écrivain et dessinateur, André Rouveyre, qui a été l'intime d'Apollinaire, venait de publier une nouvelle édition des *Poèmes à Lou*, la comtesse Louise de Coligny-Châtillon.

3. Successivement : allusions à Lou, à Jacqueline Kolb qu'Apollinaire a épousée en 1918 et à Madeleine Pagès, rencontrée dans le train de Nice à Marseille, le 2 janvier 1915. Le poète la demande en mariage mais, après une permission passée auprès d'elle à Oran, il renonce à ses projets. Marie Laurencin, qui a rencontré Apollinaire en 1907, a été sa maîtresse et sa muse. « Le Pont Mirabeau » fait écho à leur rupture en 1912. Dans *Le Poète assassiné*, le poète a caricaturé l'inconstance de son amie peintre sous les traits de Tristouse Ballerinette.

TROP C'EST TROP

DOSSIER

COLLECTION FOLIO

Dernières parutions

6799. Antoine Bello	*Scherbius (et moi)*
6800. David Foenkinos	*Deux sœurs*
6801. Sophie Chauveau	*Picasso, le Minotaure. 1881-1973*
6802. Abubakar Adam Ibrahim	*La saison des fleurs de flamme*
6803. Pierre Jourde	*Le voyage du canapé-lit*
6804. Karl Ove Knausgaard	*Comme il pleut sur la ville. Mon combat - Livre V*
6805. Sarah Marty	*Soixante jours*
6806. Guillaume Meurice	*Cosme*
6807. Mona Ozouf	*L'autre George. À la rencontre de l'autre George Eliot*
6808. Laurine Roux	*Une immense sensation de calme*
6809. Roberto Saviano	*Piranhas*
6810. Roberto Saviano	*Baiser féroce*
6811. Patti Smith	*Dévotion*
6812. Ray Bradbury	*La fusée* et autres nouvelles
6813. Albert Cossery	*Les affamés ne rêvent que de pain*
6814. Georges Rodenbach	*Bruges-la-Morte*
6815. Margaret Mitchell	*Autant en emporte le vent I*
6816. Margaret Mitchell	*Autant en emporte le vent II*
6817. George Eliot	*Felix Holt, le radical.* À paraître
6818. Goethe	*Les Années de voyage de Wilhelm Meister*
6819. Meryem Alaoui	*La vérité sort de la bouche du cheval*
6820. Unamuno	*Contes*

6821.	Leïla Bouherrafa	*La dédicace.*
6822.	Philippe Djian	*Les inéquitables*
6823.	Carlos Fuentes	*La frontière de verre.* Roman en neuf récits
6824.	Carlos Fuentes	*Les années avec Laura Díaz.* Nouvelle édition augmentée
6825.	Paula Jacques	*Plutôt la fin du monde qu'une écorchure à mon doigt.*
6826.	Pascal Quignard	*L'enfant d'Ingolstadt. Dernier royaume X*
6827.	Raphaël Rupert	*Anatomie de l'amant de ma femme*
6828.	Bernhard Schlink	*Olga*
6829.	Marie Sizun	*Les sœurs aux yeux bleus*
6830.	Graham Swift	*De l'Angleterre et des Anglais*
6831.	Alexandre Dumas	*Le Comte de Monte-Cristo*
6832.	Villon	*Œuvres complètes*
6833.	Vénus Khoury-Ghata	*Marina Tsvétaïéva, mourir à Elabouga*
6834.	Élisa Shua Dusapin	*Les billes du Pachinko*
6835.	Yannick Haenel	*La solitude Caravage*
6836.	Alexis Jenni	*Féroces infirmes*
6837.	Isabelle Mayault	*Une longue nuit mexicaine*
6838.	Scholastique Mukasonga	*Un si beau diplôme !*
6839.	Jean d'Ormesson	*Et moi, je vis toujours*
6840.	Orhan Pamuk	*La femme aux cheveux roux*
6841.	Joseph Ponthus	*À la ligne. Feuillets d'usine*
6842.	Ron Rash	*Un silence brutal*
6843.	Ron Rash	*Serena*
6844.	Bénédicte Belpois	*Suiza*
6845.	Erri De Luca	*Le tour de l'oie*
6846.	Arthur H	*Fugues*
6847.	Francesca Melandri	*Tous, sauf moi*
6848.	Eshkol Nevo	*Trois étages*
6849.	Daniel Pennac	*Mon frère*
6850.	Maria Pourchet	*Les impatients*
6851.	Atiq Rahimi	*Les porteurs d'eau*
6852.	Jean Rolin	*Crac*

6853.	Dai Sijie	*L'Évangile selon Yong Sheng*
6854.	Sawako Ariyoshi	*Le crépuscule de Shigezo*
6855.	Alexandre Dumas	*Les Compagnons de Jéhu*
6856.	Bertrand Belin	*Grands carnivores*
6857.	Christian Bobin	*La nuit du cœur*
6858.	Dave Eggers	*Les héros de la Frontière*
6859.	Dave Eggers	*Le Capitaine et la Gloire*
6860.	Emmanuelle Lambert	*Giono, furioso*
6861.	Danièle Sallenave	*L'églantine et le muguet*
6862.	Martin Winckler	*L'École des soignantes*
6863.	Zéno Bianu	*Petit éloge du bleu*
6864.	Collectif	*Anthologie de la littérature grecque. De Troie à Byzance*
6865.	Italo Calvino	*Monsieur Palomar*
6866.	Auguste de Villiers de l'Isle-Adam	*Histoires insolites*
6867.	Tahar Ben Jelloun	*L'insomniaque*
6868.	Dominique Bona	*Mes vies secrètes*
6869.	Arnaud Cathrine	*J'entends des regards que vous croyez muets*
6870.	Élisabeth Filhol	*Doggerland*
6871.	Lisa Halliday	*Asymétrie*
6872.	Bruno Le Maire	*Paul. Une amitié*
6873.	Nathalie Léger	*La robe blanche*
6874.	Gilles Leroy	*Le diable emporte le fils rebelle*
6875.	Jacques Ferrandez / Jean Giono	*Le chant du monde*
6876.	Kazuo Ishiguro	*2 nouvelles musicales*
6877.	Collectif	*Fioretti. Légendes de saint François d'Assise*
6878.	Herta Müller	*La convocation*
6879.	Giosuè Calaciura	*Borgo Vecchio*
6880.	Marc Dugain	*Intérieur jour*
6881.	Marc Dugain	*Transparence*
6882.	Elena Ferrante	*Frantumaglia. L'écriture et ma vie*
6883.	Lilia Hassaine	*L'œil du paon*
6884.	Jon McGregor	*Réservoir 13*

6885. Caroline Lamarche — *Nous sommes à la lisière*
6886. Isabelle Sorente — *Le complexe de la sorcière*
6887. Karine Tuil — *Les choses humaines*
6888. Ovide — *Pénélope à Ulysse* et autres lettres d'amour de grandes héroïnes antiques
6889. Louis Pergaud — *La tragique aventure de Goupil* et autres contes animaliers
6890. Rainer Maria Rilke — *Notes sur la mélodie des choses* et autres textes
6891. George Orwell — *Mil neuf cent quatre-vingt-quatre*
6892. Jacques Casanova — *Histoire de ma vie*
6893. Santiago H. Amigorena — *Le ghetto intérieur*
6894. Dominique Barbéris — *Un dimanche à Ville-d'Avray*
6895. Alessandro Baricco — *The Game*
6896. Joffrine Donnadieu — *Une histoire de France*
6897. Marie Nimier — *Les confidences*
6898. Sylvain Ouillon — *Les jours*
6899. Ludmila Oulitskaïa — *Médée et ses enfants*
6900. Antoine Wauters — *Pense aux pierres sous tes pas*
6901. Franz-Olivier Giesbert — *Le schmock*
6902. Élisée Reclus — *La source* et autres histoires d'un ruisseau
6903. Simone Weil — *Étude pour une déclaration des obligations envers l'être humain* et autres textes
6904. Aurélien Bellanger — *Le continent de la douceur*
6905. Jean-Philippe Blondel — *La grande escapade*
6906. Astrid Éliard — *La dernière fois que j'ai vu Adèle*
6907. Lian Hearn — *Shikanoko, livres I et II*
6908. Lian Hearn — *Shikanoko, livres III et IV*
6909. Roy Jacobsen — *Mer blanche*
6910. Luc Lang — *La tentation*
6911. Jean-Baptiste Naudet — *La blessure*
6912. Erik Orsenna — *Briser en nous la mer gelée*
6913. Sylvain Prudhomme — *Par les routes*

6914. Vincent Raynaud — *Au tournant de la nuit*
6915. Kazuki Sakuraba — *La légende des filles rouges*
6916. Philippe Sollers — *Désir*
6917. Charles Baudelaire — *De l'essence du rire* et autres textes
6918. Marguerite Duras — *Madame Dodin*
6919. Madame de Genlis — *Mademoiselle de Clermont*
6920. Collectif — *La Commune des écrivains. Paris, 1871 : vivre et écrire l'insurrection*
6921. Jonathan Coe — *Le cœur de l'Angleterre*
6922. Yoann Barbereau — *Dans les geôles de Sibérie*
6923. Raphaël Confiant — *Grand café Martinique*
6924. Jérôme Garcin — *Le dernier hiver du Cid*
6925. Arnaud de La Grange — *Le huitième soir*
6926. Javier Marías — *Berta Isla*
6927. Fiona Mozley — *Elmet*
6928. Philip Pullman — *La Belle Sauvage. La trilogie de la Poussière, I*
6929. Jean-Christophe Rufin — *Les trois femmes du Consul. Les énigmes d'Aurel le Consul*
6930. Collectif — *Haikus de printemps et d'été*
6931. Épicure — *Lettre à Ménécée* et autres textes
6932. Marcel Proust — *Le Mystérieux Correspondant* et autres nouvelles retrouvées
6933. Nelly Alard — *La vie que tu t'étais imaginée*
6934. Sophie Chauveau — *La fabrique des pervers*
6935. Cecil Scott Forester — *L'heureux retour*
6936. Cecil Scott Forester — *Un vaisseau de ligne*
6937. Cecil Scott Forester — *Pavillon haut*
6938. Pam Jenoff — *La parade des enfants perdus*
6939. Maylis de Kerangal — *Ni fleurs ni couronnes* suivi de *Sous la cendre*
6940. Michèle Lesbre — *Rendez-vous à Parme*
6941. Akira Mizubayashi — *Âme brisée*
6942. Arto Paasilinna — *Adam & Eve*
6943. Leïla Slimani — *Le pays des autres*

6944. Zadie Smith — *Indices*
6945. Cesare Pavese — *La plage*
6946. Rabindranath Tagore — *À quatre voix*
6947. Jean de La Fontaine — *Les Amours de Psyché et de Cupidon* précédé d'*Adonis* et du *Songe de Vaux*
6948. Bartabas — *D'un cheval l'autre*
6949. Tonino Benacquista — *Toutes les histoires d'amour ont été racontées, sauf une*
6950. François Cavanna — *Crève, Ducon !*
6951. René Frégni — *Dernier arrêt avant l'automne*
6952. Violaine Huisman — *Rose désert*
6953. Alexandre Labruffe — *Chroniques d'une station-service*
6954. Franck Maubert — *Avec Bacon*
6955. Claire Messud — *Avant le bouleversement du monde*
6956. Olivier Rolin — *Extérieur monde*
6957. Karina Sainz Borgo — *La fille de l'Espagnole*
6958. Julie Wolkenstein — *Et toujours en été*
6959. James Fenimore Cooper — *Le Corsaire Rouge*
6960. Jean-Baptiste Andrea — *Cent millions d'années et un jour*
6961. Nino Haratischwili — *La huitième vie*
6962. Fabrice Humbert — *Le monde n'existe pas*
6963. Karl Ove Knausgaard — *Fin de combat. Mon combat - Livre VI*
6964. Rebecca Lighieri — *Il est des hommes qui se perdront toujours*
6965. Ian McEwan — *Une machine comme moi*
6966. Alexandre Postel — *Un automne de Flaubert*
6967. Anne Serre — *Au cœur d'un été tout en or*
6968. Sylvain Tesson — *La panthère des neiges*
6969. Maurice Leblanc — *Arsène Lupin, gentleman-cambrioleur*
6970. Nathacha Appanah — *Le ciel par-dessus le toit*
6971. Pierre Assouline — *Tu seras un homme, mon fils*
6972. Maylis Besserie — *Le tiers temps*
6973. Marie Darrieussecq — *La mer à l'envers*

6974.	Marie Gauthier	*Court vêtue*
6975.	Iegor Gran	*Les services compétents*
6976.	Patrick Modiano	*Encre sympathique*
6977.	Christophe Ono-dit-Biot et Adel Abdessemed	*Nuit espagnole*
6978.	Regina Porter	*Ce que l'on sème*
6979.	Yasmina Reza	*Anne-Marie la beauté*
6980.	Anne Sinclair	*La rafle des notables*
6981.	Maurice Leblanc	*Arsène Lupin contre Herlock Sholmès*
6982.	George Orwell	*La Ferme des animaux*
6983.	Jean-Pierre Siméon	*Petit éloge de la poésie*
6984.	Amos Oz	*Ne dis pas la nuit*
6985.	Belinda Cannone	*Petit éloge de l'embrassement*
6986.	Christian Bobin	*Pierre,*
6987.	Claire Castillon	*Marche blanche*
6988.	Christelle Dabos	*La Passe-miroir, Livre IV. La tempête des échos*
6989.	Hans Fallada	*Le cauchemar*
6990.	Pauline Guéna	*18.3. Une année à la PJ*
6991.	Anna Hope	*Nos espérances*
6992.	Elizabeth Jane Howard	*Étés anglais. La saga des Cazalet I*
6993.	J.M.G. Le Clézio	*Alma*
6994.	Irène Némirovsky	*L'ennemie*
6995.	Marc Pautrel	*L'éternel printemps*
6996.	Lucie Rico	*Le chant du poulet sous vide*
6997.	Abdourahman A. Waberi	*Pourquoi tu danses quand tu marches ?*
6998.	Sei Shônagon	*Choses qui rendent heureux* et autres notes de chevet
6999.	Paul Valéry	*L'homme et la coquille* et autres textes
7000.	Tracy Chevalier	*La brodeuse de Winchester*
7001.	Collectif	*Contes du Chat noir*
7002.	Edmond et Jules de Goncourt	*Journal*
7003.	Collectif	*À nous la Terre !*

7004. Dave Eggers — *Le moine de Moka*
7005. Alain Finkielkraut — *À la première personne*
7007. C. E. Morgan — *Tous les vivants*
7008. Jean d'Ormesson — *Un hosanna sans fin*
7009. Amos Oz — *Connaître une femme*
7010. Olivia Rosenthal — *Éloge des bâtards*
7011. Collectif — *Écrire Marseille.* 15 grands auteurs célèbrent la cité phocéenne
7012. Fédor Dostoïevski — *Les Nuits blanches*
7013. Marguerite Abouet et Clément Oubrerie — *Aya de Yopougon 5*
7014. Marguerite Abouet et Clément Oubrerie — *Aya de Yopougon 6*
7015. Élisa Shua Dusapin — *Vladivostok Circus*
7016. David Foenkinos — *La famille Martin*
7017. Pierre Jourde — *Pays perdu*
7018. Patrick Lapeyre — *Paula ou personne*
7019. Albane Linÿer — *J'ai des idées pour détruire ton ego*
7020. Marie Nimier — *Le Palais des Orties*
7021. Daniel Pennac — *La loi du rêveur*
7022. Philip Pullman — *La Communauté des esprits. La trilogie de la Poussière II*
7023. Robert Seethaler — *Le Champ*
7024. Jón Kalman Stefánsson — *Lumière d'été, puis vient la nuit*
7025. Gabrielle Filteau-Chiba — *Encabanée*
7026. George Orwell — *Pourquoi j'écris* et autres textes politiques
7027. Ivan Tourguéniev — *Le Journal d'un homme de trop*
7028. Henry Céard — *Une belle journée*
7029. Mohammed Aïssaoui — *Les funambules*
7030. Julian Barnes — *L'homme en rouge*
7031. Gaëlle Bélem — *Un monstre est là, derrière la porte*
7032. Olivier Chantraine — *De beaux restes*

7033.	Elena Ferrante	*La vie mensongère des adultes*
7034.	Marie-Hélène Lafon	*Histoire du fils*
7035.	Marie-Hélène Lafon	*Mo*
7036.	Carole Martinez	*Les roses fauves*
7037.	Laurine Roux	*Le Sanctuaire*
7038.	Dai Sijie	*Les caves du Potala*
7039.	Adèle Van Reeth	*La vie ordinaire*
7040.	Antoine Wauters	*Nos mères*
7041.	Alain	*Connais-toi* et autres fragments
7042.	Françoise de Graffigny	*Lettres d'une Péruvienne*
7043.	Antoine de Saint-Exupéry	*Lettres à l'inconnue* suivi de *Choix de lettres dessinées*
7044.	Pauline Baer de Perignon	*La collection disparue*
7045.	Collectif	*Le Cantique des cantiques. L'Ecclésiaste*
7046.	Jessie Burton	*Les secrets de ma mère*
7047.	Stéphanie Coste	*Le passeur*
7048.	Carole Fives	*Térébenthine*
7049.	Luc-Michel Fouassier	*Les pantoufles*
7050.	Franz-Olivier Giesbert	*Dernier été*
7051.	Julia Kerninon	*Liv Maria*
7052.	Bruno Le Maire	*L'ange et la bête. Mémoires provisoires*
7053.	Philippe Sollers	*Légende*
7054.	Mamen Sánchez	*La gitane aux yeux bleus*
7055.	Jean-Marie Rouart	*La construction d'un coupable.* À paraître
7056.	Laurence Sterne	*Voyage sentimental en France et en Italie*
7057.	Nicolas de Condorcet	*Conseils à sa fille* et autres textes
7058.	Jack Kerouac	*La grande traversée de l'Ouest en bus* et autres textes beat
7059.	Albert Camus	*« Cher Monsieur Germain,... »* Lettres et extraits
7060.	Philippe Sollers	*Agent secret*

Tous les papiers utilisés pour les ouvrages
des collections Folio sont certifiés
et proviennent de forêts gérées durablement.

Composition Nord Compo
Impression Novoprint
à Barcelone, le 23 septembre 2022
Dépôt légal : septembre 2022

ISBN 978-2-07-040227-4 / Imprimé en Espagne

80743